99% 诱拐

99%の誘拐

(日)冈岛二人 著
穆迪 译

化学工业出版社
·北京·

99% NO YUUKAI

© Futari Okajima 2004

All rights reserved.

Original Japanese edition published by KODANSHA LTD.

Publication rights for Simplified Chinese character edition arranged with KODANSHA LTD. through KODANSHA BEIJING CULTURE LTD. Beijing, China.

本书中文简体字版由讲谈社授权化学工业出版社独家出版发行。

本书仅限在中国内地（大陆）销售，不得销往中国香港、澳门和台湾地区。未经许可，不得以任何方式复制或抄袭本书的任何部分，违者必究。

北京市版权局著作权合同登记号：01-2019-8010

图书在版编目（CIP）数据

99% 诱拐 /（日）冈岛二人著；穆迪译 . —北京：化学工业出版社，2020.11（2025.1 重印）
ISBN 978-7-122-37677-0

Ⅰ.①9… Ⅱ.①冈… ②穆… Ⅲ.①推理小说-日本-现代 Ⅳ.①I313.45

中国版本图书馆 CIP 数据核字（2020）第 169467 号

责任编辑：李　壬　　　　　　装帧设计：蚂蚁王国
责任校对：王素芹

出版发行：化学工业出版社（北京市东城区青年湖南街 13 号　邮政编码 100011）
印　　装：涿州市般润文化传播有限公司
880mm×1230mm　1/32　印张 9¾　字数 300 千字　2025 年 1 月北京第 1 版第 7 次印刷

购书咨询：010-64518888　　　　　　售后服务：010-64518899
网　　址：http://www.cip.com.cn
凡购买本书，如有缺损质量问题，本社销售中心负责调换。

定价：48.00 元　　　　　　　　　　　　　　　　版权所有　违者必究

冈岛二人作品总导读

"二人"世界 一个传奇

"曾有一段时期，我与推理完全绝缘。那时我沉迷于赛马，是冈岛二人的作品让我重拾对推理小说的兴趣。"

——日本著名本格推理小说家 歌野晶午

1989年4月28日，在留下27部高水准的推理杰作❶后，与岛田庄司齐名、叱咤日本推理文坛已有八年的冈岛二人，突然宣布退出舞台。选择在职业作家生涯最辉煌的时刻离开，此举颇令书迷们扼腕心伤，也让熟悉他们的同仁们唏嘘不已。不论后来者如何言说，在二十世纪八十年代的日本大众文学界，他就是一个传奇！

几年后，一位刚刚"出道"的作家井上梦人发表了《两个怪人：冈岛二人盛衰记》，这是迄今为止最著名的冈岛二人传记，也几乎是唯一的一本。书中详细记录了作家引退前的所有生活秘辛，涵盖了从近二十年前的"出生"到走上推理创作道路，经由乱步奖出道

---

❶ 以冈岛二人名义发表的作品其实有28部，但其中的《热沙：巴黎—达喀尔的11000千米》写的是作者随行体验达喀尔拉力赛的种种经历，是一本非小说，且出版于其封笔后的1991年。无独有偶的是，与之齐名的岛田庄司也写有类似的作品《瀚海航行》。

转为职业作家，再到焚膏继晷、源源不断的笔耕生涯，最后走向隐没的整个历程。其间种种，"感其况而述其心，发乎情而施乎艺"，足令读过这本书的每一个推理爱好者为之动容。而之所以会达到这样的效果，盖缘于井上梦人（本名井上泉）正是亲身经历者——"冈岛二人"这个写作双人组的其中之一。

没错！如果说有栖川有栖、法月纶太郎是日本的埃勒里·奎因，是其创作风格的模仿者，那么冈岛二人则是其创作形式的实践者，由井上泉与德山谆一两人组成的、一个名副其实的"合体作家"❶。

※ 两个怪人 ※

我曾在拙文《和风万华镜：日本推理小说诸面观》❷中，就推理小说的合作书写现象做了简要分析。根据松紧程度，这一现象大致可分为三种情况：一是由出版媒体确定一个专题（如阿加莎·克里斯蒂、江户川乱步等大师级作家的诞辰、逝世周年纪念）或主题（如密室推理题材），再邀请多位人气作家进行"竞作"表演，由于限定条件不多，这样的作品大多不具整体性，结构松散；二是所确定的专题或主题有比较明确且顾及开放性的基础设定（尤其是舞台、角色等方面，类似于我国的"九州幻想"小说），这样的作品在剧情、人物上都有不错的看点，尽管仍是多数作家参与的创作却具备一定的整体性，如《蛤蟆仓市事件》《堕天使杀人事件》等；三是像冈

---

❶ 亦称"复数作家"，即由两人及以上的作家共用一个笔名进行创作，比如埃勒里·奎因（Ellery Queen）就是由曼弗雷德·李（Manfred Lee）和弗雷德里克·丹奈（Frederic Dannay）这对表兄弟合用的笔名。

❷ 见文化书刊《知日》第17辑《了不起的推理》。

岛二人这样的由"合体作家"创作整体性和完成度都很高的小说，参与其中的作家各有分工，共同或分别完成数部长中短篇推理作。

上述三种情况，依出现概率来排序是递减的。严格而言，在日本推理小说史上，第三种情况只有过一次。亦即就目前来看，冈岛二人几乎是空前绝后的。虽说比较知名的"合体作家"尚有越前魔太郎，但稍了解些状况的读者应该都知道，这个由乙一、舞城王太郎、入间人间、秋田祯信等近十位作家共用的笔名，只是徒具其表，因为以该笔名发表的作品实际并不存在"长期合作"的情况，而是由各位作家独立创作在基本设定上具备一定统一性和关联性的作品罢了。当然，确实也存在着夫妻❶、亲友等进行共同创作的情况，但一来不具备合体性（没有使用同一笔名），二来不具备长期性（顶多合作三四部作品即止），三来不具备稳定性（都还有各自的独立创作且以此为主业）。因此，冈岛二人才显得那么的难能可贵，毕竟与埃勒里·奎因相比，如果不是来自命运之神的眷顾，井上泉与德山谆一原本是分属两个不同世界的陌生人。

关于"两个怪人"的结识及其合作历程，在上文提到的那本"自传"中有着非常翔实而有趣的记述，下面我试作简略说明。这还得从1972年6月12日的那次搬家谈起——

当天傍晚，时年21岁的井上泉因为没有稳定的工作，生活颇为窘迫，而妻子又怀孕了，他不得不迁出与朋友合租的工作室，搬到了月租金相对低廉的阁楼居住。前来帮忙的友人向井上介绍了一

---

❶ 比较著名的例子就是石井龙生和井原真奈美，两人合著了至少三部作品，其中《阿兰布拉宫的回忆》获得第15届ALL读物推理小说新人奖，《消灭回头美人》获得第5届横沟正史奖。

位新朋友叫德山谆一（1943年生），后者可以开车运送家具。这便是两人的初会，日本推理文坛一段佳话于焉开始。

当时的德山比井上年长七岁，任职于机械设计公司，无论是衣着打扮、待人接物，还是工作景况、生活品位，都显得要高出许多。井上学的是电影专业，梦想着未来能够成为这一行业的佼佼者。两人在兴趣爱好方面几无交集，真正促成两人合作的更多地来自德山对社会各个流行元素广博的涉猎，这其中就包括推理小说。

相识--年后，两人与那位共同的朋友合开了一家名为"巴别塔影像餐馆"的综合设计公司，主要从事电影、短片、写真的代理工作。但由于缺乏经验，又不懂得如何招徕生意，该公司没过多久就关张了。在没有业务、门可罗雀的某日，很早就已是推理小说迷的德山拿着当年（1973）的第19届江户川乱步奖得奖作《阿基米德借刀杀人》给正在公司闲坐无聊的井上看，不懂推理界行情、没读过几本推理小说的井上对该奖所提供的高额版税感到不可思议，便开玩笑说不如报名参赛、试试运气呢。公司倒闭后，在发明专利、动画制作等多条创业之路上都遭遇碰壁的两人，最终决定将人生赌注押在推理创作上，此前的一句玩笑话成了现实❶。

1975年9月20日，两人商定将乱步奖当成龙门，首要目标就是以职业推理作家的身份出道。一年半后的某天，在准备首次投稿时，他们的脑中突然浮现出著名喜剧电影《单身公寓》❷的片名，

---

❶ 这段时期两人在工作之余亦有小说创作，以"市富柚子"为笔名。但彼时的创作，只为暂时消除和逃避创业过程中的艰辛和苦闷，并非以之为人生目标。

❷ 英文原名为 The Odd Couple，该片的日文译名为《おかしな二人》，读作"Okashina futari"，意即"两个怪人"。

遂以发音近似的"冈岛二人"❶为笔名。这一决定,两人坚持了七年之久才梦想成真。其间,他们过着边打工(以短工为主,曾当过柏青哥店员,也曾参加一些剧本创作用以练笔)、边阅读(近乎"推理小白"的井上为了实现目标"豁出去了",开始大量阅读推理小说)、边构思(主要由德山负责)、边创作(主要由井上担当)的生活,共投稿了四部作品参赛,分别为 1977 年的《倒下吧,巨象》❷、1979 年的《侦探志愿》❸、1981 年入围决选的《希望明天好天气》❹和 1982 年最终得以登龙的《宝马血痕》❺。在这段漫长的岁月里,江户川乱步铜像和 1000 万日元奖金❻成为指引他们前行的明灯,而其醇熟的写作技巧、恰当的合作方式也正是在这些"屡败屡战"的经验中逐渐形成的。

按照井上的说法,两人的合作大致是一种类似于"滚雪球"的方式进行,即由某人发想一个点子,另一人接收后加以改良再传回

---

❶ 读作"Okajima Futari"。

❷ 一部棒球推理小说。由于首次应征就通过初选进入了复选,为冈岛之后的创作树立了信心。

❸ 这部本来自信满满的第二作却连初选都没有通过,令两人大受挫折。

❹ 冈岛的首部绑架推理小说,经大幅度改稿后于 1983 年得以刊行,成为冈岛实际上的处女作。其落选理由是当届评委之一的夏树静子认为该作的核心诡计在现实中无法实行,且已有前例。后来,冈岛曾专文对该评审意见予以反驳,指出该诡计在投稿的当时是可以实行的,而且整部作品的重点和魅力即在于这个完美应用上,而非诡计本身是否被人创造过。值得一提的是,冈岛在绑架推理题材上的大部分创意,都是在 1977、1978 这两年间想好的。

❺ 获得的是第 28 届江户川乱步奖。需要指出的是,当届产出的是"双黄蛋"——另一部获奖作是中津文彦的《黄金流沙》。另外,《宝马血痕》是繁体中文版的译名,日文直译应该是《焦茶色的粉彩》(焦茶色のパステル,"粉彩"为作品中涉案赛马的名字)。

❻ 乱步奖的正奖为一尊可托在手掌中的江户川乱步铜像,副奖为 1000 万日元的高额奖金,在每年的授奖仪式上由日本推理作家协会时任理事长颁予获奖者。

去，然后接着改良不断精进，最终形成小说未来的核心部分。具体分工是：德山负责将核心以"伏线→收线"的形式串联起来，并决定具体的细节的部分（如人物对话、舞台场景等）；井上根据德山提供的内容列出纲目，执笔撰写整个故事。形成这样的合作方式，多少与两人各自的生活习惯、人生经历和性格特征有关，比如德山社会阅历丰富，熟悉大众文化潮流动向和各种公众性娱乐活动（特别是棒球、赛马、拳击、保龄球等体育运动和艺能界活动），具备产生灵感的沃腴土壤，在设想背景、对话等方面也得心应手、如临实境；井上则"宅人"味较重，对高科技的东西有很大兴趣，且沉浸于私人文艺活动（如读书、观影、听音乐、打电动等），具备专事创作的内外部条件，也容易静得下心来一气完成整部作品。

然而，正应了"合久必分"的定律，在正式出道尤其是1985年凭借《巧克力游戏》夺得第39届日本推理作家协会奖之后，这对兴趣迥异、性格互补的写作伴侣的"蜜月期"开始走向尽头。一方面，频繁的书商邀稿和媒体约访、严苛的创作截稿日等外部环境导致他们再也无法依照此前的合作方式进行创作（需要在灵感衍生、素材处理、构思布局、细节设置、行文结构、书名人名等多个层面进行反复研讨，费时费力太多，与出版方的要求矛盾日显）；另一方面，对推理小说的认知、创作主题的考虑等内部环境也发生了嬗变，两人之间的落差越来越大（大抵是德山老派持重、井上新生图变，讨论时经常无法达成共识）。1989年，两人以《克莱因壶》作为"诀别宣言"（其实是由井上独立完成❶），告知世人冈岛二人正式"拆

---

❶ 井上在回忆录中这样写道："我要一个人写。因为那本来就是我的作品。"

伙"。嗣后，两人分别以田奈纯一和井上梦人为笔名，各自开辟了"单身公寓"独立过活（从取得的成就来看，分手后的德山渐趋沉寂，远不如井上声名依旧❶）。

※ 绑架的冈岛 ※

曾有一段时间，冈岛二人在日本就是"绑架推理"的代名词，尽管从数量上来看，他这方面的作品只有五部，并不比其同样擅长的"体育推理"多。但由于冈岛的"诱拐物"❷气质实在独特，且质量一本比一本高，往往予人难以磨灭的深刻印象，遂有读者将他与几乎同期出道、热衷书写"分尸杀人"题材的岛田庄司合称为"分尸的岛田，绑架的冈岛"❸。

根据《两个怪人》一书中的描述，"绑架"是井上和德山唯一共同喜爱的题材。在"绑架推理"真正成为冈岛作品的主要标签之前，带有深深的德山印记的"体育推理"才是主流，而其出版的前三部作品更无不以"赛马"为题材，有着"赛马三部曲"之称。因此，

---

❶ 德山谆一在1991年于《小说推理》杂志发表了长篇作品《猫步》，该作并未得到单行本化的机会，之后他只是为推理节目、推理剧和漫画担当谜题或诡计的设计者，却未再有新作问世；而井上泉则已著有十四部质量不低于两人合作时期的小说，始终回应着读者的期待。

❷ 日文中"诱拐"即指"绑架"，而"诱拐物"则是书评人士和资深读者用来指称冈岛创作的"绑架推理小说"的专有名词（在日本，以"物"为后缀多用以彰显某位作家的一定数量作品有着整体的、区分度较高的独特风格气质，比如逢坂刚的作品就有"西班牙物"之称）。

❸ 日文写作"バラバラの田、人さらいの岡嶋"（后者亦作"誘拐の岡嶋"）。岛田庄司于1981年12月凭借本格推理迷心目中的"梦幻逸品"、乱步奖历史上最著名的"遗珠"（落选作）《占星术杀人魔法》正式出道，而冈岛二人则是在不到一年后的1982年9月以乱步奖获奖作《宝马血痕》出道。

十分有必要稍微花些时间先来谈谈这部分作品。

对于冈岛二人的作品特质，日本的推理评论家和读者们的观点几乎是一致的，无外乎"浅显易懂的行文风格""存在感强烈的人物造型""令人眼花缭乱的剧情铺展"等，这在其出道作《宝马血痕》中已初现端倪。故事以发生于某知名牧场的赛马评论家、牧场长及两匹纯种赛马被射杀的事件揭开序幕，由正准备与该评论家离婚的妻子和她在赛马杂志当记者的好友组成侦探二人组追踪案件真相。作者借浅白流畅的对话、层层推进的剧情，让即使对赛马运动一无所知的推理迷也能轻松阅读，而在对射杀案凶手及动机的探寻过程中又加入了名马血统问题、群体贪腐事件等内容，结构缜密、意外迭起，足见其不凡笔力。但本作的缺点也是明显的——本格诡计稍显单薄，而社会派议题、主角本身的家庭感情羁绊等描写则接近蜻蜓点水、触及不深，很难对读者造成较大的冲击力。

之后，冈岛二人于1983年推出的第二作《第七年的勒索信》、第三作《希望明天好天气》也都是"赛马推理"❶。前者讲的是中央赛马会接获"让指定的马获胜"的勒索信，随后恐吓事件成真，而经过追查，线索竟然指向了七年前的一场马传染性贫血病。后者讲的是一匹价值三亿二千万日元的纯种名驹遭遇意外性骨折，相关人员突发奇想——将其毒死后伪装成绑架案——于是原本带有揭示赛马界黑幕的社会派推理色彩的故事转向了"如何顺利拿到巨额赎金"这一娱乐性更胜一筹的绑架诡计遂行上，这也是冈岛首次踏足

---

❶ 尽管这之后冈岛的选题不再与赛马界接壤，但毕竟是用到熟烂的材料，偶尔还是会忍不住技痒，将相关内容巧用在意想不到的地方。这方面比较典型的例子就是《巧克力游戏》，此时的"赛马"桥段就只是谜团设计中不可或缺的一环而非主题了。

"诱拐物",其可读性明显高于出道作。

依仗"赛马三部曲"的成功,冈岛得以超越海渡英佑、佐野洋、西村京太郎、三好彻等多位从事过"赛马推理"创作的前辈,赢得了"日本的迪克·弗朗西斯❶"这一美誉。

自《希望明天好天气》开始,冈岛二人又先后创作了《锦标赛》(1984年)、《藏得再完美也……》(1984年)、《七天内的赎金》(1986年)、《99%诱拐》(1988年)等四部绑架推理小说,从而正式走进"诱拐物"的世界。其中,《锦标赛》延续了前作"体育推理"结合"绑架推理"的风格,讲的是某著名拳击手的外甥遭绑,绑匪却提出了令人吃惊的奇怪条件——不要赎金,只要在即将开打的锦标赛中击倒(K.O.)对手获胜就放回人质——本作是一部在绑架条件上独出机杼的作品;而《藏得再完美也……》则是将警匪斗智的绑架议题放到了艺能界,说的是一名新人歌手遭绑,歹徒提出了一亿日元的赎金要求,作品除了在赎金领取环节这个"绑架推理"最有魅力且最具挑战性(对作者要求较高)的部分有不错表现外,还夹杂了不少演艺行业的内幕描写,颇有些社会派推理风味。如果说这前三部作品只是冈岛的"诱拐物"中达到较高水准的开胃甜点,那么后两作则是真正帮助其完成"冈岛二人 = 绑架推理"这一等式

---

❶ 迪克·弗朗西斯(Dick Francis),1920年10月31日生于威尔士。受职业赛马师的父亲影响,他自少年时代就喜欢骑马。第二次世界大战中,他在皇家空军服役六年。战后,他顺利成为职业骑师,被授予全英冠军骑师的光荣头衔。1962年,迪克开始转向与运动生涯相关的"赛马推理"创作,从首作《宿命》(Dead Cert)到去世后出版的《交火》(Crossfire),他创作的四十多部推理小说基本都是赛马题材。1980年,他获得英国犯罪作家协会(CWA)颁发的金匕首奖;1990年,更被授予代表英国推理界至高荣誉、带有终生成就意义的钻石匕首奖;1995年,他凭借《无由之灾》(Come to Grief)获得了由美国推理作家协会(MWA)颁发的爱伦·坡最佳小说奖,并于翌年被授予大师奖。

的大餐了，尤其是完成度极高、在同侪中出类拔萃、被视为其生涯代表杰作之一的《99%诱拐》。

一般来说，绑架推理的主要看点就在于施救方（以警方、人质家属为主）与犯罪方（基本就是绑匪了）之间斗智斗勇的"攻防战"，而"标的物"（绝大多数情况下是赎金）进行交割的桥段则设计成作品的高潮部分。冈岛前三个"诱拐物"的重心还是停留在了对施救方、犯罪方、"标的物"和交割过程这四大要件的"创新"上，比如不再是赎金、别具一格的"标的物"（《锦标赛》），施救方与犯罪方身份的转换（《希望明天好天气》《99%诱拐》）等；后两个"诱拐物"则野心更大，将整个绑架事件当作表层，原本应是高潮的交割戏码却只是前戏和外衣，后面居然别有洞天，有另一个更加复杂诡谲、惊心动魄的绑架事件（《99%诱拐》是由过去与当下两个互有关联的绑架案构成整个故事），或完全推翻整个事件性质和创作旨趣的内容（《七天内的赎金》实质上是披着绑架之皮的"密室物"）在候着读者，这就是冈岛二人厉害之处——即便是同样的主题（体育推理、绑架推理），也不会出现重复的哪怕是近似的内容——反观二十世纪八十年代，在大多数推理作家都投向冒险动作小说、旅情推理小说的怀抱，创作风气被带往样板化、公式化的渊薮的大势之下，冈岛逆流而动、求新求变、注重"剧情至上"、奉行娱乐主义的思路轨迹，这一点与抱定和坚守本格创作的岛田庄司同样令人钦佩❶，亦是读者之福。

---

❶ 参见拙文《日本"本格冬天"里的孤军奋战》，地址：http://book.douban.com/review/1708781/。

《七天内的赎金》开头就直接进入赎金交接环节，当这个看似是"诱拐物"的故事铺展到大约60页的时候，剧情猛然斗转星移向"密室推理"发展❶。该作的另一大看点是侦探二人组近石千秋与槻代要之助的恋爱故事，特别是千秋心理上的细微变化体现在作者的笔端堪比高端的爱情小说，这也是向来讲求"剧情至上"的冈岛难得如此纯粹地在不影响本格元素发挥作用的前提下，将角色魅力当作一档正事来锻造❷。

　　相较而言，《99%诱拐》则呈现出了另一种独特气质——"多重绑架"，是冈岛"诱拐物"的集大成之作。第一章的内容是受害者（人质的父亲）关于二十年前发生的绑架事件的手记，这一事件以警方失败、赎金被取走告终。自第二章开始，视点转移到现代：某品牌制造商社长的外孙被绑架，赎金要求为价值十亿日元的钻石。绑匪自始至终使用的是电脑合成音，且从未露脸，可谓高科技罪犯。而进行钻石交接的角色，被指定为二十年前那次绑架事件中的人质生驹慎吾。现代的事件中绑匪如何拿到赎金，过去的事件由谁策划实施，犯罪动机是怎样的……种种疑问在最后有了一个近乎完美的大收束。该作的"多重绑架"除了体现在"绑架案＋绑架案"的结

---

❶ 推理作家斋藤纯在为《七天内的赎金》撰写的解说中这样写道："把这本书算作绑架推理，简直是一种欺诈行为……或者说，这本身就是作者使用的本格诡计。"另外值得一提的是，本作中使用的核心诡计，灵感来源于冈岛的第二本乱步奖落选作《侦探志愿》。看来，作者还真是不愿轻易丢掉曾经的创作成果，哪怕它不被评委认同。

❷ 以至于该书出版后有众多读者呼吁作者创作更多的系列故事，好好交代千秋与要之助这对恋人的感情未来，但冈岛显然并没有回应这一呼声。关于作者为什么要在故事主线外安排这一大有看头的恋爱支线，当时也有书评人推测侦探二人组的关系，实际上是冈岛这个写作组合中两位作家关系的曲折写照，但井上并没有在《两个怪人》中予以针对性的阐述。

构设置且两案互有对应、因果关系这一剧情安排上外,还植根于牵涉其中诸色人等的外在行为模式、内心情感表达皆受事件的"绑架"而无法脱出这一深层设定。正是凭借《99%诱拐》的优异表现,冈岛二人顺利斩获第十届吉川英治文学新人奖,只不过这对"新人"在仅仅一年后就解散了,还真是说不出滋味的讽刺啊。

在制造"诱拐物"的空当,冈岛二人也创作了不少其他题材的作品,其中就有同样被视作其代表作的《然后,门被关上了》(1987年)和《克莱因壶》。前者是部纯本格作品,被评为"极北❶的逻辑游戏小说";后者为科幻推理,且被认定是日本"虚拟实境"❷的开山之作(在当时,该技术属于超新科技,其概念尚未普及,大众知之甚少❸)。这两本书与《99%诱拐》并称为"最高的冈岛三作"。

《然后,门被关上了》讲的是某富豪的独生女横死在自家别墅附近的悬崖下,当时别墅中还有四名年轻男女,据称都是死者的朋友,受其邀请前来游玩。死者的母亲认定杀死女儿的凶手就在这四

---

❶ 日文中极北的本义是"最北面""接近北极之所",后引申为"事物达到极限之处"。

❷ 即 Virtual Reality,又译为"虚拟现实",简称 VR。指的是利用电脑模拟产生一个虚拟世界,提供给用户关于视觉、听觉、触觉等感官的模拟,让用户如同身历其境一般。该技术集成了计算机图形、计算机仿真、人工智能、感应、显示及网络并行处理等技术的最新发展成果,是一种由计算机技术辅助生成的高技术模拟系统。一般认为,此概念是由杰伦·拉尼尔(Jaron Lanier)和他的公司创造并推广的,他们开发了第一个被广泛使用的头戴式可视设备(EyePhone)和触觉输出设备数据手套(Data Glove,《克莱因壶》中出现的那款 K1 手套即以之为蓝本)。

❸ "虚拟实境"概念在日本的普及是在二十世纪九十年代中后期,随着《割草者》(The Lawnmower Man)、《异次元骇客》(The Thirteenth Floor)、《黑客帝国》(Matrix)等一大批以这一技术为题材且备受欢迎的电影热映,才开始大量出现与之相关的小说、漫画、电影、动画。

人当中，于是设计将他们关在逃不出去的密室里，让他们回忆当时的状况，经由彻底的讨论找出真凶。伴随时间的推移和推理论战的白热化，四人相互猜忌、嫌隙横生，真相也逐渐浮出水面。本书的魅力在于将舞台设定为极限的密闭空间，而且在只有四个嫌疑人的情况下，所谓的真凶真相却不断翻转，到最后所还原出来的整个事件是骇人听闻的。由于冈岛甚少写纯粹的本格推理，这使得本书凭借极高的意外性、可读性和逻辑性，成为其难得被多个经典推理榜单（尤其是本格榜单）都予以收录的作品。

冈岛二人的告别作《克莱因壶》是一本手记，内容是主角上杉彰彦投稿参加某游戏书原作大赛却铩羽而归，不久某公司表示愿买下该作版权并利用虚拟实境技术将之改编为新型体感游戏，还邀请其在游戏制作完成后帮他们进行测试。在多次试玩的过程中，上杉开始对该公司产生了诸多疑问，但同时也因分不清虚拟和现实，逐渐丧失了自我意识……总的来说，这是一部拥有"噩梦特质"的小说，由于手记体本身所使用的第一人称叙述视点，加上流畅的行文、跌宕的剧情、悬疑的氛围和开放式的结尾，造成读者在阅读过程中极易产生身临其境的强烈代入感，必将是一次鲜有的、堪比3D观影、脑洞大开的、深陷其中难以自拔的独特体验，这是"由魅惑文字构成的饕餮盛宴"。

※ 八年的遗产 ※

借由近八年的创作成果，冈岛二人留给后世推理作家的遗产难以计数，其中最主要的就是"拒绝重复"的创作态度，这造就了其作品的主题多样性、角色非系列化和阅读过程高享受感。

冈岛笔下的主题相当多元，除了"体育推理"和"诱拐物"外，还著有其他题材的作品，如摘得第 39 届日本推理作家协会奖的校园推理力作《巧克力游戏》（对校园霸凌、学生犯罪等社会派议题和"不在场证明"等本格诡计多有涉及，值得一读）、触及征信业内幕的写实本格杰作《解决还差 6 人》（1985 年）、B 级悬疑惊悚大作《血腥圣诞夜》（1989 年）、幽默推理连作短篇集《该死的星期五》（1984 年）和长篇《非常卡路迪亚》（1985 年）、只有在特定的不可能状况下才能追查犯人的"奇味"推理《不眠之夜的杀人》（1988 年）和《不眠之夜的报复》（1989 年）、质量齐整风格各异无一劣作的短篇集《开个没完的密室》（1984 年）和《被记录的杀人》（1989 年）、难度超高的游戏书原作《查拉图斯特拉之翼》（1986 年）、堪称"诡计大全"的极短篇谜题集《不妨当个侦探吧》（1985 年）等。这样的创作广度是德山、井上两人在各个领域爱好叠加和知识经验层面互补的结果，如此"多面"恐怕在同时及后来的作家中大概也只有栗本薰、宫部美雪、东野圭吾等寥寥几人能够企及。

不想创作系列角色也是冈岛二人的特征之一，井上曾公开表示，"对于用过一次的角色，我们都十分反感，因此基本不会写系列小说"。事实亦确乎如是，他的二十七本推理小说中出现过的系列角色就只有连作短篇集《吾乃万事通大藏》（1985 年）中的钉丸大藏、《该死的星期五》和《非常卡路迪亚》中的"山本山二人组"、《不眠之夜的杀人》和《不眠之夜的报复》中的"搜查 0 课三人组"，且出版册数均未超过两本。几乎可以断言，"讨厌系列角色"根本就是冈岛二人注重和贯彻"剧情至上"理念的必然结果。从本格推理与社会推理的区别特征来看,前者更加依仗诡奇的剧情来吸引读者,角色的性格、身份是服务于剧情发展的;后者则靠人物的魅力及其身上所投射出的社会现象来引起读者共鸣,由人物性格来决定命运暨剧情的走向。通观冈岛二人的作品,其骨子里还是偏向本格的多,即便在其中掺杂了一些敏感的、流行的社会议题,也多是或闲笔带过或含蓄窥探,甚少以之为旨、深触其核,因此往往造成人物略显扁平、个性不足等缺憾。对于这一点,《两个怪人》中也有提及:"登场人物只是'棋子',是为剧情而存在,是为将包含故事的小说全体引导至同一个方向而存在……(但)即使是'棋子'也得下一番功夫,让读者感觉不出他们是'棋子'。"也就是说,冈岛对角色的塑造态度是在保证"剧情受我控制"的基础上,尽量给予登场人物鲜明的个性。这也是为什么虽然冈岛笔下的角色失之圆润,却也不是随处可见的白纸一张,像《99%诱拐》中的生驹慎吾、《克莱因壶》中的上杉彰彦,就都是令人深刻的人物形象。

大抵来说,"剧情至上论"的本质是小说创作(特别是类型文学创作)的娱乐主义精神在作祟。倘若放在"作者—作品—读者"这个三元结构中,可以发现看重"在剧情上逐渐逼近事件核心,要尽可能制造越来越高的阅读快感"的冈岛,明显是将读者放在第一位的,作品必须满足读者的感受。出于希望读者充分享受阅读过程的考虑,冈岛的作品鲜见单个"梗儿"从头耍到尾,而是谜团持续增加、悬念持续增高的"脑力风暴",犹如"长江三叠浪"般绵延不尽。因此,冈岛的推理小说常常拿起来不看完是没法放下的,有时即使看完了也还在引人继续思索个中关节,比如《然后,门被关上了》《克莱因壶》便是如此。

冈岛二人告别文坛的这许多年来，其遗产已成为新秀作家们的成长养料，贯井德郎、歌野晶午等人都曾受教良多，甚至创作了质量不低的致敬作品。

现在，冈岛和岛田分别栽下的大树皆已根深叶茂，其枝枝蔓蔓无不向世人诉说着"推理无限大"的终极奥义。

资深推理人　天蝎小猪

目 录

第一章   1

第二章   61

第三章   72

第四章   271

第一章

昭和五十年（一九七五年）十一月二十八日，曾任照相机大型生产厂商——立卡德公司半导体机器开发事业部部长的生驹洋一郎住进了位于东京品川区的关东递信医院。他患的是胃癌晚期，恶性肿瘤已经转移到消化器官的各处，而入院后立即进行的手术也仅仅是确认了这个事实而已。

虽然到最后也未被告知病名，但生驹似乎已经对自己的死有所预感。有一天，他突然向妻子提出要求，说想要纸和笔。以下就是生驹洋一郎在病床上写下的手稿。这份手稿写满了三本笔记本，自昭和五十年十二月九日动笔，一直到第二年一月十一日他无法握笔为止。

昭和五十一年一月十五日，生驹洋一郎结束了他短短四十七年的生命。

1

慎吾，你还记得曾发生过一起"三亿日元抢劫案"吗？

你大概忘了吧。不，可能你根本就不知道有过这么一个案件。毕竟那时你还没上小学呢。

那是一九六八年十二月十日在东京府中市发生的劫案。一辆银行运钞车光天化日下遭到劫持，被抢走了近三亿日元的现金。那个年代……我想想，大学毕业生的工资才四万日元左右，三亿这个金额实在大得难以想象，就算放到现在也是如此，更别说七年前了。这案子当时震惊了整个日本。

而这三亿日元案的追诉时效将在今天过期。

电视从早上起就一直在说这件事。今天深夜，即十日零点，追诉时效就将过期。几乎所有电视台都策划了特别节目，他们把相机对准专案组，准备把那一瞬间摄入镜头。

我跟医生说我想看电视，可他不答应。就算我保证我会戴上耳机，不会吵到同屋的病人，他也完全不给我商量的余地。在这里，吃饭的时间、睡觉的时间，干什么的时间都很早。一切都有规定。

是不是简直就跟小孩儿一样？爸爸总要被医生督促"快睡觉"，这是不是挺怪的？

三亿日元案发生的那一年，对我来说是特别的一年。而且，慎吾，对你而言也是。

所以就算我说想看电视，医生也不肯答应，千贺子也不答应。你妈妈居然这么说："想看就等着看明天的新闻！"真是情何以堪啊。

我突然起念让千贺子去给我买纸笔。虽然又被她训斥说"要什么纸和笔……"，可我就任性这么一次也没什么不好吧。

你妈妈把去年在苗场拍的照片给我拿来了，就是慎吾你滑雪时跳跃起来的那张特帅的照片。我一直放在枕边，已经看了不下几十次了。白茫茫的滑雪场和蓝蓝的天空真的很漂亮，红色滑雪服也很适合你。

可我到底没有机会亲眼一见你滑雪的身姿。因为工作忙而一直没能去看你滑雪，现在想起来打心底感到后悔。至少应该去看一次的，一次也好啊。

你妈妈说了，滑雪教室的老师相当看好你的潜质。这个寒假你们不是还要去参加特殊集训吗？就是说针对滑得好的孩子，把大家集中到一起练习对吧？爸爸没滑过雪，也想象不出都有什么样的练习，不过无论如何希望你要注意别受伤。

我跟你妈妈也说了，技巧、速度什么的，这些是不是都太早了点儿？你还是六年级的小学生，比起创下什么纪录，享受乐趣才是最重要的，不是吗？可你妈妈说你就是在享受滑雪的乐趣，真的吗？

你看，电视里又在说三亿日元案了。距离时效过期只剩几个小时了，可侦查员们仍在四处查寻。不知怎的心情变得有些复杂。

为什么只有三亿日元案这么轰动呢？那一年发生的，而且尚未解决的又不是只有那一起案子。就在它发生的三个月前，我和你遭受了绑架，可我们的案子却无人再去回顾，已经没一个人记得了。

关于那起案件，这七年来我一天都没忘记过。我已经不会再跟人说起了，可是那个"七年前"已经深深烙在了我的脑海里。住进医院以后更是如此。我会做梦，梦中的你还是五岁的样子。

你记得吗？

说不定已经忘了。忘了也好。你不愿意再说起那件事，连想都不愿意再想起，这也是理所当然的。

慎吾，为了你，我要写下来。

你要是不想看就别看，烧掉就好。因为那一定是让你厌恶的事情，你肯定不愿再想起来。不看也好，那是最好的。

只是说不定什么时候，你会想知道。说不定有一天，你会想知道在你身上究竟发生了什么事情。而能正确地把一切细节都告诉你的人，只有我。只有你爸我最清楚那伙卑劣之徒对我们做了什么。

但是等到你想知道的时候，不知我还能不能跟你说了。慎吾，你有权知道自己曾遭受过什么。当然，你也有拒绝知道的权利，可你终归还是有知道的权利。

所以，为了你想知道的那个时候，我要写下来。

慎吾，这些话只写给你一个人，只为你一个人而写。

现在已经没人记得了。三亿日元案的搜查一直持续到时效过期前最后一刻，但是无人把我和你的案子放在心上。

那件事发生在那年九月九日，一个星期一的早上。

整个日本范围内发生了大学纷争。继东大之后，日大也设起了路障，时不时会看到又有学生与封锁路障的机动队之间起了冲突的新闻。

十月，墨西哥举办了奥运会，其后的十二月发生了三亿日元案。当时人们的话题不是大学纷争就是恰斯拉夫斯卡❶，或者是三亿日元案。

而我和你遭绑架一案，转眼间就被忘却了。

让我再说一次。

---

❶ 维拉·恰斯拉夫斯卡，捷克斯洛伐克体操运动员，曾荣获7枚奥运会金牌。——译者注（如无特殊说明，后文注释均为译者注。）

你被绑架的日子,是一九六八年的九月九日。

2

你每天都在早上八点十五分走出家门。

对五岁的孩子来说,步行去光明幼儿园实在太远了。八点过五分不到,你送走去上班的我之后,就换上幼儿园的校服,抱着绣着小熊图案的黄书包去厨房,让妈妈帮你把便当装进去。然后穿上鞋先跑出门外,一边在停车库前面玩一边等妈妈出来。

那时候我们住在代官山。相册里不是有张照片拍的是带藤萝架的房子吗?那就是我们之前的家。那一年的年末才搬到现在住的蒲田。那时你奶奶还很健康,我们一家四口住在代官山的家里。

那一天也和平常没什么不同。不,至少是看起来没什么不同。

千贺子收拾完厨房,走出家门要送你去幼儿园。就在打开车库的铁闸门,让你坐到副驾驶座的那个时候——

一辆车从家门前开过,突然鸣起刺耳的喇叭。一个男人从车窗探出头,指着我们家对千贺子叫道:

"着火了!"

千贺子慌忙回头看向家里,只见从后门那边升起阵阵白烟。

"小慎,待在这里!不许过来!"

千贺子对你说完这句话,就高声叫着"妈!妈!"向家里跑去。

我后来曾责怪千贺子当时的行动太过于草率,但这其实太苛刻了。就算换成我自己,大概也会做出差不多的举动吧。家里有老人，而屋里正在冒烟，慌张是正常的，把慎吾留在车里也是理所当然的处理方式。要是谁主张该带着五岁的孩子冲进冒烟的家中，那才大错特错。

总之，千贺子一边拚命叫着奶奶一边跑向起烟的方向。

烟是从后门边上的杜鹃花丛附近冒出来的。千贺子看见那儿有一样奇怪的东西。

花丛前落着一个短粗的白色圆筒。圆筒横倒在地上，一端向外猛烈地喷出浓烟和火光。

炸弹……？千贺子说这是她当时的第一反应。她立即从后门的水管接了一桶水，向冒着烟的圆筒泼了过去。泼了一次火还没灭，她忙又泼了一桶，烟雾这才止住。

奶奶一脸疑惑地从后门出来看发生了什么事。她俩站在一起，呆呆地望着那一头已经烧得焦黑的圆筒好一会儿。

之后警察查明，那圆筒是在火车道口等地方发生紧急情况时才会点燃的发焰筒。当时千贺子和奶奶以为那不过是什么人不怀好意的恶作剧。就有那么一种人，出于半是好玩的心态到处去别人家里放火，搅得不得安宁。千贺子气愤地从后门向外边张望，但没看到什么可疑的人影。

"小慎呢？"

被奶奶一问，千贺子才想起你还留在车里。

"总之没出什么大麻烦就好。"

她一边说着一边回到车库。然而，真正的"大麻烦"从那时才开始了。

副驾驶座的门开着，可你不见了。

"小慎？"

千贺子叫着你的名字。

她以为你肯定就在附近，所以迟了一些才注意到副驾驶座上放着的东西。她走到马路上喊你的名字，可没有任何回应；又和奶奶一起在附近找了一会儿，虽然觉得你应该没回家，还是连家里都找了一圈。

你自己知道要去幼儿园的，而且你也不是那种妈妈叫你待在这里还会跑到别处去玩的孩子。"奇怪了……"千贺子再次回到车库，正想关上开着的车门，就在那时，她发现车座上放着一张纸。

孩子在我这儿
不许报警
报警孩子则死

纸上只有三行用日语片假名打印的字。后来我也看到了那张纸。应该是张画纸，质地略厚，打印的字有些模糊，每个的深浅都不一样，应该不是出自惯于打字的人之手。当时几乎每个厂家都已经在生产各种型号的假名打字机❶。后来警察告诉我们，根据打印字体的形状推断案犯使用的是奥林贝蒂（Olivetti）的打字机。然而警察根据假名打印能推断出来的只有这么多，他们对销售源头等也进行了调查，但并未获得任何关于案犯的线索。

生驹洋一郎在这份手稿中详细记录了案犯留下的恐吓信以及电话交谈的内容，即使和警察做的记录相比较，手稿中的内容也

---

❶ 仅使用日语中假名的打字机，不具备输入及打印汉字的功能。

是相当精准的。当然难免多少会有些记忆的偏差。比如说留在副驾驶座上的那张纸，内容就和生驹洋一郎写在手稿里的有些出入：

"孩子在这儿／不许跟报警／报警孩子择死"

纸上的文字不是三行，而是两行，还有用词不同——只有这个程度的差别。大概是生驹洋一郎在记忆中对文字做了修正。不管怎么说，正如他自己所写，七年前的事情已经烙在了他的脑海中，他对整个事件的记忆精准得实在令人惊叹。

千贺子半抱着奶奶回到家里，立即打电话到我的工厂。我就是在那通电话中得知你被绑架了。

我把那天的工作统统交给间宫，匆匆忙忙回到家。当然，你被绑架的事情我没告诉任何人，对间宫也只跟他说你奶奶昏倒了。

"对不起……"

一看到我回来，千贺子第一句话就是"对不起"。我到现在还记得她那面无血色的脸。我第一次看到那样的千贺子。她似乎把你被拐走全部归咎于自己，把一切都当成自己的过错。可我对如此自责的千贺子未置一词，那时的我完全没想过要照顾妻子的感受。

我不断追问千贺子，一遍又一遍让她讲述整个经过。我让她把后门浸了水的发焰筒拿到门口放着——虽然很犹豫要不要报警，迟迟做不出决定，但我想这个发焰筒迟早是要交给警察的。

就在那时，我们接到了第一个电话，是我接的。

"喂？"

——是生驹先生吧？

"是我。"

——孩子在我这儿。

"是你把慎吾带走的?"

——是。

"慎吾在你那儿吗?"

——在。喂,叫爸爸。

你的声音从男人那边传来,听见你叫了我两声"爸爸、爸爸",我握着话筒闭上了眼睛。耳朵贴在话筒背面听着的千贺子声音发颤地叫道:"小慎!"

——相信了吧?孩子在我这儿。

"让我和他说话。"

——不行。你没报警吧?

"没有。把慎吾还给我。他回来之后我也不会报警的。"

——你要是敢叫警察,就再也别想见到你的孩子了。

"我知道。你要怎样才肯把孩子还给我?"

——我会再给你电话,你必须马上接。

"啊,喂?喂……"

就这么几句话,电话被挂断了。对方打来这通电话应该是为了打探这边的情况吧。我感觉浑身都没了力气。

然后我给警察打了电话。

慎吾,我选择报警,并非不顾及你的安危,这点希望你一定要明白。我报警是因为心里没底,我对自己没有信心。我,还有千贺子,都没有信心能把每件事都做对。

我怕自己会犯下料想不到的错误,反而让你身陷险境。警察毕竟查办过那么多起绑架案,救出过很多孩子。当然我也听说过一些可怕的案件,孩子最终惨遭杀害。但至少就我所知,案犯知道对方报了警而杀害孩子的案例好像很少。我相信警察一定能救出慎吾,相信只要得到警察的帮助,然后照案犯说的做,就一定能把你带回来。

"不要!"

千贺子反对我报警。她的心情我能理解,但我没理会。

给110打完电话,过了四十多分钟警察才来。那四十多分钟里,我们一直守着电话,甚至感觉不到自己还活着。

3

共有五名警察上门。

事后他们也来过家里几次,所以慎吾你可能也还记得。其中一位就是堀内,别的刑警都叫他"课长"。

"那个开车经过、跟太太您说'着火了'的男人,您看见他了对吧?"听千贺子把事情经过大致讲了一遍之后,堀内问她,"您还记得他的样子吗?"

"……记不清了,他是……"

千贺子痛苦地皱起脸,拼命回想。我对千贺子那个样子感到恼火不已:

"就是那家伙!带走慎吾的就是那家伙!你可是看见了的!"

千贺子用力咬着嘴唇,虚弱地摇了摇头。

"你眼睛长哪儿去了!"

我对千贺子怒喝,还想扑上去抓她,但被警察按住了。我只能用力拍打自己的膝盖。

　　警察和我都认为是那个鸣着喇叭大叫"着火了"的男人把你带走的。把千贺子从慎吾身边支开，再点燃发焰筒用烟火吸引住千贺子的注意力，然后趁那时候抓住你，在车座上放下恐吓信之后离去。

　　无论是那个男人的样子还是那辆车，千贺子都记不清楚了。

　　"应该是……一辆白色的轿车。"

　　这就是她唯一能想起来的。

　　不能怪千贺子的记忆靠不住，大概这本来就是案犯的意图所在。我也知道让她在那种情况下留意那个男人和他开的车，是在强人所难。

　　但是除了千贺子，我再无可宣泄怒火的对象了。我想我那时不断的责怪，是在千贺子因你被拐走而痛苦不堪的心上，又撒了一把盐。我看得出千贺子硬是强忍着没哭，可还是无法停下口中的痛骂。

　　直到现在，事情已经过去七年了，我还是没向千贺子道过歉。多少次都想着必须要向她道歉，但一直在逃避。我可真是一个怯懦的人。

　　不过从千贺子的话里，警察有了一个重要的发现。

　　"案犯至少有两个人。"堀内对我说。

　　"两个人？"

　　"一个把发焰筒丢进来，一个开车的。"

　　"哦……"

　　确实如此。

　　发焰筒上没有任何类似定时点火的装置，也就是说，案犯是在扔进来的前一刻才点燃的。就算案犯开着车,要在后门扔下发焰筒之后再绕到正门,时间也对不上。要确保能把你拐走,的确需要两个人。

后来生驹慎吾回来后,警察向他本人询问了被绑架时的情况。从五岁孩子口中说出的话是比较模糊的,不过从中可推测出整件绑架案经过如下:

千贺子向后门跑去后,男人下车对慎吾说:"小朋友,很危险的,最好离远点儿。"说着把他从副驾驶座上抱了下来。慎吾问:"妈妈呢?"男人答道:"你妈妈没事的,别担心。到叔叔的车里来等她吧。"说完便在车座上放下恐吓信,把慎吾带到了自己的车里,并立即开车离去。慎吾见状哭闹起来,结果男人突然发怒,塞住他的嘴,并且把一个"像袋子一样的东西"套到他的头上。慎吾是这么说的。

车停了下来,慎吾被转移到后车座上。有个男人一直按着他,直到被带到一间"很黑的房子"。

就是说,这一点也说明案犯至少有两人。因为车子在行进时,后车座上有个男人一直按着慎吾。

案犯打来第二个电话的时候,警察已经做好了追踪定位的准备。

堀内要求由他来接电话,但是我拒绝了。案犯已经听过一次我的声音,要是声音不一样,他可能会起疑心。警察又说"那就找个女警来装成你太太",也被我拒绝了。

"警察先生,那家伙可能对我的家人都做过调查了。我也不觉得他连我太太的声音都能分辨出来，但是万一呢？请让我来说吧，我会拖延通话时间的。我是害怕，可我能做到。"

堀内同意了。

这第二个电话是在下午打来的。第一个应该是九点刚过的时候，也就是说距离第一个电话已经过去三四个小时了。那三四个小时真是极为漫长。

"我是生驹。"

——不对劲啊。

"啊？喂？"

——你是不是报警了？

"怎么可能。我绝没报警。"

——我不是叫你立即接电话吗？怎么响了这么久才接？

"我去厕所了。"

——和你老婆还有老太婆一起？

"不是，她们不在电话旁。我真的没报警。"

——我可什么都知道的。

"是。那个，慎吾呢？"

——在睡觉。现在是午睡时间。

"请让他接电话。"

——他不在我旁边。这孩子挺乖的，没干什么逼我非得让他吃点苦头的事。放心吧。

"你要我做什么都行，求求你快点把孩子还回来。"

——五千万。

"啊？"

——别让我说第二次。我叫你准备五千万。

"这么多……不可能。"

——你可是生驹电子工业的老板,这点钱你不可能没有。

"那是五千万啊……"

——你自己好好想想,那可是你孩子的性命。我会再打电话。

"啊,等一下,喂?等等……"

电话挂断了。

通话时间过短,追踪未能成功。

即使是在七年前的一九六八年,电话追踪定位这一方法也是广为人知的。只要一有稍大点的绑架案,报纸上就会有涉及电话追踪定位的报道。案犯应该也具备这方面的知识,他会疑心我们是否已经报警,就肯定也做好了以防万一的准备。

案犯索要五千万日元,这个金额让我震惊。

当然,不管他们索要多少赎金,不管是五千万还是五亿,相比你的性命都太便宜了。就算把全世界的钱都加在一起,也远远不值你的性命。

让我震惊的,是案犯索要的金额几乎等同于我当时的全部财产。也是因为这点,后来我公司的全体员工都被列入了调查名单——因为案犯对我的情况实在太了解了。

是我身边的某个人把慎吾……我很抵触往这个方向想。

搞不好你连"生驹电子工业"这个名字都不知道。那是我当时开的一家公司,连我在内共有员工二十二人。虽然只是一家小公司,却是走在时代最前端的。我们有业绩、有根基,当时正在计划建新工厂,都已经在枥木准备好了土地。

我无法去怀疑我那二十一名下属。他们都是跟我一同并肩作战的伙伴,每个人都如同我的家人。

但是，拐走你的案犯索要的竟是五千万的赎金。那个时候的五千万，对我而言意义非同一般。

4

生驹电子工业是我在一九六〇年创立的公司。那里有我的梦想、我的生存价值、我的一切。甚至可以说，至那时为止，我的前半生完全花在了打造这间公司上。

电气通信省——这个说了你大概也不懂。现在的日本电信电话公司，前身就是电气通信省。一九四九年它从递信省❶独立出来设立而成，一九五二年又变成了电信电话公司，实际上是个非常短命的机构。

我大学毕业后就进了电气通信省的电气试验所。你相信吗？我当时的梦想就是成为一名电子工学方面的学者，可惜我并没有做学问的头脑。

一九五〇年，我陪同试验所的上司去了美国。现在想来，那次访美决定了我后来的人生。

那时候，一种取代传统真空管的新技术——晶体管正备受瞩目。这种晶体管是在我去美国的前年，也就是一九四八年由美国的贝尔实验室发明的。它小巧、不会发热、使用寿命又长，可以说是揭开了电子技术的新帷幕。我们去美国就是为了参观研究制

---

❶ 日本曾经的中央行政机构，管辖交通、邮政、电信及电力等事务。

造这种晶体管的现场。

美国是个伟大的国家。一九四六年，麦克阿瑟要求日本制定新宪法的时候，美国已经制造出了世界第一台电子计算机。日本的科学技术远远落后于美国。

慎吾，生活在当今日本的你可能都不相信。那时候啊，什么都是美国美国的。我们不得不向美国取经求教。

到了美国，我们参观了几间研究所和工厂之后，就彻底折服了。美国在半导体研究上投入了巨额国家预算，无论是研究设施还是生产设施都尽善尽美得超乎我们的想象。

我对其中一家叫柯普兰的公司产生了兴趣。虽然是民间的小公司，但它年轻且洋溢着热情，更重要的是柯普兰总经理的人格魅力吸引了我。那时还有很多美国人看不起日本人，但柯普兰的总经理热情地接待了我们，还邀请我去他家共进晚餐。

那时候我还是个二十二岁的愣头小伙儿，我拼命表达自己的愿望，说多希望日本也能制造出自己的晶体管。柯普兰总经理一直笑眯眯地听着我那蹩脚的英语。

回国后，我开始准备再度访美。我想去半导体工厂，直接学习他们的技术。直到两年后的一九五二年，我终于得以成行。

我辞去了电气通信省电气试验所的工作，只身奔赴美国。来到柯普兰公司，强烈请求总经理聘用我。看到我突然出现在面前，总经理惊讶得睁圆了眼睛。一开始我被拒绝了，之后差不多整一个星期我每天都上门去苦苦请求。大概是这份坚持打动了总经理吧，最后他终于点头同意了。他要是不同意我该怎么办呢，我连回日本的路费都没有了。

柯普兰公司与两年前相比成长了许多，晶体管的产量已直逼当时位居销量榜首的得州仪器公司。我进入制造部后非常努力地工作。身为日本人这一不利条件，也是让我拼命的一个原因。

我在柯普兰工作了八年。

一九五八年末，得州仪器公司开发出了名为"solid circuit"的固体电路——就是现在的 IC 的雏形。听到这个消息之后，我心底升起一种急不可耐的感觉。

我想回日本，回日本建起我梦寐以求的半导体工厂。那时候我已经是柯普兰的一名制造主任技师，总经理非常欣赏和照顾我。他对我有大恩，但我已经三十多岁了。我惶恐不安地跟总经理说我想回日本，想在日本建一家自己的工厂。

令我惊讶的是，总经理二话不说就同意了。他拍着我的肩说："我还以为你能更早说出来呢。"

那时我才知道，从我一进公司，柯普兰总经理就有了在日本建一家柯普兰工厂的想法。

柯普兰公司以晶体管为主打的半导体产品也向日本大量出口。当然，那时日本已经在大力开展半导体的研究和制造生产，但是人们都相信从美国进口的产品质量更优良。日本使用的半导体几乎都是进口的。

柯普兰总经理想在出口的同时，也在日本进行生产。他对我说："日本很快就会形成一个巨大的半导体市场，我们必须提高竞争力以迎接那个时候的到来。"

也许有些狂妄，但我还是大着胆子说："我想建的不是柯普兰的工厂，是生驹工厂。我会生产柯普兰的产品，但我也想开发制造日本人为日本人生产的产品。"

我和总经理用了好几个月的时间反复讨论，最后达成了共识：

让生驹电子工业成为柯普兰公司的代理店。

对我而言没有比这更幸运的事了。要成立一家新公司，有没有柯普兰在背后给予支持，情况会完全不同。就算我能在日本制造出晶体管，可完全没有销售渠道和根基。能够销售柯普兰的产品，真是梦寐以求的结果。当然，说是柯普兰的产品，实际是在我的工厂生产的。

一九六〇年，我回到日本，在品川成立了生驹电子工业株式会社。慎吾，那是你出生的三年前。在公司终于上了轨道的时候，我认识了千贺子，和她结婚了。

一开始，公司的业务完全是生产和销售柯普兰的产品。除了名字是自己的，实际上我们就是柯普兰公司在日本的本地工厂罢了。但我也因此得以打下了公司的根基。

时代需要半导体，而我顺应了时代。晶体管、IC、二极管……需求尽管缓慢但确确实实在增长。开始只有五个人的生驹电子也在数年后发展到了十八人。然后，慎吾，你出生了。那时候的我简直可以说是达到了人生巅峰。

品川的工厂已经不够用了，我们计划在枥木建立大规模的IC工厂。可计划正在推进的时候，传来了一个意想不到的消息。

接二连三有报告称美国柯普兰公司的产品有缺陷，已经查明频发的事故及故障的原因就出在柯普兰公司生产的双极IC上。而且在市场上也发现了大量不良品，原因出在工厂的品质管理上。那时刚跨入六十年代中期。

此事使得柯普兰公司不得不急速减少市场占有率。生驹电子工业也受到了波及。

和在美国一样，柯普兰产品在日本也卖不出去了。无论我们怎么强调生驹电子的产品绝无问题，还是不断被取消订单、遭到退货。

终于在一九六八年六月，柯普兰总经理给我打来电话，宣布最终的通告：柯普兰决定撤出日本市场。柯普兰总经理对我说："我们似乎不得不承认，这次要惨败而归了。"

但是，我不会让自己轻易放弃的。

我们不靠柯普兰，就靠自己的实力制造我们自己的产品——我对全体二十一名员工这样说。事实上，我们有足够的实力能做到，我们公司的半导体制造技术具备顶尖的水准。

后来，进入了小型电子计算器的销售竞争时代。连计算器都已经迎来了 IC 时代，我想制造并销售我们自己的计算器。

但就算为了这个目标，也不能中止枥木工厂的建设计划。我开始考虑廉价变卖自己的财产，筹钱重振生驹电子工业。

也有人向我伸出援手，其中最大的一支力量就是立卡德相机了。他们向我提出合并的建议。立卡德似乎之前就在考虑要参与到计算器的开发竞争中，所以他们想要生驹电子的技术。

但是考虑到公司的规模，我犹豫了。立卡德和生驹电子之间，谈合并那只是形式上的，实际上意味着立卡德会把生驹电子吸收掉。如果对方是生产电脑的厂家也就算了，可是被一家生产照相机的公司嘛……我当时的感觉就是这样的。

我决定把柯普兰这次退出日本市场当成一次机会，一个生驹电子工业将名副其实独立存在的绝佳机会。如果现在接受了立卡德的帮助，那将不会再有独立的机会了。

为了提高员工的士气，我用全部私人财产作担保，到处集资，把集来的五千万日元的支票放在了全体员工面前。

"我赌上了我的身家性命。这笔钱不够我们建新工厂,但能让我们迈出第一步。已经没有柯普兰了,我们要开始我们自己的事业。我希望你们继续跟着我,我需要你们。"

这是我的宣言。我那二十一名下属,以点头回应了我。

距那时还不到一个月,就发生了那件事。你被绑架,而案犯索要五千万赎金。那是我宣言赌上了身家性命、掷在全体员工面前的一笔钱——这就是那五千万对我而言的意义。

5

似乎有些偏题了。让我们回到九月九号吧。

我们一直在等案犯的联系。警察把摆在走廊的电话搬到客厅,还在电话上装了警方的录音机。有三四个刑警轮班守着。在场的人很少交谈,只是盯着沉默的电话,气氛很沉重。

第三次和第四次的电话,是在天黑后连着打过来的。

——爸爸!

猛地听到你的声音,我握紧了话筒。千贺子也吃了一惊,忙从我旁边把耳朵贴到了话筒上。

"慎吾!慎吾,你没事吧?"

——叔叔让我打电话。

千贺子一把夺过话筒:"小慎,你听见了吗?"

——妈妈!

"啊……小慎,对不起!"

——妈妈,我没事的。我不怕。

"你好好吃饭了没有?"

——嗯。刚才吃了拉面。

"他们没弄痛你吧?"

——不痛。就是孤单,就是有一点点孤单。肚子也不饿。

"没事的,马上就能回来了,我们马上就去接你回来。"

——什么时候?

我推开千贺子:"慎吾,你现在在哪儿?"

——我不知道,我眼睛被蒙着呢。

"被蒙着……?把你带走的人,现在在那儿吗?"

话筒中传来"嘟——"的声音,通话突然被切断了。

"喂,慎吾!慎吾……!"

千贺子在我旁边猛地哭了出来。

我好像问了不该问的。案犯当然就在旁边,他肯定不会让慎吾说出对他不利的话。

眼睛被蒙着……我感觉神经好像"咔嚓"一下被扯断了。

我把话筒递给边上的警察,跌坐在地上。

电话断了之后过了十分钟左右,又响了起来。我扑上去拿起话筒:

"喂!"

——生驹先生,那边果然有警察对吧。

"没有!这里只有我们。真的,请相信我。真的是真的,请再让我和慎吾说一下话。"

——能听到他的声音就够了。已经换地方了。我怎么觉得你有什么企图呢,你是不是想让小孩子说出地址?

"不是的,我是问了,可那不是人之常情吗,我担心啊。我真没叫警察。"

——别忘了你说过这句话。你决定付五千万了没有?

"我要把钱拿去哪里你才会把慎吾还给我?"

——你决定付了?

"你真的会把慎吾还给我?"

——只要你说话算话,我也说话算话。

"要拿到哪里去?"

——你现在有钱?

"我马上就能准备出来。"

——真了不起。那你听好了,别让我说好几遍。

"……是。"

——把五千万换成金条。

"金条?"

我吃了一惊反问道,几名刑警也抬起头来。

——就是金子,金条。把五千万全部换成金条。应该有七十五公斤。

"七十……你是说七十五公斤的金条?"

——就是金条。别让我说好几遍。七十五根一公斤重的金条。全部都换成一公斤的金条,七十五根一公斤的金条。

"可是……金条?为什么?"

——为了让你别想不该想的。

"不该想的……但是,七十五公斤的金子,我不知道能不能马上筹出来。"

——马上就能筹出来的。你要是想早点看到你的孩子,就快点准备。你动作越慢，见到孩子的时间就越晚。我会再跟你联系。

"啊，请等一下，等准备好金子……"

电话挂断了。

我看向旁边的堀内，堀内也皱眉看着我，喃喃道："金条？"

"刑警先生，我没买过金子。我该怎么办？"

"您能筹出五千万吗？"

"能……想想办法就能。我有为公司准备的钱。当然不是公司的钱，是我个人借债凑出来的钱。"

"……"

我觉得自己很没用。

他们蒙上你的眼睛，只给你拉面吃，你在害怕。"就是孤单，就是有一点点孤单。"你说这句话的声音一直萦绕在我耳边。

"您打算准备金条吗？"

堀内的话让我吃了一惊，我回看着他："当然了。那个男人不就是这么说的吗？"

"唔……"

"只要慎吾能回来，让我干什么都行。刑警先生，难道你的意思是让我别付钱？"

"啊不，不是。不过五千万是一笔巨款啊。"

"可那是慎吾啊。你也听见那孩子说他很孤单了吧？"

"我知道。"堀内点了点头。

"不说那些了，我该怎么筹到金子？"

"这个，应该就是去买吧。我也不太清楚，不过通过一般交易能买到七十五公斤的黄金吗？"

"我试着找找眉目。总之要尽快凑出来。"

刑警表情复杂地走开了。

我心里很焦虑，根本顾不上在乎刑警在想什么，他爱怎么想就怎么想吧。至此案犯已经打过四次电话了，每次警察都尝试追踪，可通话时间总是太短。指望不上警察，只好我自己来了。除了我，谁都救不了慎吾。

"七十五公斤，要怎么搬啊？"

我听见刑警在另一边说话的声音。

6

在那之前我也不知道，原来一九六八年的时候，黄金的价格不同于现在，还没采用浮动汇率。当时黄金定价一克六百六十日元，这价格一直沿用到一九七三年二月。

和案犯说的一样，价值五千万日元的黄金差不多有七十五公斤。到了七年后的现在，一克黄金的价值已经超过了一千四百日元，就是说现在七十五公斤的金块价值已经不低于一亿日元了。不知道你什么时候会看到我写的这些，那时候金价也许涨得更高了。

当时有十五家公司可以买卖黄金，在日本进行交易的黄金全部都由这十五家公司经手。我知道有的商场也会向普通民众销售黄金，就给我认识的一个三越百货外商部的人打了电话，让他给我介绍一个本地金商。

这个量太大了，一般是不会有私人要购买七十五公斤黄金的。为了说服疑虑重重的金商，无论如何我都要把情况向对方解释清楚。

我请堀内帮忙，让警察介入斡旋，终于在整整两天后，也就是十二号，凑齐了七十五公斤黄金。我记得很清楚，那是星期四的早上。

在那两天里，案犯和我们联系了五次。加上之前的总共是九次。后来的五次电话都很短，基本都是问金条准备好了没有。

一公斤的金条大小和小点儿的板状巧克力差不多。堀内经我同意后量了一下，宽五厘米，长十一厘米，厚七八毫米。

"一块板状巧克力要六十六万啊……"

堀内叹息般吐出一口气说道。

能托放在手掌上的大小，可拿起来感觉沉甸甸的。七十五根一公斤的金条——那光泽映在我眼中，可我丝毫看不出有多美。本地金商开车运来这些金条，又在刑警的护卫下搬进客厅，摆到桌子上。从那时起，便衣警察的人数倍增。本地金商的销售部长默默地接过我递过去的支票，垂下眼帘：

"这些黄金，我们随时都愿意用相同价钱买回来。衷心祈祷您的孩子平安归来。"

他礼貌地说完低下头鞠了一躬。

十二号上午十一点左右，第十通电话打了进来。这是案犯最后一次打电话到家里。我告诉他金子已经准备好了。

——是真东西吧？

"当然是！我怎么可能拿假的骗你呢！"

——姑且信你。到手之后我会检查的。你最好明白，要是我拿到的是假货，你就再也别想看到你的孩子。

"是真的。都在这里了。让慎吾听电话。"

——好像还在睡。他昨天好像睡得晚。

"他在你那儿吗?"

——不在边上。我在别的地方打的电话。

"我要把金条送到哪里去?"

——你一个人搬不动吧,那可有七十五公斤。除了你之外再叫两个人一起来搬,必须叫我指定的两个人。

"……叫谁?"

——你公司的人。有一个叫间宫的?

"间宫?好。"

——还有一个叫鹫尾的吧?

"是……你认识他们?"

——我认得那两个人的脸。你要是敢带这两个人以外的人来,我就杀了孩子。

"间宫和鹫尾,我知道了。那要拿到哪里去?"

——等一下,现在的话……一点的吧。

"一点?"

——你去坐一点发车的新干线,有一班光号列车 25 号。

"光号列车 25 号。"

——没错。坐到新大阪换车……等一下。

话筒那边传来翻页的声音。

——有一趟快车宫岛号,坐那班车到神户。

"神户……?"

——没错。17 点 31 分到。从神户北口出站,走到多闻路上,那儿有间叫"橘"的茶馆。去那里。

"等等,你是说把金子带到神户去?"

——别让我说两次。

"从神户站北口出站,多闻路上的橘茶馆,对吧?"

——没错。

"慎吾在那儿吗?"

——总之叫你去你就去。先把金条拿来。必须坐我说的那个时间的车。就这样。

"啊,喂?"

电话被挂断,我急了。

刑警的行动也忙乱起来,堀内抓住我的手腕问:"刚才说的间宫和鹫尾是谁?"

"间宫是我公司做产品设计的,鹫尾是制造部的负责人。"

"把他们的全名告诉我。"

"间宫富士夫和鹫尾纲行。"

"案犯为什么要指定他们两个人?你有什么想法?"

"没有……"我也毫无头绪。

后来经专案组调查得知,生驹电子工业作为一家尖端科技产业的先驱企业,某周刊曾对其做过报道,并刊登了照片。

照片上除了生驹洋一郎总经理,还有间宫富士夫和鹫尾纲行,两人的照片都很清晰,同时清楚地标注了他们的姓名。

那篇报道中没有提及公司的其他员工,警察因此推测案犯也许曾看过这篇报道。

案犯指定的新干线一点钟发车,没多少时间磨蹭了。我打电话到公司,让间宫和鹫尾到家里来。

直到那时,你被绑架的事情我还没告诉过公司任何一个人,只说你奶奶身体情况不太好，一直没去上班。在那之前我从没休过哪怕一天的假。员工们表示担心，说要到医院探望，也都被我拒绝了。他们一定都觉得不太对劲。

间宫和鹫尾开车赶来，两个人都被满屋子的便衣警察和桌上的金条惊得半天说不出一句话。但是最让他们震惊的，应该是听到我说你被绑架了吧。

"为什么是我？"

听到案犯指名要自己来，间宫双颊颤抖，看着我问道。

"总经理……"

鹫尾抓住了我的手。

7

我们把金条分成三份，每份二十五根，分别装进三个皮包里后，开车赶往东京站。鹫尾开车，间宫坐在副驾驶座，我和三个皮包一起在后座。千贺子强烈要求要一起去，我提醒她案犯说了只能三个人去，还是让她留在了家里。

我们的车前后都有便衣警车，车上也有一名刑警蜷着身子藏在我的座位下。

车上装的可是七十五公斤的黄金，途中绝不能出什么差错。刑警会与我们同行，除了为了随时准备与案犯接触，也兼有护送黄金的意思。案犯既然叫我们去神户，在东京应该不会对我们进行监视，但是以防万一，警察还是尽可能地在暗中行动，这点让我很感激。

而且实际上也不能排除案犯正在监视我们的可能性。把你拐走的时候，案犯至少有两个人，也许那两个人其中一个去神户等着，另一个就留在东京监视我们。案犯近乎神经质地不断怀疑是不是有警察。如果他们看到有刑警在……一想到这点，我就担心得不知如何是好。

警方在此阶段已将生驹慎吾被绑架一案列为特大案件。毕竟事关人命。但是真正令搜查态势紧张的还是那七十五公斤黄金。

警视厅请求兵库县警察配合行动。生驹洋一郎三人出发时，神户市楠町的"橘"茶馆周边已经暗中布下了特别紧急警戒网。

警察还考虑到案犯也有可能在到达神户前与生驹等人接触，因此把全程都置于严密的警戒下。

出发后，间宫和鹫尾都基本没开过口，我也保持着沉默。我大概能想象得到他们两个人在想什么。因为除了对我和慎吾而言，这次事件还具有另一层含义——那就是摆在我旁边座位上的三个皮包。

答应案犯的要求，交出五千万赎金，这相当于切断了生驹电子工业的生命线。前面也提到过，这五千万本该是生驹电子工业迈出新一步的原动力。

你很黏间宫和鹫尾，自然也很熟悉他们，他们现在还会来家里玩。他们两个人真的很疼爱你，而这份疼爱不是因为曾发生过那种事。昨天间宫又来探病了，鹫尾一个星期也会来一到两次。他们对我而言与其说是下属，不如说是好搭档。

鹫尾进生驹电子工作只比间宫早了一年，他和我一样曾在电气通信省工作，那时候他是我的后辈，晚我两年进公司。虽然没去美国，但这个男人和我一样，一直在研究和制造半导体的路上不断前行。

在根本上对我从柯普兰带回来的技术重新加以研究并改良了制造生产线的，就是鹫尾纲行。生驹电子产品的可靠性正是由此而来。特别是切割单晶硅的技术，这可称之为 IC 制造核心的技术改良，全是靠鹫尾才做到的。

而间宫，他开拓了半导体研究的最前线。还在京都大学的研究室时，间宫的才能就已经得到了公认。听说我的公司在生产柯普兰的产品，间宫来东京的时候顺路到我的工厂参观了一趟。我总觉得这跟我进入柯普兰的过程很像，只不过我是自己跑到柯普兰去，而间宫是在我的积极劝说下加入的。

在提高 IC 的集成度上，间宫倾注了极大的热情。不知道你能理解多少，IC 大致可分为双极型 IC 和 MOS IC 两种，当时在日本生产的基本都是双极型 IC。双极型虽然具有速度快的优势，但是消耗电量大，而且生产成本高。相比之下，MOS IC 虽然速度较慢，但是只需消耗极小的电量，并可以提高单块芯片的集成度，而且便宜。

在当时的日本，可以说几乎没有一个厂家能生产出高可靠性的 MOS IC。而就在那个时期，我们公司刚建成 MOS IC 的生产线。正是这点让间宫动心——他一直想提高 IC 的集成度，做出通用型的高集成电路。事实上，哪怕到我写下这些话的现在，间宫从那时起就一直琢磨的产品也是极具创新性的。

一九七二年，美国英特尔公司推出了四位微处理器，日本电气（NEC）也在一年后开发出了相同产品。但是间宫在六十年代中期就已经跟我说过他关于微処理器的一些设想，简单说就是一个集成电路不只有固定的功能，而是将能够根据程序应用于多个领域的通用型电路集约到一块芯片上——这是一个划时代的设想。

你被绑架的那一年——一九六八年那个夏天，间宫正在按着他的设想一步步完成设计。他已经做出了超过三位数的试作品，等完成之后这本该是枥木工厂最初的产品。

身为设计者的间宫自不用说，鹫尾和我也为实现这个目标而拼尽了全力。柯普兰公司撤出日本市场，对生驹电子的存亡造成了一时的威胁，但我们正在想方设法靠自己的力量重整旗鼓，并且刚好到了机运成熟的时候。

两个人嘴上虽然不说，但他们看着皮包里那金灿灿的七十五根金条，心情想必是绝望的吧。

拿五千万来！案犯说。

这无异于在说："把一切都丢到泥沼里去！"

我们一人抱着一个皮包放在膝盖上。从坐上光号列车 25 号之后，还是没有任何交谈。

8

为什么非要让我把五千万换成金条呢？——在新干线到达新大阪站之前的三个多小时，我一直在想着这个问题。

——为了让你别想不该想的。

对方是这么说的。他是指纸钞上会做什么手脚吗？当然了，案犯或许是害怕这边事先对纸钞编号备案。但是如果他要求全部用旧的千元面额的纸钞，警方要事先对所有纸钞编号备案也会相当吃力。不管怎么说，光数量就有五万张啊。

但最让我觉得不可思议的，是七十五公斤的黄金的重量。刑警也说过同样的话：案犯要怎么搬运那七十五公斤呢？

案犯要求我们三个人带黄金过去，是说也会有三个人来接收吗？

其实最简单的是直接索要五千张一万日元的纸钞，那样体积既不会太大，分量也会轻不少，更不用三个人来搬，一个人就足够了。

而且，还让我们送到神户去——

当然，黄金事后可以进行加工。记得在电影还是哪里看过，说把黄金做成摆饰的形状再涂上仿石材涂料，就看不出那原本是黄金了。而且黄金还可以切割卖，每次只卖出少量也不易惹人怀疑。就算在金条上刻了什么记号，一熔解就没用了。

确实是挺安全的。

但是，那是拿到手之后的事。对案犯而言最危险的不应该是交接的时候吗？

我不认为案犯是未经思考就给出换成金条的指示——如果不是经过深思熟虑，他根本就想不到"换成金条"吧。而且还是神户。在东京拐走慎吾，然后在神户收取赎金……怎么想也不明白案犯的意图。难道案犯是神户人？我不觉得事情会这么简单。

好几名便衣刑警也上了新干线，时不时有认得的刑警装着去厕所的样子从我们的座位旁经过。

就算案犯也在这班新干线上,我也不认为他会跟我接触。在行进中的列车上无处可逃,这班车中途也只停名古屋和京都两个站。

不过,案犯给出的指示中只有一点很奇怪,那就是他让我们在新大阪换乘的快车宫岛号。

光号列车25号13点发车,将于16点10分到达新大阪站。我为了确认换乘的时间,看过时刻表,才知道快车宫岛号是16点52分从新大阪发车,17点31分到达神户。问题是,为什么一定要坐快车宫岛号?

毕竟要等四十二分钟之久。在这四十二分钟里,有三班普通列车都是从新大阪开往神户方向的。就算担心赶不上16点11分发车开往播州赤穗的那班,那26分发车开往上郡和41分发车开往西明石的两班车都完全能赶上。如果说快车会早些到神户的话,那也还能理解为什么要选择宫岛号,可是后两班普通列车都比宫岛号先到神户,开往上郡那班甚至能早到近三十分钟。

一般来说,案犯应该会想尽快拿到赎金的,如果能早三十分钟把黄金拿到手不是更好吗?

但是案犯偏偏让我们坐快车宫岛号。这到底有什么用意?

只能对在新大阪等车的四十二分钟做猜想了。案犯表面上说让我们去神户的"橘"茶馆,说得似乎很理所当然,可他们其实可能计划要在新大阪拿赎金。比如说在等车的时候突然现身,要求我们交出金条。

警察大概也考虑到了这个可能性。到达新大阪后,不断有警察严密地轮流守在我们三个人边上。而我却更担心这会不会被案犯看穿。

新干线到达二号站台,我们上上下下跑着楼梯往在来线[1]的站台赶去。在等待快车宫岛号期间,我们一直把沉重的皮包抱在胸前,不断来回四下打量。

"总经理……"间宫小声说了一句,"您应该早些告诉我们的。"

他的口气并不是在责怪我,可鹫尾对间宫摇了摇头:"间宫,如果你是总经理的话,你会怎么做?"

"……"

间宫没再开口。

"抱歉。"

我对他们两人说道。

案犯没有在新大阪现身。我们坐上了16点52分发车的快车宫岛号。

9

列车准时在下午5点31分到达神户。

我心急如焚,几乎丧失了思考能力,心里只想快点把这三个皮包交给案犯,仅此而已。我以为在案犯指定的茶馆里就能用黄金把你换回来了。我们中午刚过就从东京出发,现在已经接近黄昏了,我还以为那家茶馆就是最终目的地。我想得太天真了。

"橘"茶馆店面挺大,占了两层楼。我们推开玻璃门走入店内,

---

[1] 日本铁路用语,指新干线以外的铁路线。

不知道该往哪儿走，只好茫然地立在原地。我环视店内，想着是不是能看到你的身影。

"里面请。"店员说着准备领我们入座，我摇了摇头。

"二楼也有位子吗？"

"有。请走这边的楼梯。"

按店员所指的方向，我们从收银台旁边的楼梯上了楼。在二楼也没看到你。

"总经理。"间宫在我耳边说，"是不是待在楼下比较好？对方说不定也在找我们呢。"

"啊，哦……也是啊。"

我们不理会一脸疑惑的店员，又下到了一楼。

我想或许案犯就混在顾客中。想到案犯认得我们的样子，我忙抬起头好让他能认出我，还特意走到中央空着的座位，这样案犯从任何方向都能看到我。

我们三个人都把皮包放在膝盖上，二十五公斤重的金条沉沉地压着双腿。我们点的咖啡送了过来，我看看腕上的表，马上就5点45分了，挂在墙上的钟也显示着差不多的时间。八成的座位上都坐着客人，我一桌一桌挨着看过去。可能也有便衣警察混在顾客中，不过我当作不知道。

"请问有一位生驹先生吗？有您的电话。"

听到店员的声音，我霍地站了起来，间宫和鹫尾也跟着我一起奔向收银台的电话。

话筒搁在电话机旁边，我抓起来，做了一个深呼吸。

"我是生驹。"

——听好了。去一楼最里边，前进方向左边角落的桌子。

"最里面的左边？"

我向那边看去，桌边坐着一对年轻男女正在聊天。

——桌子下面贴着胶带，把胶带撕下来，有把钥匙。钥匙是神户站检票口旁边的存物柜的。去看存物柜里的东西。

说完电话就挂断了。

我跟间宫和鹫尾说了一遍电话的内容，便直接走向里面的座位。坐在那儿的年轻男女一脸惊讶地看着我们。

"干什么啊？"

"对不起，我忘了东西在桌子底下。"

"忘了东西？"

我弯腰钻进桌子底下，女人高声叫道"你们干什么啊！"，男人则站了起来手搭上了我的肩。我也不管，只顾着去看桌子下面，终于看见了粘在桌子下面的胶带。

"喂，大叔，别搞事！"

男人往我肩上一推，我跌坐到地上。间宫制止住了他："对不起，事出有因，马上就好。"

"喂，谁来管管啊！"

女人提高了声音，而我一心扑在桌子背面的胶带上。胶带摸起来坑坑洼洼的，我顺着手感撕下来，上面粘着一把钥匙。

"不好意思了。"

我向两人低头道歉。店员听到这边有骚动急急赶了过来，我把账单递给她："麻烦结账。"

店内所有客人的视线都投在我们身上。我们结了账，从"橘"出来，再次回到了神户站。

后来警察针对"橘"茶馆里贴着钥匙的桌子和神户站检票口旁的 49 号存物柜展开了彻底的搜查。

案犯在生驹洋一郎一行到达之前曾坐过一楼左边靠里的座位，并把投币式存物柜的钥匙贴到了桌子下面。警察花费了大量时间对茶馆的工作人员和顾客反复询问。

通过记账单查明当天自茶馆开门共有十五组客人坐过那个座位，确认了其中三组是常客，其外未获得任何跟案犯相关的线索。

对投币式存物柜，警察也尽了全力一直在寻找目击者，然而最终未能找到有关线索，并且也未能从桌子、投币式存物柜、钥匙以及胶带上采集到的指纹中抓住任何有力的证据。

投币式存物柜里放着一个纸皮箱和一个黄书包。纸皮箱和装橘子的箱子差不多大，黄书包用胶带粘在纸皮箱上，上面缝着一只小熊。我拿起黄书包。

小熊书包——这是你去幼儿园的时候背的书包，你被拐走的时候也背着它。

"慎吾……"

我在存物柜前打开书包。里面有三张票和一张叠着的纸。我把纸展开，上面是一连串的假名文字。

现在不许打开纸皮箱。
抓紧时间赶到鱼崎港阪九渡轮乘船码头。
办好 19 点开往小仓的登船手续。
时间不多。
到船上进了客房之后再打开纸皮箱。

上船前打开箱子或者向警察求助，就杀掉孩子。

"渡轮？"

探头跟着看完，鹫尾提高了声音。间宫看了看表。

"19点开船，那只有一个小时左右了。已经开始办理登船手续了吧？"

"走。"

我向停在车站前的的士招招手，把手里装金条的皮包交给鹫尾，自己把纸皮箱从存物柜里取了出来。

10

案犯给我们准备的是一艘长途渡轮的一等舱船票，这艘渡轮从神户鱼崎港出发，开往小仓日明港。那是我第一次乘坐渡轮这种交通工具。后来听说开往小仓的那班渡轮是差不多一个月前刚启航的。

我完全不知道案犯到底在想什么。抱着那个"上船之前不许打开"的纸皮箱，我满心不安。案犯害怕警察，这是显而易见的。他指挥我们东奔西跑，可能就是打算一旦在我们的行动中察觉有警察的踪迹，就中止一切交易行动。我后悔报警了，如果可能的话我很想对堀内大叫"求你们回去吧"，却怎么也找不见堀内的身影。

坐渡轮去九州……

为什么要让我们这么做？那慎吾是不是在小仓？

到达阪九渡轮的乘船处时，乘客已经开始上船了。我急忙赶向窗口。

我一边办理乘船手续，一边确认了下渡轮到达小仓的时间：次日早上 9 点 30 分。

十四个半小时——就是说一直到明天早上，我都见不到慎吾？为什么要让我等这么久？我心里难受极了。

乘船处二楼有候船室，我们穿过候船室，过了通向船内的栈桥。船员领着我们上了楼梯，进入位于 B 甲板靠里的一等客舱。渡轮共有三层甲板，从上到下用字母 A、B、C 区分。给我们安排的是两间房，一间是双人间，有两张床；另一间是单人间。两个房间都不大，我们集中到了相对大一点的双人间里。

"箱子……"

在鹫尾的催促下，我把纸皮箱放到床上，开始拆胶带，间宫也跟着帮忙。

刚打开箱子，就传来敲门的声音。我们都一惊，回头看向门口。鹫尾战战兢兢地过去打开门，只见走廊上站着一个穿着船员制服的男人。

"堀内……"

穿着船员制服的堀内刑警走进了客房。

"刑警先生，这要是被案犯看到了……"

堀内点了点头："我知道。我会谨慎行事的，请放心。案犯似乎是个相当神经质的家伙，我不会做出任何惹毛他的事的。"

先不说这个，堀内向纸皮箱抬了抬下巴。

我点点头，把箱子里的东西取了出来。

"这是什么？"间宫喃喃道。

一台便携式开盘磁带录音机，四卷正反面时长共一个小时的开盘磁带，八节一号电池，还有一张假名打印的便笺纸。

磁带里录着音乐。

音乐会时不时中断，有人说话。把内容一字不漏写下来。

数字之后会有一句短句，只有第一个字重要。听完四盘磁带之后，按数字排列每句话的第一个字。排好了就是下一个指示。

如果第一个字是"ム（mu）"，换成"ン（n）"。

"这是什么意思？"我疑惑地问道。

"总之先听听。"

间宫说着拿起了磁带。磁带上什么也没写，看来应该没有先后顺序。

我们先把最上面的磁带放进了录音机。按下播放键，就听见铿锵有力的管弦乐响起，接着有钢琴的声音交织进来。

"……"

我们不由得面面相觑。

"柴可夫斯基啊。"堀内说道，我看向这位刑警。

"是什么？"

"柴可夫斯基，您不知道吗？这是《第一钢琴协奏曲》。"

"……"

我不了解音乐。即便知道柴可夫斯基这个名字，也全然不知这位作曲家谱过什么曲子。

——五。

乐曲突然中断，传来一个女声。

——酒窖里的葡萄酒。

女声接着说道。然后马上恢复成音乐演奏。

我皱起眉头："酒窖里的葡萄酒？"

"就是说，是'サ（sa）'？"鹫尾面带不安地说道。

堀内拿出记事本，写下"5-サ（sa）"。

"为什么要让我们做这种事？"

"为了争取时间吧？"间宫说。

"争取时间……"

"这磁带正反面共一个小时对吧。有四卷，就是说要四个小时才能全部听完。船7点开，也差不多到时间了。案犯应该是想用这四盘磁带让我们在11点之前都不得不留在房间里吧？"

"那这又是为了什么？"

间宫摇摇头："不知道。"

这时音乐又断了："八、七。"

女声说道："上等的蛋糕。"

音乐恢复。

"八、七，就是八十七的意思吧。上等的蛋糕，那就是'ジ（ji）'了？"

堀内自言自语着，记在了纸上。

"这声音挺好听的。"

鹫尾看着我说。

"像是从什么地方翻录下来的。"

我对此并不关心。

我焦虑得很。那庄严的音乐极刺耳。我盯着不停转动的磁带，咬住了嘴唇。

正如间宫所说，这一切说白了都是为了争取时间。要到最后才能按每个字前面的编号重新排序，那就没办法中途推测出整句话。在所有数字都出现前，这些都不过是一堆毫无意义的文字罢了。

不只是这些磁带。特意让我们坐快车宫岛号而非别的能较早到神户的列车，也是为了迫使我们匆忙行动。案犯等到最后一刻才给出指示，让我们无暇思考就上了船。

我到那时才注意到，案犯的作案计划周全得令人惊讶。

后来警察经过分析，查明磁带中录的是市面上销售的唱片的复制品。曲子是柴可夫斯基作曲，赫伯特·冯·卡拉扬指挥，维也纳爱乐乐团演奏的《降 b 小调第一钢琴协奏曲·作品 23 号》。四盘磁带中反复录着这同一首曲子。

而插录在乐曲中的女声，是从一张叫《有声朗读·世界的传说》的薄膜唱片中一小段一小段截取出来的。这张唱片是和图画书配套销售的，内容有莱斯利·布鲁克的《金鹅》和《三只小熊》。

还有数字的部分，是从同一套有声朗读图画书系列的其中一本——《各种各样的数字》中截取出来的。

我只觉得这根本就是在胡闹。插在音乐中的短句都是什么"肚子饿死啦""会稍微乖一点吧""很久很久以前"这样的话，而且还是一个清澈的女声用给孩子听的语气读的。插入短句的间隔也都不一样，有时两三分钟就有下一句，有时要等近五分钟。

"如果能节省一些时间……"

间宫望着录音机说。

"节省?"

"我试试看。"

间宫关掉录音机,取下顶盖向里面望了望。他把磁带从橡胶轮和绞盘中间取出,让磁带脱离出来后按下播放开关,然后直接用手转动倒带滚轴。从扬声器传出的音乐变成了吱吱嘎嘎的声音,接着音色突然一变,间宫这时立即停止转动滚轴,往回稍微倒了一点儿,重新把磁带放回去播放。

——五、三,毫不犹豫去了森林。

女声说道。

"这样能快一点儿。案犯一定以为我们在11点之前解读不出磁带的内容。能争取些时间的话,说不定能赶到案犯前头。"

"间宫,你说得对!我怎么没想到呢。"

鹫尾表示赞同。

多亏了间宫,我们不用把这恨人的柴可夫斯基从头听到尾。我们轮换着操作磁带,9点多就完成了所有的工作。记下来的笔记多达一百四十项。

也就是说,我们花了差不多两个小时,终于读到了这篇由一百四十个文字组成的命令。

11

整理堀内做的笔记,按编号重新排列之后出现的文字是这样的:

にじゆうさむじさむじゆうふむにつぎのしじおじつこうせよしいで
つきのにとうせむしつみぎおくいこましむごのなまえいりあかいかばむ
ありかばむおせむしつにもちかえりなかおあらためよじこくいぜむにか
ばむにておふれるものあればけいさつとみなしとりひきはちゆうしする
しむごのいのちはないとおもえ

再把文中的"む（mu）"换成"ん（n）"，重新读一遍，内容就变成了这样：

23点30分执行下一个指示。C甲板的二等客舱往里走，靠右放着一个红色书包，上面写着生驹慎吾的名字。把书包拿回客房，看里面的东西。在指定时间之前若有人去动书包，就视其为警察，所有交易中止。别指望慎吾还能活着。

看看腕上的手表，9点已经过了十五分钟左右。距11点半去取书包，还有两个多小时。

堀内看完这段话，向我们行了一礼，走向门口。我慌忙拉住他。

"刑警先生，你要去哪里？"

"我要给我的下属下命令。"

"但是刑警先生，你不会是要把书包……"

堀内点着头把手放在我的肩上："没事的，我不会让他们去碰那个书包的。虽然我很不情愿听从案犯的指示。"

"但是你说要下命令……"

"这个吧……"堀内指着我们从磁带听写下来的笔记，"我看完这个，只能确定一点：那就是案犯一定就在 C 甲板二等客舱附近。"

"啊……"

我看着这位刑警。

"案犯这就算把自己的位置暴露了。我不会出手的，在慎吾回来之前，就算发现案犯了也不会出手的。但是我必须为后面做好准备。"

然后他又加了一句："生驹先生，请你们不要离开房间。多亏间宫先生机灵，我们有了两个小时的时间。案犯应该以为我们还在听磁带吧。我想有效地利用这两个小时。如果现在红色书包还没被放到那里，那就可以等着案犯出现了。"

堀内说完直接走出了房间。

我想确实是如此。

案犯在这艘船上。慎吾也在船上的可能性不大，但也不能说绝不可能。我一想到你正在以怎样的心情等着我，就觉得呼吸滞闷得难以忍受。我恨不得追在堀内的身后，满船呼喊你的名字。当然，我不可能那么做。

渡轮以一种缓慢的频率摇晃着继续向九州前进。我的身体也习惯了那没完没了的轻微震动。现在渡轮开到了哪一带，我完全没有概念——一上船我们就冲进了客房，然后一直专注于柴可夫斯基的磁带。我甚至不知道这艘船的外观是什么样子的。

"到底要干什么……"鹫尾靠着床边坐下，说道。

"什么干什么？"

"我说案犯。"鹫尾对着录音机抬了抬下巴。

"搞出这些像破解密码一样的把戏给我们。还以为破解出来的内容是告诉我们怎么赎回慎吾，结果又来了个红色书包。净在那儿虚张声势。"

"一切应该都是事先计划好的。"间宫坐到了鹫尾旁边。

"计划？"

"怎么拿慎吾换这些黄金，案犯心里应该早就有谱了。不管是新干线还是快车宫岛号，还有这艘渡轮，还有磁带，还有书包，都是老早就准备好了的。这种磁带可不是随随便便就能做得出来的。"

"所以那到底是什么办法啊？这可是在船上啊，他们抢走金子又不能逃到船外边去。"

"为什么不能？"

"为什么……船的外边是海啊。"

"说不定案犯准备好了别的船呢。如果案犯有同伙的话，就能为他准备好船脱身。案犯跳进海里逃走完全是可能的啊。晚上的大海，不是很适合逃跑吗？"

"……"

我抬起头："那他们会把慎吾带到那艘船上……"

"不不，总经理，案犯是不是真的准备了船还不知道呢。说不定他们的计划完全是另外一回事。"

不知是不是觉得说错了话，间宫和鹫尾都不再开口了。

赶紧把这堆东西给我拿走……我看着床上的三个包心里暗想。

办案记录显示此时共有五名侦查员在阪九渡轮上。

当然了，五名实在太少，这种警备状态让侦查员们感到力不从心。虽然不确定这是否也是案犯算计好的，但警察确实被案犯时刻变化的指示弄得晕头转向，最终出现了这样的结果。

事实上，生驹一行离开神户的"橘"时，没有一个侦查员能预料到下一个指示是要去乘坐渡轮。那班渡轮一个月前才开始下水，这也混淆了侦查员的视线。

从神户站的存物柜到鱼崎港的渡轮码头，侦查员除了一头雾水地追在生驹洋一郎他们乘坐的出租车后面之外，别无他法。到达港口后已经开始登船，好不容易暗中潜入船内的只有堀内课长和这五名侦查员。

五名侦查员根据解读出的磁带内容做了布置，其中三名在C甲板进行监视，还有一名装成普通乘客走到了二等舱深处，可事不如愿，红色书包已经放在那里了。

在生驹慎吾回到家人身边之后才找到目击者，说是一个戴着巴拿马草帽和墨镜的男人放的书包。而在当时，专案组只知道案犯的行为无一不在意料之外。

"会不会……"间宫开口的时候，堀内已经回到房间好半天了，"案犯其实是在混淆视听？"

"混淆视听？"堀内反问道。

"他不是让我们11点半去二等舱取那个红书包吗？到时这间客房里不就没人在了？叫我们把书包拿回房间，那我们肯定会把金条也留在房间里。书包只是一个诱饵，实际上是想趁房间里没人的时候……"

堀内摇了摇头："我想不是。"

"为什么？"

"如果是想趁我们都不在的时候来抢金条，那案犯应该会更下一番功夫好确保我们都会离开房间。我们确实有可能把金条留在房内，三个人一起去拿那个红书包，但也很有可能留一个人在屋里。那对案犯而言就很危险了。"

"哦……"

"案犯的性格应该是相当谨慎的。而且现在放在二等舱的那个书包很小，用不了三个人去拿，不是吗？估计书包里放着的是下一个指示。总之，案犯的目的就是要让我们疲于奔命。不过当然了，生驹先生去取书包的时候，我们会继续监视这个房间。"

我看了看表。

距离 11 点半还有四十多分钟。

12

我们是 11 点 25 分离开房间的。本来也考虑要不要留一个人在屋里，后来听从了刑警先生的建议，决定还是三个人一起去 C 甲板。堀内说，是考虑到间宫说的案犯可能会趁我们都不在的时候现身。其实即使案犯趁机把装金子的包拿走，我觉得也无所谓。

二等舱不同于我们刚才一直待着的客房，是一个多人共用的大房间。房间里有一条"コ"形过道，过道两边是铺着席子的床位。乘客各自裹着船上配的被子，男女混杂地睡在大通铺上。

我们往面对船头方向的右手边走去，走到里面，远远就看见了一个红色的书包——右边靠墙摆着十几件行李，小小的红色书包就放在那些行李的最里面。

我让间宫和鹫尾在过道等着，自己穿过睡在通铺上的乘客，走到了里面。那是一个用红布做的小小的圆形书包，有一个黑色的皮提手。我看向书包侧边，上面用油性笔写着"IKOMA SHINGO（生驹慎吾）"。把书包拿在手里，透过红布能感觉到里面很柔软。

我抱起书包回到过道，拼命压抑住想立即打开的冲动，带着间宫他们二人回到了客房。

刚进屋，堀内就跟着进来了："案犯果然没在这里出现。"

堀内望着依然摆在床上的皮包说道。

我打开书包拉链，看见里面有条白色的毛巾。把毛巾取出来在床上摊开，里面包着一把钥匙和一张便笺纸。钥匙和我们房间的是一样的，上面挂着一个塑料牌。我拿起便笺纸。

11点45分拿着七十五公斤的黄金去钥匙牌标示的房间。必须严格守时。

钥匙的塑料牌上刻着数字"63"。我们那间双人房的房号是二十四号，单人房的房号是五十八号。看数字，六十三号应该是一等舱的单人房。

我看看表，快11点40了，已经没多少时间了。

"生驹先生，请冷静行动。如果见到案犯，在交出金子之前，请先问出慎吾在哪儿。我们会守在六十三号房间周围。"

堀内说完就出去了。

我很紧张。案犯就在六十三号房里，说不定我就能见到你了。这些金子什么的他们要就给他们，总之我只想早一点把你抱在怀里。

绕着B甲板的走廊走了半圈，就看见六十三号房的房门了。我看见堀内在走廊另一头，对面的走廊上也有乔装成普通乘客的刑警靠在墙上望着这边。

我在门前做了一个深呼吸，听见鹫尾在我身后咽口水的声音。看看表，确定已经到了 11 点 45 分，我把钥匙插进门把手下面的钥匙孔，慢慢推开了门。

"……"

房间里没人。

我看见床上放着一样奇怪的东西——呈圆形、有黑色光泽的一团东西。我走进房间，间宫和鹫尾也提着装金子的包跟了进来。

放在床上的黑色物体是大轮胎的内胎。两个内胎用一根细绳捆在一起，像个 8 字。还有三个黑袋子同样被绳子捆在内胎上。粗粗的内胎上放着一张纸，上面还是那种片假名打印的文字：

没时间了。立即把黄金分成二十五公斤一份，装进捆在轮胎上的袋子里。把袋口完全封好，拿到后部左舷甲板去。别搞错了，是前进方向左侧后方的甲板。

午夜零点整，把捆着袋子的轮胎丢入海中。

忠告你千万别找警方的船来，只要看到疑似警方的船，就杀掉孩子。

收到金条后，会以安全的方式把孩子送回去。

到了小仓你就回东京。

午夜零点，严格守时。

我看着我的两名下属。

把金子丢进海里……？那，慎吾呢？

"总经理，"鹫尾说道，"没时间了，不快点的话……"

"啊，哦……"

我拿起装着黄金的包，把金条从这个包移到那个包。真的能相信他们吗？慎吾肯定没事吗？我拿金条的手在不争气地颤抖。

"怎么了？"

堀内进了房间，我把假名打印的便笺递给他。

堀内小声骂了句："妈的！"

正在合上袋口的间宫忽然皱起脸："这是……？"

两个内胎相连的部分装着一个黑色的四方形盒子，盒子顶上伸出一根长约十厘米的黑色小棍子。我摸了一下，黑色盒子是金属的。

"像是信号发射器。"

"信号发射器……"

我回头看向堀内："刑警先生，警察派出船了吗？"

堀内皱着眉轻轻点了点头："考虑到案犯可能会乘船逃跑，海上保安厅的巡逻艇应该跟在后面。"

"请你让他们不要来！"我抓住堀内的胳膊，"让他们的船回去。要是案犯发现有巡逻艇……"

"我会要求他们远远跟着，会让他们注意千万不要被发现。"

"不是什么远远跟着，请让他们回去。刑警先生，抓不到人也没关系，只要慎吾能回来……只要慎吾，只要慎吾他没事……"

堀内按住我抓着他的手："生驹先生，请相信我们。已经没时间了，总之大家先照案犯的指示行动。"

他说完就拿着那张便笺跑出了房间。

"总经理。"间宫把手放在我的肩上，"走吧，准备好了。"

"……"

我不自觉地收紧了下腹。已经没有时间了。

我们三个人分别提着包，抱着被绳子捆在一起的内胎走出房间。已经是深夜了，可走廊上还有稀稀落落的人在走动，这些乘客用怪异的眼神打量着我们异常的行动。

我们走到甲板上，夜晚带着海水味道的空气扑面而来。船外一片漆黑，远处有星星点点的光亮。左舷对着的方向是四国岛，不知道那些亮光是四国街道的灯光，还是浮在海上的什么船只。拍打在船身上的波浪声和引擎低沉的马达轰鸣声交替压迫着我的耳朵。

我们走到左舷甲板的最后面，把袋子和轮胎放到扶手上。看看表，离零点只差一分钟了。

我看着他们两个："间宫，鹫尾……这样就可以了吧？"

二人沉默着轻轻点头。

零点——我在间宫和鹫尾的帮助下，把捆在内胎上的三个袋子丢下了海。

8字形的内胎浮在泛起白色泡沫的波浪间，眼看着漂向后方，不到十秒就消失在了黑暗里。

我们无言地伫立在甲板上，只是呆呆地望着什么都看不见的黑色海面。

在鹫尾的催促下，我们转身要回客房，一回头就看见了在甲板的另一端同样凝望着海面的堀内。

13

"他们果然准备了船。"回到客房后间宫说道。

"内胎上装了信号发射器,那就是浮标,装了信号发射器的浮标。案犯打算靠浮标发出的信号去拿金子。"

"……"

我祈祷他们能拿到金子。我害怕的反而是他们拿不到。

——收到金条后,会以安全的方式把孩子送回去。

那张纸上是这么写的。

如果发生什么事扰乱了案犯的计划,阻碍了他们去拿金子……

想起堀内说巡逻艇就跟在后面,我感到一阵恐惧。案犯最警惕的应该就是这个吧,警察不会在慎吾回来之前就试图抓捕案犯吧,万一案犯注意到了有巡逻艇跟着,那慎吾他……

渡轮航行在濑户内海上,完全不受我的心情影响。到达小仓的时间预计是天亮之后,早上9点半。那对我而言是一段绝望的时间。

应警视厅和兵库县警方的要求,神户第五管区的海上保安本部在这天派出两艘小型巡逻艇对阪九渡轮进行警戒。

收到渡轮上的侦查员发来的消息后,他们在差五分钟到午夜零点的时候熄灭了所有灯光,等待金条被投入海中。而且因为消息中提到装有信号发射器,他们同时也进行了搜索电波频率的作业。毕竟在船上的侦查员无法调查信号发射器的频率。

以午夜零点为界,两艘巡逻艇分别采取了不同的行动,一艘继续跟在渡轮后面,另一艘则停在金条被投下的那片海域附近。后来有人批判说两艘巡逻艇应该都留在金条投放的海域,但那明显不过是马后炮而已。

金条是在濑户内海投下的,地点距香川县三崎半岛的海岸约三公里。巡逻艇最终未能发现案犯来回收金子的船。因为不能使用前照灯,他们无法看清被丢入海中的内胎,尽管靠眼耳进行了监视,但仍然未能发现可疑船只。

信号发射器的信号搜索工作持续了相当长的一段时间,但最终也未能锁定目标频率。一直到三天后,在冈山县儿岛半岛的矶岸发现了一艘被丢弃的小船,事情才终于有了一个清晰的轮廓。被丢弃的小船装有船外发动机,船上留着用绳子捆成8字形的轮胎内胎,有三个袋子被同一根绳子绑在内胎上。用胶带固定在内胎上的信号发射器的电池电量已经完全耗尽。当然,袋子里是空的。

小船里还留有两支船桨,警察推测案犯应该是在金条投放的海域附近关掉了发动机的引擎,然后划桨去取的金子。

堀内冲进客房的时候,应该是早上七点刚过。
"生驹先生,回来了!慎吾回来了!"
"……"
我从床边站起来。
"生驹先生,回来了啊。慎吾他回来了啊。"
"回来了……"
我茫然地环视客房,间宫和鹫尾就站在我身后。

"刑警先生，你说回来了的意思是？"

"就是回来了啊。有人把他放到了幼儿园大门前。"

"……"

"一位妇女经过幼儿园，把站在门前哭的慎吾带到了安全的地方。差不多同一时间，案犯给您家里去了电话，说确实拿到金子了，慎吾在幼儿园。"

"刑警先生……"

"慎吾好像没什么事儿。您太太已经去幼儿园接他了。他没受伤，精神也还不错。"

"哦……"

我说不出话来。

"总经理，太好了，真是太好了。"

鹫尾喉咙像是被堵住了，而间宫则抓住我的胳膊。

"……谢谢。"除此之外，我什么都说不出来。

我们走到甲板上，天已经亮了。海鸟低低地飞着，几乎与渡轮平行。远远能看见九州的山脉，渡轮继续缓慢地向着小仓前进。

我真想直接飞回东京去。

就算得知你已经回来了，但在亲眼看到你之前，我心里依然不是滋味。刑警过来告诉我回去的机票已经订好了。

14

渡轮刚到达小仓，我们就被等在码头的报社及杂志社的记者包围了。

是的，那之后，媒体马上就把这件事炒得沸沸扬扬的。我和你都曝露在世人好奇的目光下。利用远航渡轮交付赎金的方式令人惊愕，价值五千万的黄金在警察严防重守下依然被囫囵夺走，这在相当一段时间内一直是人们关注的话题。

转了一次机回到东京，我直接赶往他们带你去做检查的医院。记者甚至追到了医院。

在诊疗室看到被千贺子抱着的你，那一刻我一直紧握着的手终于可以松开了。

"爸爸。"

你笑着叫我，你的笑脸让我觉得一切都是值得的。

媒体的报道及警察的破案行动自那时才正式启动，可对我而言，你回来了，这个案子就已经结束了。事实上，一切确实结束了。警察的破案行动历时七年，到现在依然未能抓到案犯。

在这艘于一九六八年九月十二日开往小仓的渡轮进港前，警察就已经开始对乘坐该渡轮的乘客展开了调查。

除了生驹洋一郎、间宫富士夫、鹫尾纲行三人，全体乘客的下船时间都被拖延了近一个小时。那时警察还认为至少有一名案犯在船上，就混在乘客之中。

但是，被拦下的乘客渐渐骚动起来，现场的调查最终只对乘客名单和本人进行核实后便结束了。直到这时，侦查员才发现了一个他们压根没想到的事实。

包括生驹洋一郎三人在内，记录在当天乘客名单上的共有七百一十六人。但对照名单只核实到了其中的七百一十五人，有一人行踪不明。

根据乘客名单显示，失踪的是住在大阪市阿倍野区的安井兵吉。而起了决定作用的信息是：这个安井兵吉的房间是六十三号客房，也就是放有内胎的那个房间。

名单上记录的地址中并没有安井兵吉这个人，证实安井兵吉是假名。有一位乘客目击到一名男子把红色书包放到了二等舱。据这名乘客描述，该男子头戴巴拿马草帽，脸上戴着墨镜。而且客舱服务人员也曾领过一名戴着巴拿马草帽和墨镜的男子到六十三号房。毫无疑问该男子便是疑犯。

之后又有一位神户鱼崎港的阪九渡轮员工给出证言，说在渡轮即将起航之前，有一名男子从船尾的车辆出入口下了船。这位员工的记忆过于模糊，无法明确男子的容貌体型等特征，但警察推测他应该就是戴巴拿马草帽的疑犯。该男子的行动极其自然，如果不是被侦查员问到，这位员工几乎要不记得曾有过这样一个人。

也就是说，疑犯在渡轮从神户离开时就已经下了船。专案组全力以赴寻找巴拿马草帽男子的目击者，但最终未能获得更多信息。

而对在冈山县儿岛半岛发现的小船和轮胎内胎，还有绳子、袋子及信号发射器，警方也都竭尽全力展开调查，可同样没有收获。

警察还利用广播和电视播放疑犯打给生驹家电话里的声音，尽管有不少人提供了信息，但仍无法锁定疑犯。

侦查行动渐渐消沉萎靡，正如生驹洋一郎所写，几个月之后世人几乎忘了曾有过这么一个案件。

15

  慎吾，你的贺年卡昨天收到了。
  上滑雪课应该很开心吧。我仿佛能看到你的笑脸，我也很高兴。第一次在医院的床上过元旦，怎么感觉好像只有我这里没有迎来新年呢。年底虽然有很多人来探望过我，可新年到底还是在家过好啊。
  我担心的是事件中受到的惊吓会在你心里留下永远的伤害。你回来之后似乎和之前一样，没什么变化。你和之前一样笑，和之前一样玩耍。我和千贺子商量以后不让你去幼儿园了，你的表情也没有变化。
  只有当警察来询问事件经过的时候，笑容会从你的脸上消失。你抿着嘴，只反复说着短短的一句"我眼睛被蒙上了，我不知道"。你那个样子，我至今未忘。
  "请到此为止吧。不要再为难慎吾了。"
  我这样跟刑警说了好多次。
  堀内是个好人，可那伙人对你做出如此过分的事，警察到底也没把他们抓住。用假名打印出来的恐吓信、柴可夫斯基的磁带、用来回收金条的小船，还有留在小船上的轮胎内胎等——案犯留下了那么多可供侦查的线索，可警察还是未能找到案犯。
  我在立卡德相机公司工作，这你也知道吧。不过你应该不知道爸爸在立卡德具体是做什么工作的。
  公司把半导体机器开发事业部交给了我。那件事之后，是立卡德拯救了生驹电子工业。他们本来就来商量过合并一事，而且他们也需要我们公司的技术。生驹电子工业在那个案件的两个月后，重生而成了立卡德公司的一员。生驹电子的本体从此消失了，可是我们建立起来的一切都在立卡德的内部继续生存着。在栃木，我们本来准备用来建造生驹电子工业新工厂的那块土地上，现在建起了立卡德的半导体工厂。立卡德虽然是相机制造商，但现在也成功打入了办公设备和电脑领域。是爸爸和间宫还有鹫尾等生驹电子工业的员工，在其中起着核心作用。

生驹洋一郎的手稿中，有数行后来被他自己涂抹掉了，而且再下一页被撕掉了。被撕掉的那页纸上写了什么已无从想象，但被涂抹掉的那几行，有些地方还能认得出来。此处仅将大致可辨认的部分再现如下：

只是有■■让我觉得■■■。
■■向■索要五千万■■■■■时的■■，我■■■本该成为生驹电子■■的资金。案犯为什么知■我能■■■■■。
■■■■■■■夺走■■■■，案犯把我■■■■■■■■■
■■■■■里。

黑方块表示完全无法辨认的部分。
不过，从这些断断续续的文字中可以推测出，此处写的应该是生驹洋一郎对绑架案及绑架案造成的影响所怀的痛恨。他大概是情不自禁写完之后，又觉得本意不是想告诉慎吾这些，所以才涂抹掉的。
对生驹电子工业被立卡德兼并一事，抵抗到最后一刻的是生驹洋一郎本人。这意味着生驹对绑架慎吾的案犯怀有双重恨意。

他的病情日渐恶化，手稿越到后面字写得越大，而且越来越潦草。或许可以说，写完这份手稿，是唯一一件和他的生命相连的事情。

被撕掉那页的再下一页，生驹洋一郎短短地写下了如下文字：

慎吾，你要成为一个强大的人。我是一个软弱的人，我未能坚持到最后。慎吾，你不一样。你要坚持下去，软弱的人有我一个就够了。

慎吾，原谅爸爸。

这最后一段话写于一九七六年一月十一日。这一天，生驹洋一郎遭到了剧痛的侵袭。

在妻子千贺子和儿子慎吾的守护下，生驹洋一郎在一月十五日结束了生命。

* * *

这份写满了三本笔记本的手稿由千贺子保管，慎吾一直到长大都对此不知情。实际上慎吾是在他父亲去世后过了十一年，才终于读到了这份手稿。

一九八七年七月，发生在广岛县福山市的意外成了一个契机，生驹慎吾因而读到了他已去世的父亲写下的手稿。

第二章

1

一九八七年七月十七日的晚上十一点多,岸本宗武接到一个电话。

"医生,我家那位还没回来。"

电话里传来的声音也不报上名字,上来就这么说道。不过岸本立即听出来这是长沼贞子。岸本在广岛县福山市的鞆町开了一家外科医院,所以大家都叫他"医生"。

"都这个时间了啊,出去了就没回来过。"

长沼贞子又说了一遍。

岸本回头望向身后调小了音量的电视画面,眼带遗憾。电视里九点开始播的悬疑剧正渐入佳境。电话响起之前,刚演到美貌的寡妇走进品德恶劣的律师的房里。就在律师反手锁上门的时候,长沼贞子控诉丈夫不归的电话就响了起来。现在律师手里拿着白兰地正在往杯子里倒。不能喝啊……

"医生？喂？医生？"

"哎。"岸本应道。

长沼荣三经营着一家小小的茶馆。他从东京的公司退休后，就和贞子夫人一起搬到了鞆。对长沼荣三而言，茶馆像是一种兴趣爱好，店里的事几乎全都交给贞子打理，而他自己总是出海——坐着一艘小船，拿根鱼竿垂钓或者玩玩水肺潜水，倒是惬意得很。

"他去找女人了？"

岸本对着电话说道，其实他的注意力几乎全放在电视上。长沼荣三怎么可能会有别的女人，岸本很清楚他根本不是那种男人，正因为知道，才能这么随口开句玩笑。

"不是啊，医生，我是说他出海了就没回来。"

"出海……？"

岸本看了一眼墙上的挂钟："海上应该已经一片漆黑了吧？"

"他从来没这么晚回来过。我到处打电话去问，他也没去别的地方。况且他要去哪儿也会跟我说一声的。"

"他是不是想夜钓？"

"不是。他上午就出门了。"

"上午？"

"嗯。他带着盒饭去的。他带了午饭，可没带晚饭啊。"

"……"

那家伙在搞什么？岸本皱起眉头。上午就出海了现在还不回来？

"那个医生啊，怎么办啊？我实在担心，刚才还去港口看了一下，他的船还没回来，问渔民他们也说没看见……怎么办啊，医生。"

"协会那边也去过了？"

"去了,没人见过他。"

"管理站呢?"

"没……那倒没去。"

"有没有让协会的人帮着找一下?"

"可是……都不知道是怎么回事啊。还是说让他们帮着找找比较好?不会太麻烦他们吗?"

"麻烦不麻烦的,不是在意这个的时候吧……不过我觉得没什么可担心的。"

岸本尽量温和地措辞——最好不要再说什么加重贞子心理负担的话了。他说了句"我去问问看"就挂断了电话,然后马上打电话到港口的管理站。

长沼荣三的小船是轻质玻璃纤维制的,驶出海需要利用船外发动机。不知道他的船能开到哪一带,但是遇到稍微高一点的浪就很可能翻船。不过濑户内海没有什么大浪,而且他也应该不会把船开到有旋涡的地方。哎,可这也未必就能保证肯定不会翻船。

长沼荣三是个有点奇怪的男人,他很少谈论自己的事。只知道他是到了年纪退休的,但问他在东京什么公司工作,他也只是笑笑,并不回答。

他擅于下将棋❶,岸本和他对战总是输得相当惨。每次他突然溜到医院来,都会让岸本拿出棋盘,两个人边喝茶边下着棋聊天,聊的内容大抵都是最近看的小说。他们经常相互借书,现在岸本还有两本从长沼那儿借来的冒险小说。

岸本给港口管理站、渔业协会甚至派出所都打了电话,然后

---

❶ 日本象棋。

他自己也去了港口。

最后岸本到底未能知道那天的电视剧结局是什么。次日十八号的早上，有人发现长沼荣三的船在海面上漂流。

2

小船漂浮在平静的海面上，船里不见人影。发现小船的人们说"还以为就是一条漂流船"。渔船第五丰荣丸号从四国的丸龟港起航，七月十八日上午六点十分左右经过距三崎半岛海岸约三公里处。

那是一条玻璃纤维制的浅蓝色小船，船身上画着一圈白色横线。船外机搭配船身的颜色，也画着蓝白相间的条纹。船里放着两只桨，四束成捆的绳子，一个装着汽油的塑料桶，两罐水肺潜水用的备用氧气，一支附带精密指南针、圆规和尺子的笔，一套钓鱼用具，一件叠得整整齐齐的T恤和一条白色短裤，一双系带运动鞋，一个空的饭盒，还有一张装在塑料防水袋里的航海图。就是不见船的主人。

濑户内海附近的港湾相关部门以及航行中的船只昨晚都收到了消息，内容是请求他们协助搜寻长沼荣三和他的船。因此第五丰荣丸一发现小船就用无线电发出了消息。

接到消息后，海上保安厅派出的巡逻艇于上午七点左右赶到现场。出于确认的需要，他们叫来了福山市鞆町的医生岸本宗武，并证实了这正是茶馆老板长沼荣三的船。

经调查发现，小船准确来说并不是在漂流——有一根固定在船上的绳子从船腹延伸到了海底。濑户内海并不太深，但小船所在的一带，从海面到海底也有十七八米。作为下锚的地点而言，这多少有些奇怪。

　　据岸本说，长沼荣三是水肺潜水爱好者，结合留在船上的备用氧气推测，长沼很有可能在潜水过程中发生了意外。于是警察紧急召集潜水员下海搜救。

　　"长沼先生他在做什么特殊的事情吗？"

　　岸本宗武皱着眉头盯着救助人员递过来的东西——那是一张航海图，海上保安厅发行的《第137号B》，即备赞濑户西部的详细航海图。

　　岸本看不懂航海图，但他也能看出这张图非常详细。航海图上有几处长沼留下的标记。标着备赞濑户航路的带状出口附近画着一个红色圆点，位置大概在三崎半岛和距其不远的海面上的六岛的中间一带。红色的标记只有这一处，而以它为中心，周围还画了无数个黑色的"×"。

　　"这是什么呢……？"

　　岸本感到不解。长沼说他喜欢钓鱼，可如果说这是在找合适的钓鱼地点似乎也不太对。首先，他压根没想到长沼会把船开到这么远的地方来，从鞆到这里直线距离也超过十五公里了。四国就近在眼前，离鞆不远也有不少适合钓鱼的地方。而且从航海图上的标记来看，长沼荣三很早之前应该就常把船开到这一带来。

　　"他到底在搞什么……？"

　　岸本眺望着海面。风停了，前方能看到四国的三崎半岛，左边延绵着几座岛的影子，仿佛盆栽一般。天色晴朗，岸本最喜欢濑户内的海，不管是晴天的濑户内还是阴天的濑户内。

小船周围的海面泛起轻微的泡沫，岸本走到巡逻艇甲板的另一头，刚才那位负责人向他扬起手示意他不要靠近。

"怎么了？"

"好像找到了。"

"找到了……"

岸本口中重复着他的话。

"稍后要请你确认。请等待打捞完成。"

也就是说找到长沼荣三了。这该怎么跟贞子说呢……岸本揉着被海风吹得发黏的脖颈，闭上了眼睛。不想让她看见，不想让贞子看到溺死的尸体。岸本由于职业关系，见过几次死人，其中也有溺死的。溺死者整个人都会变形，是最惨不忍睹的。

工作人员在甲板上铺开一块苫布，过了一会儿，从海里打捞上来的男性尸体被横放在上面。死者穿着黑色潜水服和脚蹼，背着氧气瓶，看不清脸。

岸本这时才发现救助人员显得很奇怪，本来应该已经完成了打捞作业的潜水员再次潜入了海中。留在甲板上的救助人员看看打捞上来的尸体，又看看潜水员再次消失的海面，相互窃窃私语在议论着什么。

岸本走近穿着潜水服的尸体。尸体的脸已经膨胀了——被海水浸泡过就会变成这样。虽然已经膨胀了，但毫无疑问这就是长沼荣三。岸本双手缓缓合十。

"岸本医生。"刚才那位负责人走到岸本身边。

"没错，是长沼荣三。"他说道。闻言负责人点了点头，然后把脸凑过来："有个奇怪的东西。"

"……"岸本看着负责人。

"绳子末端好像绑在一件黑色物品上，长沼先生似乎是想把那个物品拉上来。"

"黑色物品？"

"好像是橡胶制的轮胎内胎和三个黑袋子。"

"……什么？"

"他们想把袋子拉上来，结果袋子下面漏了，从里面掉出来的东西可不得了。他们现在要把那些东西捞上来。"

岸本把视线投向海面："不得了的东西？那是什么？"

"他们说应该是黄金。"

"黄金？"

岸本再次把目光投向负责人。

负责人对他歪了歪头。

3

事情过去了三天，岸本宗武总算有了和长沼贞子说话的时间。

这两三天，县警察的人、报社的人，甚至还有电视台的人蜂拥而至，他根本无法靠近长沼家。安静的鞆町涌起了要命的骚动。岸本本人也不得不去警察局及应付记者采访，饱受其苦。他觉得自己心浮气躁，身体发虚。

总之这是一桩匪夷所思的案件：长沼荣三抱着七十五根金条死在了濑户的海底。

"谢谢您。"

岸本烧完香，贞子低头向他道谢后请他在坐垫上坐下。

"事情太突然了。"

"是啊……"

岸本不再维持正坐的姿势，他伸手取过一杯麦茶，打量起长沼的起居室。终于有个安静的夜晚了。今晚既没有电视台的灯光，也没有拿着话筒纠缠不休的记者。

"受了医生您不少照顾……"

"这些都没什么。我对这次的事情也很震惊，太太你肯定也是吧。"

"是的。"

贞子垂下了眼帘。她已经不哭了，大概泪水已经流干了。

"我看了报纸，你也不知道荣三在做什么？"

"完全不知道……所以那些人说的话，我完全没明白是什么意思。"

贞子轻轻地连连摇头。

"我连荣三以前在立卡德工作都是刚知道，还是因为这次的事才知道的。"

贞子只是低下头不回答。

"他应该是不想说吧。我问过他，他就只是敷衍一笑。"

"我想他应该不是想瞒着或者什么的……难道他是想隐瞒什么？他也叫我不许提起东京的事情。"

"唔……"

"我一直以为他出海就是玩儿呢。"

"他在立卡德做什么工作？"

"他是总务。总务部总务课长，一直到退休。"

"总务啊。那金条的事情他也没跟你说过？"

"完全没有……"贞子抬起脸看着岸本，表情扭曲。岸本以为她会哭出来，但她没有。

"那十九年前的案件呢？"

贞子摇摇头："案件的话我当然记得，也不能算记得吧，就是'啊，是有过那么一件事'的感觉。但是报纸上说的那种事……"

贞子突然伸手抓住了岸本的手肘，她的手出乎意料的有力。

"医生，骗人的，那些都是骗人的！那个人会和那么可怕的事件扯上关系什么的，都是骗人的。"

岸本有些慌张地按住贞子的手。

"是是……那些当然是骗人的。报纸乱说的。就算知道十九年前被抢走的黄金在海底，也不能断言荣三就和案子有关啊。报纸就是觉得这么写比较有吸引力。"

岸本嘴上说着，心里其实也并不确定。他完全不知道什么才是真的。连报纸也只是隐晦地写着"部分人持有这种看法"云云。

只是长沼荣三自从搬到鞆开始经营茶馆以来，三年间一直开船出海寻找金条这件事似乎也是事实。关于这一点，那张航海图上留下的"×"最能说明问题。

十九年前在濑户内海上交付赎金一事，岸本也是看这两三天的报纸才知道的。赎金是七十五根一公斤重的金条。按当时的金价算是五千万，现在的话那些黄金价值已超过一亿四千万了。

奇怪的是，那些黄金居然直到现在才在海底被发现。在十九年前的绑架案中本应已被绑匪全部抢走的金子，居然在海底……

那些沉在海底的黄金装在三个黑色的袋子里，袋子被捆在两个轮胎内胎上，内胎上装有信号发射器。就是说，被发现的时候和被抢走时完全是一模一样的状态。

据报道说，那件事之后马上就在冈山县儿岛半岛的矶岸上发现了案犯丢弃的小船。那时船上还保留着装有信号发射器的轮胎内胎和三个空袋子。

报纸以及电视大肆渲染的正是这一点。就是说，绑匪明明什么都没抢走，偏偏要做出已经抢到了的样子，然后把身为人质的孩子还了回去。他们为什么要这么做？

在这点上浮现出来的问题就是长沼荣三原先工作的公司。十八年前，立卡德成功吸收合并了一家生产半导体的小公司。现在立卡德在 OA 机器厂商中已经立于第三、第四的地位。正是当时的吸收合并，为相机厂商立卡德转为 OA 厂商立卡德制造了契机。而十九年前发生的绑架案的受害者，正是被合并的那家半导体公司的总经理。

据业界知情人士透露，如果当时没有那场绑架案，就不会有立卡德和那家半导体公司的合并。

在这点上，电视等媒体甚至做出了相当粗暴的臆测：十九年前的那起绑架案原本就是立卡德为了壮大公司而一手策划的——这种臆测源于长沼荣三。

长沼荣三一直在立卡德工作，直到三年前退休。

长沼退休后，立即从东京搬到了鞆。他还在立卡德的时候，应该就一直在策划吧。开一家小店，然后事务全都交给贞子打理，他自己就驾船出海。航海图上显示他曾下潜的地点多达四十多处，就在第四十几处的地方，他找到了想要找的东西。

他为什么会知道海底有金条呢……真正的原因已经无从得知

了。案件在九年前就已经过了追诉时效。

据说长沼死得很惨。恐怕是发现金条的兴奋让他陷入狂热的情绪，他把袋子系到绳子上想拉到海面上时，袋子底下漏了。他似乎试图把所有金条都绑到绳子上。

但不知怎么回事，绳子缠住了长沼的身体，他咬在嘴里的呼吸器也脱落了。可发现金条的兴奋让他无法冷静做出判断，他慌张得甚至不知道该拿刀切断绳子——不，或者应该这么想：

花费了漫长的时间，终于找到了这些金条，哪怕只是一瞬间，他都不愿意让这些金子离开自己的视线。所以在他脑子里恐怕压根就没有切断绳子这个想法。

当时的情况只能靠想象去推测，总之结果就是长沼荣三抱着七十五公斤的金块死了。

"我……"贞子小声说道，"我根本不想要什么金子。因为我们没有孩子，因为我生不了孩子，才会变成这样的……"

"……"

岸本不知道该怎么回答贞子喃喃的话语。他知道贞子也没期望自己回答，但他很想对她说些什么。

找不到合适的语言，岸本只好从自己的手提袋中取出两本书，放在榻榻米上推到贞子面前："这个……是荣三借给我的。"

贞子小声地"嗯"了一声。

第三章

1

一九八七年年底,间宫富士夫来到位于山形市市郊的立卡德山形应用电子研究所。他来此有两个目的:一是来听"OCR"的报告——一个之前就一直在推进的开发项目;另一个是为了见见生驹慎吾。间宫已经近半年没见过慎吾了。

加拿大的柯林斯研究所和立卡德决定共同开发未来都市的综合安保系统。立卡德将派出八名研究员前往加拿大,生驹慎吾就是其中一名人选,他是团队里最年轻的电脑设计工程师。慎吾是两年前进入立卡德的,这两年来间宫一直照看着他。

等慎吾去了加拿大,短时间内就见不到了。间宫拒绝了山形研究所提出要来东京做报告的申请,而是亲自去了山形。慎吾虽是 OCR 开发小组的一员,但不是主力成员。让他们来东京做报告的话,最多也就来两三名主力成员,可间宫主要是想见见慎吾。

不知是不是中央研究所所长亲自前来的关系,山形研究所里弥漫着紧张的气氛。间宫在研究所全体员工的迎接下，被领到了大会议室。房间中央已经准备好了设备，机器的旁边堆着小山似的厚厚的资料。间宫苦笑着坐到了为他准备的扶手椅上。

"非常感谢您今天亲自光临。"

山形研究所的所长把间宫下车时就已经说过的话又说了一遍。咖啡送了上来，间宫一边听着所长冗长的致辞一边扫视着会议室。生驹慎吾和其他研究员一起并排站在窗边一角，对上间宫的视线后，慎吾微微挑了挑眉。间宫以眨眼回应后，把咖啡杯放到桌子上，打断了所长的话："谢谢。不过不好意思，时间不多，快点进入正题吧。"

"啊，是。"

所长向间宫介绍了项目组的组长之后退到了后面。

"首先，正如在书面上也向您汇报过的，我们试做了三种输入设备。硬件方面已经基本完成，现阶段正在着手处理软件方面。"

组长因紧张而涨红了脸，表情僵硬地说道。

"先演示一下吧。直接看更快。"

"是。嗯……这是今天早上的报纸，我想试试读取这份报纸。"

间宫点点头。

组长打开"OCR"的开关，把报纸放到读取设备上后按下按钮，一篇新闻报道就显示在了屏幕上。

"比如说要输入这篇新闻。那就像这样把CRT……"

组长用光笔指向新闻的一角，再指向对角线上的另一角，屏幕的显示就发生了变化，旁边记录设备的写入指示灯亮了起来。

"OCR"是新式数据输入系统"Optical Character Reader（光学式文字读取设备）"的缩写。开发过程中重点考虑的是能对应各种行业的要求。比如说，能在需要将现有印刷品存储到数据库中时发挥该系统的威力。

要将印刷品等资料输入电脑整理成数据库，大致可分成两种方法：一种是将印刷品以微型胶片的形式保存，这是转换成图片信息的方法；另一种则是将已印刷出来的文章转换成文字编码存储到磁带或光盘里。从数据应用的角度考虑，后者的效率更高。因为转换成编码形式的文字数据之后可以插入到其他文章中，应用起来极为简单。

但一直以来，过于烦琐的录入作业是将印刷品转为编码的一大阻碍。因为需要人工阅读已印刷成品的文章，再通过打字机的键盘录入。输入一本书的数据，就算是专业人员也要花费相当多的时间和劳力。

当然，利用机器读取文字的设备以前就有，比如邮政编码的读取设备很早之前就已在普遍使用了。但是要开发出能够读取任意印刷品的通用输入设备，还有许多技术问题尚待解决。现在，在各个方面条码阅读器都在逐渐成为主流，但是社会上真正渴求的是能直接将我们平常使用的文字作为输入源进行输入的系统。

OCR 实现了这一点。

组长又换了几种试样继续对 OCR 进行说明。说明很枯燥，间宫看过他们交上来的报告书，已经知道系统的内容了。而内部的细节问题交给这里的人就好——实际上没什么特别需要间宫过目的。

"很不错，谢谢。"

等说明告一段落，间宫就从椅子上站了起来。

"剩下的问题就是解决读取和转换的速度了吧。"

"是的。关于这点，现在正在对软件进行改良。您要看一下程序的文件吗？"

"不用不用。"间宫摇摇头。

"已经够了，就差最后一步了吧，我很期待，请加油。"

"是，谢谢您。"

在场的研究员们同时低头致谢，间宫再次苦笑。

"那么我们用餐吧？"所长提议。

"不了。真不好意思，没时间和你们一起进餐了。我要赶去山形分公司，然后直接飞鹿儿岛。"

"啊……这样啊。那，是几点的飞机？"

间宫摇摇头："我不知道，应该已经安排好了。"

"……哦。"

所长低下头，表情有些失望。间宫回头看向窗边。慎吾正在和他旁边的研究员交头接耳，那位研究员笑得肩膀在微微晃动。间宫对所长说："我能借生驹用一下吗？"

所长看了慎吾一眼，又转回目光："生驹？您找他有事？"

"不，有点私人的话要说。因为没时间了，能让他跟我一起去分公司吗？"

"是，当然。"所长点点头向窗户那边叫道，"生驹。"

间宫先上了车，等了一会儿，慎吾拿着一个纸袋上车坐到了他旁边。车子在研究所全体人员的目送下开出了大门，间宫这才松了一口气，对慎吾笑道："好久不见了啊。"

慎吾有些不好意思地看向间宫："叔叔您也挺过分的。"

"过分？"

慎吾扑哧一声露出了笑容，他一笑脸上就现出孩子般的表情：

"您是想让我被人孤立吗?"

"孤立……你是指?"

"中央研究所的所长指名道姓要和一个普通的研究员说些私人的话。您以为别人会怎么想?"

"啊,这个……"间宫挠了一下脸颊,"不太好?我也没想到会受这么大的礼遇。我就是想和你说说话才来的,可总也找不到合适的机会。"

"开玩笑的。"慎吾摆着手笑道,"大家都是很好的人,没几个会嫉妒人的。"

"没几个……就是说还是有?"

"反正我感觉不到。啊,这个,所长让我给您。"

慎吾把放在膝盖上的纸袋递了过去。

"……这是什么?"

"不知道。伴手礼什么的吧,小点心之类的。"

"我根本不需要这些。"

"那就扔了呗。"

"也不能扔啊。真没办法,我都说了要去鹿儿岛,总不能拿着这个去吧。"

"那我用山形分公司的邮递给您寄到东京去吧。"

"啊,也好。你帮我寄回去吧。"

慎吾把纸袋又放回自己的膝盖上,然后看着间宫,像是在问"然后呢?"。

"您说想跟我说的是?"

间宫对他笑了笑:"我想在你去加拿大之前见你一面。"

"又不是永别。"

"那当然不是，不过很长一段时间见不到了吧？"

"暂定两年，看情况说不定会延长。"

"什么时候出发？"

"元旦一过就走。"

"那你走之前来我这儿一趟啊。"

"嗯，也会去看看我妈。"

"那挺好。"

间宫笑着坐正身子看向前方。

两年前，慎吾说他要进立卡德工作时，最高兴的就是间宫了。间宫对慎吾一直视如己出，他自己一直没有孩子是一个原因，但更多的是因为他和生驹洋一郎的关系，还有十九年前的那件事。

慎吾已经二十四岁了，发生那件事的时候他才五岁。间宫到现在还会梦到夜晚的濑户内海，这梦大概会持续一辈子吧。

"元旦您在别墅那边吗？"慎吾问道。

"不，在家。"

"别墅不是更清静吗？"

"说不好啊。大家都会到家里来，一般冬天都不怎么去管别墅。"

"真浪费。夏天不也没怎么去过嘛。"

"是啊，特意跑过去太费劲了。"

"房子太久不住会坏掉哦。"

"嗯。你要是想住随时都可以去住，一直都是空的，你喜欢那儿？"

"今年夏天太棒了。"

"是吗，我还以为你会带女朋友来呢。"

"有的话我倒是想带。"

"你没有？"

"给我介绍一个吧。"

"嗯……"

这方面也很像他父亲。间宫看着慎吾想，生驹洋一郎结婚也晚，慎吾是洋一郎三十五岁的时候生的。洋一郎二十二岁赴美，三十二岁的时候创立了生驹电子，又过了两年他才和千贺子结婚。

"你听说金条那件事了吗？"

间宫问道。慎吾依旧看着前方，点了点头。

"听说会给我妈。在法律上好像是作为失物处理的，不过一年内不能动用。"

"嗯……"

夏天在濑户内海发现的七十五公斤金条，确认就是十九年前从渡轮上丢下的那一批。因此判断金条的主人是生驹洋一郎。只是，洋一郎十几年前就已去了另一个世界。

慎吾依然面向前方保持着沉默。间宫察觉到自己说的话有些不经大脑，心中发苦。他转了个话题试图补救："去加拿大就能尽情滑雪了吧。"

慎吾耸耸肩："谁知道呢。"

"滑雪用具呢？你带过去吗？"

"我打算先寄过去再说。不过我还没体会过加拿大的雪呢。"

"已经不参加比赛了？"

"不行啊，年龄也大了，也没怎么练习。"

"明年的冬季奥运会是在加拿大举办吧？"

"是啊，很期待能亲眼看比赛呢。"

慎吾在学生时代曾参加过冬季国民体育运动会❶，并取得了滑降第五的成绩。

车子进入山形市内后，慎吾转向间宫："您想和我说的，就是濑户的金条的事情吗？"

"不……"间宫含糊地答道，"也有那个意思，不过毕竟好久没见了。"

"有的杂志说那件事的幕后黑手是立卡德，策划绑架是为了把生驹电子据为己有。"

间宫看着慎吾。

"……你，不至于信了吧？"

慎吾扑哧一声笑了："我觉得很有趣。"

"有趣……？"

间宫反问道，慎吾只是摇摇头。

"慎吾，别让那种弱智的报道骗了。"

"是弱智的报道吗？"

"嗯，纯粹是胡编乱造。"

"叔叔您为什么能这么肯定呢？"

"……"

间宫皱起眉头。

他在等慎吾说下去，可慎吾没再说什么了，间宫吐出一口气。

正当他想把话接下去的时候，车子停了。司机转头对间宫说"到了"，往外一看，他们已经在山形分公司门前了。

间宫带着一种似乎话犹未尽的心情，和慎吾一同下了车。

---

❶ 日本目前最大规模的综合体育运动会。

等电梯的时候，慎吾把手里的纸袋递给前台："我想把这个寄到中央研究所去，能给我张邮寄单吗？"

"好的。"

慎吾接过邮寄单填好必要的事项，从纸袋里取出点心盒再把邮寄单贴上去后，转身问间宫："之后就去鹿儿岛吗？"

"嗯。时间再多点儿就好了。"

"我元旦回东京，到时会去拜访您。"

"啊，一定要来啊。你妈妈要是方便的话，就一起来。"

"嗯。那我就在这里跟您告别了。这个我会寄过去的。"

慎吾边说边把点心盒子抬高了一点，间宫缓缓点了点头。慎吾把点心递给前台，前台小姐接过来放进了身后的蓝色周转箱里。

电梯门开了，间宫走了进去。慎吾在关上的门的另一边，深深低下了头。

——叔叔您为什么能这么肯定？

慎吾的话仍在他耳中回响。

2

间宫富士夫造访山形应用电子研究所的五天后，生驹慎吾租了一辆车往东伊豆开去。

研究所的工作昨天都已经处理好了，跟所长也打过了招呼，今天开始进入冬季假期，明年就在加拿大了。今后要共事两年的七位组员将在渥太华集合。柯林斯科学研究所在桑德贝，是一座离苏必利尔湖极近的地方城市。

慎吾昨天就到了东京，住在他母亲家里。今早他说要去见朋友早早就出了门。有几件事必须在去加拿大之前做完。这半年来他一点一点准备下来，基本都已完成，就剩最后的检查了。

沿着一三五号国道南下，过了热海、网代，在快到达宇佐美的时候，慎吾减慢了车速。临海的道路左侧有一段凸出，形成了一片停车带。停车带上停着两辆车，都是普通轿车，一辆车里没人，另一辆车门开着，一对年轻男女正站在车外看海。

慎吾把租来的车停到停车带的最里面，拿起放在副驾驶座上的背包下了车。他穿着灰色的工作服和休闲鞋，双手戴着皮手套，脸上戴着雷朋的太阳镜，他把挂在背包上的帽子取下，戴到了头上。

慎吾把背包拿到车外放下，打开后车门，拖出放在车座上的大帆布袋。锁上车后，背着背包、拎着帆布袋离开了停车带。

沿着国道走了一会儿，前方能看见宇佐美的街区时，慎吾从汽车旅馆旁边的小路拐向右边。小路很窄，弯弯曲曲地通向山里，这是一条相当陡的山路。从宇佐美街区过来的话，柏油路本来一直能通到山的对面，可慎吾选择了这条小路。

爬坡爬了十分钟左右，从树木间能看见一栋白楼。那是一栋二层高的小楼，就立在能俯瞰相模湾的陡坡上。大门前的私家路拐过一个急弯后通向县道。县道被树木遮掩着，时见时不见。来到门前，慎吾放下手里的帆布袋。

他回过头，确认路上没有车也没有人之后，在门前蹲了下来。门下面夹着一小片褐色的纸。

慎吾缓缓点了点头。

自他上次离开后，这门没被人打开过。如果有人开过门，那这张纸就会掉下来。这是尽管原始却非常有效的监视器。

他从工作服裤子的口袋里掏出备用钥匙打开门,把帆布袋拿了进去。然后在走廊放下背上的背包,再次确认路上没人后关上门,从里面上了锁。

他脱下鞋,拿着背包和帆布袋上了二楼。楼梯尽头左右各有一扇门,都是关着的。他放下帆布袋,打开背包,从里面取出一个大小可放在手掌上的塑料盒。

他先面向左边的门,把手放在门把上,试着用力摇了几下,门锁完全没问题。他又拿起塑料盒,把内置天线拉出几厘米,接着按下了盒子中央的按钮。

"咔嚓"一声,响起门锁打开的声音,门随之静静地开了。

这间屋子本来是书房。在能看到海的位置有一扇大窗户,窗户左侧靠墙放着桌子,桌子对面是嵌入墙中的书架,房间中央有一张大大的工作台。

慎吾把背包和帆布袋拿到屋内,走到工作台前。

工作台上放着立卡德生产的16位个人电脑和一些别的机器。电脑主机左上方的指示灯亮着,屏幕上显示着几行文字:

1987年12月28日 10时26分07秒
接收最高优先级中断处理信号:148.22MHz
接收最高优先级中断处理信号:436.85MHz
接收最高优先级中断处理信号:162.27MHz
波形对照中……完成
确认模式
要求:2号门解锁

允许

动作完成：无异常

Ready>

慎吾确认完屏幕上显示的字样后，戴着手套在键盘上敲了四个字母：

TEST

硬盘装置的连接指示灯开始闪烁，过了一会儿屏幕上出现下述文字：

本体：无异常

硬盘：无异常

调制解调器：无异常

收发器：无异常

语音合成器：无异常

1号门：已上锁（钥匙优先模式）

2号门：解锁（电磁锁固定模式）

3号门：解锁（电磁锁固定模式）

声音传感器：停止中

震动传感器：停止中

键盘输入：允许

现阶段：0

Ready>

"好孩子。"

慎吾对电脑说道。所有的设备都在正常运行,毫无问题。

他从背包里取出一罐啤酒,拉开拉环对着电脑举起:"干杯。"

电脑什么都没说,慎吾苦笑着让啤酒流入喉咙。

——你要成为一个强大的人。

父亲写下的字在脑中浮现了又消失。那些文字已不成形,却充满力量——那是父亲拼尽最后的力气写下的。

——我是一个软弱的人,我未能坚持到最后。慎吾,你不一样,你要坚持下去。

他一口气喝完了啤酒。

在濑户内海发现金条后,慎吾向母亲询问十九年前发生的事。母亲没有回答,只是从柜橱深处取出三本笔记本。慎吾把那三本笔记反复读了又读,计划就是从那时开始的。

他用了一个月的时间推敲策划,然后开始准备。在山形研究所的单身公寓里,他写下了所有程序。每次来东京他都会绕到秋叶原购买必要的器材,然后对器材加工,按自己的计划需要进行改造。当然,机体编号等统统都消失了。

"我要做到媲美航天飞机的精准度。"

慎吾望着电脑,口里喃喃说道。

他把空啤酒罐放回背包里,转向电脑的键盘。

他向电脑下达打开3号门锁的命令,听见从门的另一边传来轻微的"咔嚓"一声。

门的编号是慎吾随便定的。"1号"是大门,"2号"是这间书房的门,"3号"是对面卧室的门。为了能通过电脑控制,他把原来的门锁换成了电磁锁。

接着他用键盘输入了让声音和震动两个传感器启动的命令，确认屏幕上的文字后，他拿起背包和帆布袋走向卧室。

打开门，屋里有两张床，床之间放着一张桌子，桌子上也摆着一台电脑。慎吾把行李放到床边，回到门口，慢慢关上了门。门一关上就"咔嚓"响起上锁的声音。

他握住门把试着转了一下，门依然紧紧关着，纹丝不动。

深深吸了一口气后，他猛然发力晃动门把。

房间里突然响起"哔哔哔哔"的电子音，接着从电脑扬声器传来一个女声：

——危险。危险。

这是一个甜美温柔的女声。

——请勿在此房间造成剧烈震动。若发生更大的震动，房间的地下、屋顶及墙壁上设置的塑胶炸弹将会爆炸。危险，请勿造成震动。

"知道啦，阿斯卡。"

慎吾笑着回头看向电脑。这个声音是通过语音合成器做出来的合成音，时不时有些奇怪的发音倒也可爱。慎吾给这个声音起了个名字叫"阿斯卡"，也没什么特别的意义，不过是在测试合成音的时候正好身边有本漫画杂志上面有这个名字而已。

"阿斯卡？"

慎吾试着叫了一声。

没有回应。慎吾提高声音又叫了一遍。

电脑依然沉默着。慎吾丹田用力："阿斯卡！"

他大声一叫，阿斯卡的声音马上给出回应：

——危险。危险。请勿在此房间发出过大声音。若发出更大的声音，房间的地下、屋顶及墙壁上设置的塑胶炸弹将会爆炸。危险，请安静。

慎吾满意地点点头。

他走到床边，拿起行李走到房间的角落。角落靠墙放着一台电冰箱，冰箱上面有微波炉和烧水壶。

慎吾打开冰箱，里面空空如也。他又打开帆布袋，开始把袋子里的东西往冰箱里塞。几乎都是罐头和能用微波炉加热的速食食品，还有一大盒速溶果汁、茶包、盒装的巧克力和一大袋花生，最后是五盒冷冻比萨——他把冷冻比萨放进了冷冻室。

然后把一把勺子、叉子和一个马克杯并排摆到冰箱上面的烧水壶旁边，再把一箱罐装可乐摆到冰箱旁边，把换洗的内衣裤和睡衣还有浴袍摞着放到床上。

他取出放在袋子底下的四条毛巾，接着打开背包，从里面拿出两卷手纸和洗漱用品，抱着这些东西打开了冰箱对面的门。

门后是浴室。他把毛巾挂到墙上的架子上，手纸放到架子下面，洗漱用品当然是放到洗面台那里。

拉开窗前厚重的窗帘看了看，面前是一块封得严严实实的硬板。硬板钉在另一层窗帘上，从外面看上去也不会觉得异样。就算有人经过，看到的也只是挂着窗帘的窗户而已。

从浴室走回卧室，慎吾把空袋子叠好塞进背包里，又从背包里取出之前那个塑料盒，拉出天线，按下按钮，听到门锁打开的声音后，他再次环视卧室一圈。

"好好干。"

对电脑说完，慎吾手里提着背包走出卧室，关上门后直接走进书房。在键盘上敲入：

START

屏幕上的显示消失了一下之后,出现如下文字:

1987 年 12 月 28 日 11 时 16 分 22 秒
1 号门:已上锁(电磁锁固定模式)
2 号门:已上锁(电磁锁固定模式)
3 号门:已上锁(电磁锁固定模式)
声音传感器:已启用
震动传感器:已启用
键盘输入:不允许
现阶段:1

慎吾把包背到肩上:"交给你了,阿斯卡。"
说完,他离开了房间。门被关上,响起电磁锁上锁的细微声响。

3

对葛原兼介而言,一九八八年二月一日本应是无比美好的一天——至少前半天确实是无比美好的。

今天是周一,不过因为是中学的建校纪念日,他们从昨天就开始放假。光放假就已经让人很高兴了,况且今天兼介还有一件大事要做。

终于能见到阿斯卡了。

阿斯卡是游戏管理员，在兼介眼里是如同神一般的人物。

这三个多月，兼介几乎每天晚上都会登录"GAMES"。"GAMES"是一个计算机通信网站，用一个叫作调制解调器的魔法盒把个人电脑和电话线路连接起来，再运行通信软件程序，按规定完成手续后，电脑屏幕上就会出现这样的文字：

*** WELCOME TO GAMES！！ ***

这是"GAMES"的主机向兼介发来的欢迎信息。

和"PC-VAN❶"还有"ASCⅡ-NET❷"等别的网络不同，"GAMES"正如其名，是专为享受游戏而建的通信网站。

欢迎信息之后会出现一个选择菜单，从中可以选择体验各式不同类型的游戏世界。既能浏览新闻，看市面上销售的游戏软件的介绍，也可以获得这些游戏的攻略方法等提示，而且还可以使用网络销售平台在网上购买游戏。

会员之间自由交流意见的"电子论坛"，各个会员一对一通信的"电子邮件"，还有召集同时在线的会员一起打字对话的"聊天"等，这些都很有趣，让人感觉自己房间里的电脑仿佛成了通向另一个世界的窗口。

但是最有意思的还是参加"GAMES"推出的独家游戏环节。

---

❶ 日本电气株式会社运营的计算机通信服务，主要提供电子公告牌、电子邮件及聊天等服务。

❷ 曾为株式会社 ASCⅡ（现在的 ASCⅡ Media Works）运营的商用电脑通信网站。主要提供电子公告牌、图书馆、电子邮件、聊天及数据库等服务。

游戏总共有二十五个环节，也就是有二十五扇门，玩家通过选择进入其中一个房间，决定当天玩哪个游戏。每个房间都有名字，兼介最喜欢玩的就是"阿斯卡的秘宝"。

这是一款最近才加入菜单的游戏。每个玩家各自成为游戏的主人公，一路打倒阻挡自己前行的众多敌人，去探求深藏在地底的"阿斯卡的秘宝"。有时玩家之间也需要战斗。

申请参加游戏的时候，兼介得到的游戏昵称是"KEN"。给出这个昵称的就是游戏管理员阿斯卡。KEN 身为一名旅人开始了这个游戏，在帮助一个遭遇强盗的女孩之后，一位神秘的老婆婆给了 KEN 一张地图。地图只有半张，下方写着奇怪的暗号。等到在山里打倒突然扑出来的巨熊，在熊肚子里发现一把青铜剑，上面刻着的文字和地图上的暗号一样时，兼介高兴得跳了起来。

游戏持续玩了近两个月，就在前几天，KEN 终于得到了藏在地底的"阿斯卡的王冠"。令他吃惊的是，游戏到这里还未结束，就在他取得王冠的瞬间，游戏管理员直接对他说话了。

——勇者 KEN 啊，你的名字将在人们口中代代相传。你将获得"骑士"之称号。

屏幕上显示出文字，游戏管理员接着说："并赠予你真正的阿斯卡的王冠。"

真正的……？

兼介双眼发光，急忙在键盘上敲下：

你说真正的，是真的，真实的东西？

游戏管理员回答道："是的。是能拿在手里的真正的王冠。

虽然既不够大，戴不到头上，上面的宝石也只是玻璃珠。但是它闪闪发光，非常漂亮。"

王冠将于二月一日交给兼介——也就是今天。在授予王冠这点上也体现出了"GAMES"的风格：王冠并不是邮寄过来的，也不是单纯地到某个地方去取。交付王冠的过程也有一套仪式。

上午九点，葛原兼介走出家门。

他挂在肩上的大包里放着手提电脑和便携式声音耦合器。路上有几个地点他要直接和阿斯卡连线。

——你要来的地方有些远，记得备好交通费哦。还有路上使用公用电话上网的零钱。

兼介从昨天开始就一直处于兴奋之中。这是他第一次把游戏玩到家门外。他准备了不少十元和百元的硬币，然后把新年剩下的压岁钱全部放入钱包里。还有五万多，有这些钱去日本哪里都没问题吧。

"哎，是要出去吗？"

保姆问正在穿鞋的兼介。

"出去一下。"

兼介只说了这句便出了门。他没告诉任何人自己要去哪里。本来嘛，就算想告诉，他自己也不知道自己要去哪里啊。这感觉太美妙了。游戏的主人公和自己无缝重合在一起，走吧，开始冒险之旅吧！

4

第一个地点是东京站。阿斯卡的指示是让他在东京站附近进行第一次连线。

兼介在丸之内南口找到一个电话亭,马上奔了进去。要用电脑联网还是在电话亭里比较方便。

他拿出手提电脑,连上声音耦合器——声音耦合器和调制解调器具有相同功能,是连接电话和电脑必需的设备。一般只要撒撒娇,老爸基本什么都会给他买。特别是跟电脑相关的,老爸还没说过不行。

将电脑调成通信模式,往电话里投入一百元硬币,拨打连接"GAMES"的号码,再把话筒放到耦合器上,按要求输入自己的 ID 和密码,屏幕上便出现了和平常一样的欢迎信息。

"太好了,太好了。"

兼介自言自语道。

为了和阿斯卡直接对话,他从菜单中选择了"聊天"。阿斯卡的 ID 就在等待聊天的列表中,兼介轻轻咬着嘴唇,输入了那个 ID。

——嗨,KEN,我等着你呢。

屏幕上出现阿斯卡的回答,兼介对着电脑另一边的阿斯卡笑了笑。他不知道阿斯卡长什么样,也全然不知道阿斯卡多少岁、是做什么工作的。他自行把阿斯卡想象成外国电影里经常出现的间谍那样的男人。

——KEN,你现在在哪里?

兼介努力敲打键盘。阿斯卡打字的速度好快，他拼命打也没有阿斯卡一半的速度。有时转换汉字卡住一下，他都有点恼火。

——我在东京站。东京站南口的公用电话亭。

——你没忘带软盘来吧？

——当然没忘。那里面存了拿到阿斯卡的王冠时的密码，还有昨天你发给我的文件。

——很好。那是绝对必要的。没有那张软盘，我就没办法判断你是不是葛原兼介本人了。

——是3.5寸软盘。这张是我一直用的。

——你上初二，对吧？

——对。四月就是三年级了❶。

——真了不起。我在你这个年纪的时候，根本不能把电脑用得这么好。

兼介不自觉地脸红了，他暗自庆幸阿斯卡看不到自己的脸。

——OK。那么让我们快点开始游戏吧，你准备好了吗？

——准备好了，随时可以。

——接下来我会指导你去一个地方。但是地点要你自己找。

——是很远的地方吗？

——你要搭电车去。不过放心，我不会让你去九州的。嗯，不过你最好有心理准备，大概需要搭乘一个半小时的特急列车。这是第一个提示。

搭乘一个半小时的特急列车……

兼介抬起眼睛。他地理并不拿手，应该带本地图来的。

---

❶ 日本新学年四月开始。

——那么，你要从我接下来说的话中找到所要去的地方。最好准备好写下来哦。

兼介慌忙取出笔记本。

——好了，可以了。

——"川端康成抓住了一只兔子，他切掉了兔子的尾巴，还切掉了一只耳朵，然后把耳朵当尾巴粘了上去。"

"……"

兼介不由自主吞了口唾沫。

这太难了……这能知道要去哪儿吗？

他努力把屏幕上的文字抄到笔记本上。

——好了吗？

——好了。不过我没信心。

——希望你加油。你可是受封了"骑士"称号的。这点事情应该难不倒你。

——那知道去哪里了之后怎么办呢？

——三十分钟后，你再上线一次。要是搞错了就麻烦了。就算没想出来也上线一次，好吗？

——好。那我三十分钟后再上来。

——那么，你加油，祝愿你成功。

连线结束了。

兼介返回"GAMES"的菜单，选择结束游戏。

一边把电脑和耦合器放回包里，兼介一边拼命思考。

川端康成抓住了一只兔子，把它的尾巴切掉……

到底是什么意思？他要去的是要坐一个半小时特急列车的地方。川端康成？

他看了看表确认时间，十点过五分。下次应该在十点三十五分上线。

最初的十分钟一下就过去了，还是没想到任何答案。兼介坐在车站内的长凳上，死死盯着笔记本。可怎么也看不出到底要去哪里。

他咬住嘴唇四下打量，想找找哪里会不会有什么提示。

川端康成，川端康成……

他的视线停在了绿色窗口❶上。

对了，那里有时刻表。时刻表上既有地图，也有全部站名。

兼介拎起包走进绿色窗口，翻开厚重的时刻表查看索引地图。

一个半小时的距离。特急列车一个半小时的距离。

但是一个半小时的距离到底是多少，看地图是看不出来的。

等等，兼介抬起头。

这里是东京站。只要把目标放在从这里出发的特急就好了。

从东京站发车的有山手线、京滨东北线、中央线、总武线、东海道本线、横须贺线。其中有特急列车的只有总武线和东海道本线。

他先在时刻表上查东海道本线，只查特急列车。

"……舞女。"

他脱口而出。

连接到伊东线的特急中有一班叫"舞女"号。川端康成写过《伊豆的舞女》。

——就是这班！

---

❶ 即 JR 售票处。

不会错的，兼介很有信心。那么接下来只要找一个半小时路程的就好了。

舞女1号八点从东京站发车，一个半小时之后就是九点半，九点半的时候这趟特急……网代？九点三十一分到达网代。

这和兔子有什么关系呢？

——川端康成抓住了一只兔子，他切掉了兔子的尾巴，还切掉了一只耳朵，然后把耳朵当尾巴粘了上去。

切掉兔子的尾巴。兔子，兔——？

他的视线忽地落回时刻表上。

"宇佐美！（usami）"

他不由大声念了出来，又慌忙看向四周，只见站在旁边的中年大叔正看着自己。

网代的下一站是宇佐美，没错就是宇佐美。"兔子（usagi）"的尾巴，就是把最后的"gi"切掉，变成了"usa"。一只耳朵（mimi），就是说用一个"mi"代替"gi"放在"usa"后面，正好是宇佐美（usami）。

乘坐特急"舞女号"到宇佐美，这就是对阿斯卡的回答。

兼介看了看表，十点三十分。距离上线时间还有五分钟。

干得漂亮，瞧我多厉害。

再次拿上包，兼介走出绿色窗口向电话亭跑去，满心的成就感。

他连上"GAMES"，向阿斯卡发出聊天请求。

——哟，KEN。

——阿斯卡，我知道答案了。

——很好，答案是？

——特急"舞女号"，去宇佐美。

——精彩！棒极了。不愧是KEN啊。没错，那就是你要去的地方。那么，快出发去宇佐美吧。现在大概能赶上"舞女11号"。在宇佐美下车后，在车站再上一次线。下次就是长途电话了，别忘了准备好零钱。最好能准备一张电话卡。

——好，我明白了。

结束与阿斯卡的通话后，把器材塞进包里，兼介精神抖擞地再次走向绿色窗口。

5

电车在十二点三十六分到达了宇佐美。

咦……？

出了检票口，兼介环视着周边嘴里不禁喃喃自语：总觉得这景色似乎在哪儿见过。

这是一处乡下的小城，视线越过车站的入口能看见一片空地，那里既是大巴车站也算是一个小广场。低矮的旅游纪念品商店、民宿的招牌，还有采摘橘子的海报——他感觉像是被施了什么魔法。明明是回答出了阿斯卡的谜题才会来这里的，他以前从没在宇佐美这个站下过车，可是，却有种熟悉的感觉……

真有趣。

兼介轻松地耸耸肩，发现候车室角落有一部磁卡式公用电话，就走了过去。这站没几个人下车。他从包里取出电脑和耦合器，按下电源键后把电话卡插进电话机，向"GAMES"发送聊天请求。

——看来电车准点到了啊。

——我到了。

——累了吗？

——不累，一点儿也不累。那接下来我该做什么？

——从现在开始要步行了。

——请给我提示。

——OK。这次的提示同时也是检验你是不是葛原兼介本人的测试。

我是不是本人？兼介盯着电脑的液晶屏幕。

——本人，什么意思？

——"阿斯卡的王冠"绝不能交给KEN以外的人。比如说，我看不见你，你也看不见我。

——嗯，是啊。

——我不知道现在在宇佐美车站的到底是不是葛原兼介本人。说不定你让别人替你来了呢。

兼介有点儿慌张，他吞了口唾沫。

——是我，葛原兼介。我带了软盘来，不是替人来的。

——你是一个人来的吧？

——是的。

——好吧。如果你是葛原兼介本人，那我接下来提出的问题对你来说应该很简单。不然你应该答不上来。

兼介摩擦着双手：到底会问他什么问题呢？

——我知道了。我准备好做笔记了。

——"回到两个夏天前，KEN的窝在哪里？"

什么啊……？

兼介眨着眼睛，回到两个夏天前？

他抬起头，环视自己的四周，又望向广场对面。

——KEN，你还在吗？

——啊，在。

——你知道你要去哪里了吗？

——对不起，你能稍微等我一下吗？

——出什么问题了？

——没有，我就是想去车站外边看一下。总觉得有点奇怪。

——好的，我等你，你去看吧。

兼介任由电话和电脑就那么放着，自己跑到了车站外边，环视了一圈周围的风景。

这个车站三面环山，只有对面不是山，对面过去就是海，有海水浴场。山上连绵着橘子林。我认得，我认得这里的风景……

——回到两个夏天前，KEN的窝在哪里？

两个夏天前，就是前年的暑假，初中一年级的暑假。对，那时来过这里，不是坐电车，是开车来的，是老爸开的车，和妈妈还有和贵子一起。和贵子是他表姐，大他一岁，一个很做作很让人讨厌的女生。

因为坐在车里所以没太注意，之前说要去伊东，他就以为去的是伊东了。不过来的是这里，确定是这个城镇。

KEN的窝……是指那时住的别墅了。

只是……兼介皱起眉头。回过神来时他已经回到车站里了，一位车站工作人员正远远地望着他的电脑。

只是，阿斯卡怎么会知道我前年做过什么事呢？太不可思议了。好像进入了魔法的世界……

兼介坐到电脑键盘前。

——不好意思久等了。我觉得我知道答案是什么了。

——太好了。很高兴你能想起来。

——阿斯卡，你为什么会知道我前年来过这里？

——为什么呢？说不定我是你认识的某人哦。

我认识的某人？兼介想了一下。啊哈……他点了点头。

——你是间宫先生吗？

——哦？你为什么会以为我是间宫？

——因为前年和爸爸一起来间宫先生的别墅做过客啊。KEN的窝就是指间宫先生的别墅。

——我到底是谁，让我们留些悬念吧。我也许是间宫，也许不是。那么，你知道你下一步要去哪里了？

——是间宫先生的别墅吗？

——正是。现在我能肯定你的确是葛原兼介本人，可以放心地请你到别墅来了。

啊，兼介脸上放出光彩。

——那，阿斯卡，你在别墅对吗？我去那里就能见到你了？

——是的。不过，别墅上了锁。你没有钥匙，要怎么进来呢？

——我不知道。

——"首先是三只手，接着是两根手指，最后是一只手。"

"……"

兼介盯着屏幕。

——这是谜题吗？

——是的。最好趁没消失前记下来。

兼介慌忙把那句话写在了本子上。

——写好了。

——那么，祝你成功。很期待与你见面。

——请等一下。这个谜题就是别墅的钥匙吗？

——是的。如果实在进不来，三点再上一次线。

——我明白了。

连线结束了。

"……"

兼介望着本子上的笔记。这句话到底是什么意思，他一点头绪也没有。

算了，先这样吧。

兼介重振心情，把电脑和声音耦合器放回包里，拔下电话卡塞进背包的口袋里。

"那是什么？"

背后有人跟他说话，他回头一看，身后站着一位车站工作人员。

"没，没什么。"

兼介摇摇头，离开了车站。看看时间，马上就到十二点五十分了。万一找不到钥匙的话要在三点上线，还有差不多两个小时。

他出了车站左转，沿着铁道向前走。他隐隐约约记得路，从铁路右转九十度就能通到海滨浴场，眼前墨绿色的山也一直延伸到海边。

阿斯卡就是间宫先生吧？

兼介边走边想。他要是在别墅的话，那他只能是别墅的主人间宫先生啊。

只是不知怎的，他觉得有些失望。间宫先生是外公公司的人，听说地位相当高，比老爸地位还高。他和外公很要好，也时不时会到家里来和老爸谈事情什么的，还一起吃过饭。兼介记得他的样子，老爸说我痴迷电脑的时候，间宫先生好像还很欣赏这一点。

如果是更年轻一点儿的人就好了……

兼介想象中的阿斯卡应该是差不多大学生的年龄。是的话就好了，间宫先生比老爸年纪还大呢。

不过……兼介又换了个方向想。

——可能是间宫，也可能不是。

阿斯卡是这么说的。他会是让人感到惊奇的人吗？肯定是的。

因为他可是制作出"阿斯卡的秘宝"的人啊。兼介从来没玩过那么激动人心的游戏，他现在还觉得兴奋呢。

兼介走在县道上打量着周边的景色。道路两侧林立着旅馆及卖鱼干之类的商店，商店后面就是山了。

沿着县道走了一会儿，上了一条略窄的小路，从这里开始就是上坡了。路两边的民房数量剧减。坡不是很陡，但装着电脑的背包压在肩上沉甸甸的。

走了十五分钟左右，他看见了第一栋别墅。这一带别墅不是很多，间宫先生说过就是图安静才买在这里的。只见东一栋西一栋的别墅建得很分散。

真够远的。兼介一边回想前年的夏天一边寻思着。那时一直都是坐车的，去别墅也是坐车，从别墅到海边也是坐车。坐车一下子就到了的距离，走起来却相当远。

走着走着开始觉得身上的运动外套太热了，待会儿等汗消了又会觉得冷吧。幸好是伊豆，这要是再往北的话，一件运动外套就不顶用了。

爬了半天山，终于快到间宫先生的别墅了。宽阔的道路边上立着一个小小的牌子，上面写着"间宫"。从小牌子拐进一条碎石小路,别墅就在小路深处。

沿着碎石小路走了一会儿,周边绿色的森林突然豁然开朗,面前是一片宽广的草坪。草坪对面有一座白色的二层小楼,小楼再过去是极陡的斜坡,往下看是一望无际的大海。

海一会儿再看吧,兼介想,总之要先把门打开。

他站在大门前,望着这座别墅。一楼和二楼的窗户都挂着窗帘,那窗帘会不会动呢?兼介极留意地盯着,阿斯卡应该正在看我,阿斯卡就在这里面。

光是这么一想,兼介就又兴奋起来了。他想大叫一声"阿斯卡",但又忍住了。这是犯规的,我得自己找到钥匙。

他走到大门前,试探着握住门的把手,果然上了锁。

——首先是三只手,接着是两根手指,最后是一只手。

钥匙被藏在哪儿了呢?三只手……

他四下张望,大门上没有什么像手的东西,房子上也没有手,他又看向大门的遮阳篷。

那能叫"手"吗?

不,"首先是三只手","三只"才是问题的关键之处。

草坪正中央立着一棵大树。兼介望向大树伸出的树枝。他把背包放在门口,走到了树底下。这哪只是"三"啊,无数的树枝伸向四面八方。他凝目找着有没有哪根树枝上挂着钥匙,可也没找到什么类似的东西。

三只手,两根手指,一只手。

他望着自己的手。手有两只,手指有十根,不明白啊……

兼介决定绕别墅一圈看看。沿着别墅外墙,他一边走一边留心观察,视线在墙壁上、窗户上、地面上一一停留。发现后门时,他也试着去转了转门的把手——当然是锁着的。他下意识地把耳朵贴到门上,只听见像是低低的马达声的声音。

在别墅后面,他看见了海。天气晴朗,蓝色的海面向远方无限延绵。近处的海水呈绿色,越往深海颜色又渐渐变成深蓝色。一艘白色的船拖着一道波纹横驶过海面。

走了一圈也没找到手或者手指。兼介在大门前的门廊上坐了下来。

在这里失败是最不甘心的,明明只差一步了。我才不要等到三点上线。他把笔记本从包里扯出来。

——首先是三只手,接着是两根手指,最后是一只手。

等等。兼介回头看向大门,门的旁边装有对讲机。

这会不会是暗号?

他站起来,按下对讲机上的按钮,把嘴凑近话筒:

"首先是三只手,接着是两根手指,最后是一只手。"

说完握住了门把手。

"不行啊……"

门把手纹丝不动。不是暗号。

见鬼……兼介瞪着门。阿斯卡一定听到我刚才说的话了,他一定正嘿嘿笑呢。

他握起拳做出要敲门的动作,但最终没真的敲下去——他觉得这样反而会让阿斯卡笑得更开心。他的拳头落在了自己的左手上。

"……"

兼介看着自己的拳头。

"首先是三只手——"

他看看拳头,又看看门,然后松开拳,竖起食指。他把食指贴着门缓缓滑动,看着它滑出门的边框,最后停在了对讲机的按钮上。

"接着是两根手指!"

兼介绽开笑脸。吼吼吼,他从鼻子里发出笑声。

他用力吸一口气,直直地站在门的正面,接着握起拳,敲了三次门,然后按了两次对讲机的按钮,最后又敲了一次门。

"咔嚓",门把手处传来一声轻微的开锁声。兼介咬着嘴唇握住了把手。

"成功了!"

转动门把手,往自己身前一拉,门静静地打开了。

"咦……?"

兼介往门内望去,他以为肯定有人站在门内。他以为是敲门和按对讲机门铃都做对了,阿斯卡才打开门的。可是大门里一个人影也没有。

是打开门之后马上退到屋里去了吗?

"你好。"

他试着对屋里说道。

没有回应。

"你好。是我,葛原兼介。"

这次他稍微提高了声音,可还是没有回应。

兼介纳闷地歪歪头,提起放在地上的背包,走进去,关上了门。

"你在哪里?我可以进来吗?"

没有回应。

兼介脱下鞋,从大门走进大厅,小心翼翼地瞄了起居室一眼,没人。

"阿斯卡!"

他走进客厅，去厨房看了一眼，又去里面的日式房间看了一眼，哪里都没人。他莫名生出一种不安的感觉。

"你在哪里？你到底在哪里？"

回到大厅，兼介上了楼梯。二楼有两个房间，他想进书房，但是房间上了锁。

书房对面是卧室。卧室的门没上锁。

当看到放在两张床之间的桌子上摆着电脑，而且电脑的屏幕还亮着，那一瞬间兼介明白了："啊，是这里……"。

"阿斯卡……？"

但奇怪的是，这个房间里也没人。兼介把背包放到床上，打量着房间。这里和他前年来的时候有一点点不一样。浴室门的旁边放着冰箱，那之前是没有的。

"阿斯卡。"

他又叫了一次，依然没人回应。他去浴室看了一下，也没人。

那么……他看向卧室的对面，那间书房。只有那里上了锁，阿斯卡就在那里。

这里也要敲三次门吗？可是书房的门上又没有对讲机。

这时，摆在两张床之间的那台电脑发出"哔哔"的声音。兼介吓了一跳，连忙看过去。

只见屏幕上映出旋涡的图样，那是计算机图形生成的旋涡，颜色不断变化，由蓝到绿，又由绿到黄，最后由黄到红。

兼介走到两张床之间，望着屏幕。

旋涡消失后，上面出现了文字：

欢迎你，KEN

我是"阿斯卡"

更让他吃惊的是,文字出现的同时,从电脑的扬声器传来一个女声:
——欢迎你,KEN。我是"阿斯卡"。
"……"
兼介吃惊地看着电脑。电脑又开口了,屏幕上同步显示出相同的内容。
——你终于找到这里了。真棒。门开着不冷吗?只有这间房间有暖气,能帮我把门关上吗?
啊……?兼介回头看向身后,卧室的门确实开着。
他眨眨眼睛,走过去把门关好,只听电脑又说:
——谢谢。
电脑的发音说不出哪里有点怪,而且语速相当慢,但很明显是个女性的声音。
——那么,我要进行最后的检查了。你带了软盘来吧?
"带了。"
回答完后,兼介连忙在键盘上敲入"带了"。
——你可以直接说话。当然你也可以敲键盘,不过我说话的时候,请你也直接说吧。
"说话……你听得见?"
——当然。
"你就是,就是那个……阿斯卡?"
——是的。你很吃惊吗?
"为什么……那个,你在哪里?"

——我不就在这里吗？

"可是……"

——你觉得电脑没理由会说话对吗？

"不是，那个……"

兼介没法相信自己看见的事情，他在和电脑说话。说着说着他注意到电脑回话会稍微迟那么一点儿，就一点儿——一个呼吸的停顿后，电脑就会回话。

"阿斯卡，你不是人类吗？"

——我看起来是什么？

"电脑。"

——不对。

"不对？"

——我是程序，被命名为"阿斯卡"的程序。

"……"

像科幻小说一样。兼介想，这种事情他只在科幻电影里才看到过。

"你是女的吗？"

——谁知道呢。我也不知道自己的性别。程序员给了我这个声音。电脑程序没有性别之分。那么请先让我完成检查，这是确定你就是葛原兼介的最终检查。请把你带来的软盘插入电脑。

"啊，是。"

兼介扯过放在床上的背包，从里面取出软盘盒，把软盘插入电脑的软驱。

软驱的指示灯不停闪烁，然后灭了。

——确认好了，谢谢。

兼介心里一直感到疑惑,他决定直接问阿斯卡。

"为什么你会知道我的事情,还有间宫先生的这栋别墅?把你编写出来的人是间宫先生吗?"

——我的内部记录了许多关于你的数据。这个程序是为你而编的。

"为我?"

——是的。"阿斯卡的秘宝"也是。都是为了今天把你叫到这里来而制作的。

"……什么意思?我不明白。"

——阿斯卡的秘宝,葛原兼介,指的是你。

"……"

——你对我而言,是用来得到绝佳宝物的道具。我可以从你的外公那儿要到很多钱来换你的性命。

"哎?"

兼介皱起眉看着电脑。电脑的声调毫无变化地说道:

——你今天,被绑架了。

6

株式会社立卡德的第三任总经理武藤为明的家位于东京都中心的赤坂,占地七百坪❶,四周用高高的石墙和铁门围着,里面种

---

❶ 1 坪约 3.305 平方米。

满了草坪和树木。东西各建有一栋楼。西边的较大，东边的较小。武藤总经理住在西栋，他的女儿和女婿住在东栋。

应武藤总经理共进晚餐的邀请，间宫富士夫那天晚上八点多来到了武藤家。

"告诉久高说间宫到了。"

武藤总经理把间宫让进客厅，对夫人照枝吩咐道。他自己则往间宫的杯子里倒入红酒，边解释说这是别人送的。

"我让葛原也一起来，你不介意吧？"

武藤问道。间宫点着头说"当然不会"。

葛原久高是武藤为明的女婿，武藤女儿苑子的丈夫。他是立卡德的专务董事，兼任光学部部长和销售总监。葛原住在武藤宅邸地界上另一边的楼里。

"您似乎有话要说，和葛原专务也有关系吗？"

间宫问道。武藤含着一口红酒点头"嗯"了一声。

"我……"

武藤起了话头，视线从酒杯移到间宫的脸上，稍微顿了一下才接着说：

"你觉得我年纪大了吗？"

"……"

间宫沉默地盯着武藤。确实，七十八这个年龄不能说年轻了，紧贴在头皮上的头发几乎已经全白。不过皮肤的血色看着还像五十来岁的人，脸颊和下巴上的肉也都没有松弛。武藤每周都去附近的泳池游两次泳。虽然知道得不是很清楚，但听说似乎有三位女性都受着武藤的"关照"。

"怎么？怎么想的就怎么说。"

"是有谁说总经理您年纪大了吗?"

"别人怎么说我都无所谓。"

"那我的意见也无所谓了。"

武藤笑出声来:"你不一样,我想知道你的看法。"

"在年轻人眼中,我也是老人了。总经理您比我大两轮,可我从没把总经理当老人看过。"

很实在。武藤微微笑了。

"您为什么突然这么问?"

武藤摇摇头,把酒杯放回桌子上。

"之前医生跟我说,这身体完全健康。"

"大概没有比这更好的答案了吧。"

"是这里。"武藤指着自己的脑袋。

"这里……?"

"脑子。"

间宫微笑起来:"您可看不出痴呆的征兆。"

"值得庆幸的是我现在还没空痴呆。我不是说这个,我是说这段时间我时不时会感到力不从心。"

"力不从心?"

"嗯。有时候我理解不了那些年轻小子说的话。"

"总经理您要是用十来岁人的思考方式想问题,那我们会很为难。"

"不能用他们的思考方式想问题,这没什么。但是完全不能理解就很糟糕了。立卡德也要应对有这种思考方式的客户啊。"

"那么您稍微休息一段时间如何?"

不,武藤总经理摇着头:"我想加紧准备。"

"……准备？您说的准备是？"

"我想应该不会那么快，不过我迟早要退下来的，我是说那之后的事。"

"……"

"在你看来，现在的光学部和 OA 部的关系如何？"

噢，间宫点点头。

间宫是立卡德中央研究所的所长，也是 OA 部门的总负责人。让葛原久高同席进餐，原来是有这方面的意思。

这段时间，光学部和 OA 部之间的协作并不顺利。近几年来，OA 部的销售业绩一直维持着十一二个百分点的增长，而原是立卡德主打产品的照相机部门的业绩却并不明朗。OA 部门的销售额三年前就已经超过光学部了。

两个部门之间也不是有冲突，只是双方的竞争意识不知怎么就演变成了奇怪的对立意识，这也是事实。光学部有光学部的骄傲，一种"我们是照相机厂商立卡德"的骄傲。OA 是新来的，可这新来的 OA 部，现在在公司的分量最重。光学部会产生自己不过是 OA 的分支这种心情，也就很能理解了。

"你能帮帮葛原吗？"

武藤看着间宫说道。他像是被自己的话提醒了，把视线转向客厅门口。

"真慢……喂！"

他提高声音叫人。保姆走过来，对间宫也微笑致意。

"久高还没来？"

"刚才去叫过了，好像说兼介少爷还没回来……"

"兼介？"

武藤直起靠在沙发上的身体："兼介怎么了？"

"没，就是好像出去之后还没回来，小姐正在到处打电话。"

武藤皱起眉。

葛原兼介是武藤的外孙。武藤总经理对外孙的溺爱在公司里是出了名的，连在年初的讲话中都会提到兼介在学校的学习成绩。

"没回来，去哪儿了也不知道吗？"

保姆正想回答，就听见屋外有动静。转头一看，是葛原久高进来了。

"我来晚了，对不起。"

后半句是对间宫说的。

"兼介回来了？"

武藤问道。葛原苦笑着摇头："内人正在闹腾。兼介就是在哪儿玩得忘了时间吧。"

"这可快九点了。"

"但他都已经上初二了……"

"去哪儿了？"

"出去的时候没说。好像是上午出去的。"

"他是说过今天学校放假吧？"

"是，今天是建校纪念日。"

"没问问他要好的朋友吗？"

"内人正在打电话。不用担心的。对不起，闹得这么夸张……"

葛原说着一脸苦笑转向间宫。间宫缓缓对他点点头。武藤依然皱着眉，从沙发上站了起来。

三个人移步到家里餐厅。刚在桌前坐下，那个电话打了进来。

"那个，有一个很奇怪的电话……"

保姆拿着无绳电话走到武藤旁边。

"奇怪的电话？怎么奇怪了？"

"是位女士，说话的方式很奇怪。说想谈谈兼介的事情……"

"拿来。"

武藤从保姆手里夺过电话。

"喂，我是武藤。"

接过电话把话筒放到耳边的瞬间，武藤就皱起了脸。他诧异地看了一眼手里的话筒，又重新把它放到耳边，皱着眉听对方说话。

间宫下意识地和葛原互望了一眼。

"你是什么人？好好说话！你在捣乱吗？"

间宫从椅子上站了起来，武藤的反应让他有种不妙的预感。

"什么？胡说什么，程序怎么会打电话，你要谈兼介的什么？"

间宫走到武藤身边，武藤注意到之后稍稍把话筒从耳边拿开了一点，示意他也一起听。间宫把耳朵凑过去，就听见一个语调奇怪的女声。

——您的外孙在我这里。

"什么？！"

武藤提高了声音，望向间宫。

是合成语音……间宫想，这是电脑合成的人工语音。

——再说一次。葛原兼介在我这里。不许报警。

"喂！开什么玩笑！你到底是什么人？"

——我刚才说过了。我是电脑程序。为了绑架葛原兼介而被编写出来的程序。

"什么混账话……你是说兼介在你那儿？"

——在我的看管下。

间宫盯着武藤手里的无绳电话。

兼介被绑架了……？

间宫极留心地听着话筒里传出的合成语音。对这个声音他没有印象，当然，人是不会发出合成语音的，但大部分的合成语音都会有一个原型——把实际的人声分解成频率和波形，再用这些数据合成一个声音。

这个声音做得很自然。尽管语音语调多少有点怪，但做出这个声音的系统的确相当优秀。

葛原走到二人身边。

"怎么了？兼介怎么了？"

他一脸不安地问道。武藤没理他只是对着话筒追问："兼介在哪里？"

——这个问题我不能回答。希望您听从我的要求。不许报警。

"让兼介听电话。"

——他现在在睡觉。如果您希望听到他的声音，下次会给您机会。

"这种事情你以为我会信吗？你听好了，这要是开玩笑的话……"

——您只能相信。您若不听从我的要求，您外孙的性命就没有保证了。

"这怎么会……这开的什么玩笑……你说什么要求？"

——请准备十亿元。

"……你说什么？"

武藤瞪大了眼睛。这句话也清晰地传到了间宫的耳朵。葛原张着口凝视着武藤。

——十亿元。再说一次，请不要报警。我不接受有警察参与的交易。我会再和你联系。

"你别乱来。你听好了，兼介……喂！喂？喂？……"

武藤把话筒从耳边拿开，来回看着间宫和葛原。

"挂了……"

仿佛手里拿着的无绳电话是什么不可思议的东西一般，他对着二人高举起电话。

"岳父，借一下。"

葛原拿过电话，用颤抖的手指按下拨号键："哎，是我。兼介回来了没有？——这样啊，没，没事了。"

只说了这几句，他就挂断了电话，望着武藤轻轻摇头。

"怎么会……"

武藤喃喃道。

间宫闭上了眼睛。他想起了二十年前的那天。

一九六八年九月九日，慎吾被绑架的时候，生驹洋一郎是在工厂接到消息的，那时的电话是千贺子夫人打来的，当时间宫也在场。

"骗人的，肯定是骗人的。"

武藤为明仍在喃喃道。

7

这也是一个游戏。葛原兼介努力这样去想，这是一个无比逼真的游戏。

他躺倒在床上，转头看看电脑，屏幕一直是那个样子。

已经是晚上了。他望着挂在窗口的窗帘。窗帘后面不是玻璃，而是钉着一层硬板——堵上窗户以防被囚禁的人逃跑。

他也试着大声求助，可阿斯卡马上就发出了警告：

——危险。危险。请勿在此房间发出过大声音。若发出更大的声音，房间的地下、屋顶及墙壁上设置的塑胶炸弹将会爆炸。危险，请安静。

那时他真的很害怕。门上了锁，是阿斯卡锁上的。他进入这间房间时，阿斯卡首先就让他关上门，那就是为了上锁。

他晃了晃门，又试着敲门，结果阿斯卡又立即发出会爆炸的警告。

他什么也干不了。

就是说他完全掉进了一个陷阱，和"阿斯卡的秘宝"中的地底牢狱一样。在那个游戏里，他能反过来利用住在地牢里的怪兽逃出来。

可这间屋子里没有怪兽，只有阿斯卡和冰箱里的食物。

"你听得见吗？阿斯卡。"

仰躺在床上，兼介试着说道。电脑完全没有反应。

好像不是随时都能和阿斯卡说话。

——KEN，就聊到这里吧。从现在开始我会沉默一阵子。我里面有几个游戏，你要是无聊的话可以玩玩游戏。不要忘了好好吃饭。

说完阿斯卡就不再言语。之后只有在他弄出较大声响和捶门的时候，阿斯卡才会发出警告。

要怎么才能逃出这里呢？

兼介思考着。他试图拆下窗户上的硬板，可阿斯卡果然发出了警告。浴室的窗户也一样。

喝了可乐，吃了巧克力，他倒不太饿。

试试看吧。他照阿斯卡说的敲了敲电脑键盘。屏幕上出现一个菜单，里面有四个游戏，一个实时射击游戏和三个冒险游戏。

我是真的被绑架了吗？

兼介又开始想。他确实很害怕，被关在这里已经过去挺长时间了，完全听不到外面的声音。

这跟电视上看到的绑架很不一样。一般绑匪都会拿手枪指着被监禁的人质，可这里没有拿着枪的案犯，只有阿斯卡。阿斯卡会警告他有炸弹，但不会殴打他或者把他绑起来。

比起电视上的人质，这待遇已经很好了。他决定这样去想，虽然害怕，但比被打好多了。

"哔哔"，电脑发出声响，兼介一惊坐了起来。

——KEN。

"我在。"

兼介边回答边坐到了电脑前。

——你吃饭了吗？

"吃了巧克力……"

——只吃了巧克力？

"我不怎么饿。"

——不好好吃饭可不行。把你还给你外公的时候，你要是瘦了该多可怜。

"阿斯卡，我要在这里待到什么时候？"

——待到你外公付钱的时候。

兼介吞了一口唾沫:"你已经见到我外公了?"

——打电话跟他谈了谈。

"他会付钱吧?我外公肯定会付钱的。"

——一定会付钱的吧。

"求求你,我什么都不会说的。阿斯卡的事,这栋别墅的事,我都不会跟任何人说的。所以能不能放我出去?"

兼介双手按到屏幕上,屏幕毫无反应。

——你有什么想跟你外公说的吗?

"想说的?"

——我要录下你的留言,放给你外公听。你外公还不相信你被绑架了,所以需要让他听到你的声音。

"哦……那我要说什么?"

——大声喊"救救我"是最好的。"外公,救救我。"

"要大声喊?"

——是的。

兼介环视着房间:"可是,声音太大的话,炸弹……"

——现在没关系。我现在暂时把开关关掉。那么好了,开始录音,请大声喊叫。

兼介微微点了点头。

说不定……他想,如果炸弹的开关关掉了的话,那就趁现在把门——

他站起来,直接冲向房门,握住门把手猛地用力摇动。

突然,"哔哔哔哔"声响彻房间,兼介吓了一跳,松开了手。

——请勿在此房间造成剧烈震动。若发生更大的震动,房间的地下、屋顶及墙壁上设置的塑胶炸弹将会爆炸。危险,请勿造成震动。

兼介回头看向电脑。

——我说的是大声喊没关系，但没说可以发出震动。炸弹不是吓唬你的，真的放了炸弹。反复多次之后，即使震动不是那么大，炸弹的计时器也会开始计时。我没想过要夺走你的性命。但是如果你试图从这里逃走，我也只好动用炸弹了。请不要让我这样做。

"……"

兼介闭上眼睛，眼泪从他闭着的眼睛里滑落。

——KEN，你在听吗？

"……在。"

——你在哭吗？

"……"

——你不大声喊也没关系，总之把你想带给你外公的留言说出来。当然，不能说你在哪里。

"外公……"

兼介坐在电脑前说道。他带着哭腔，怎么也忍不住喉咙的抽动。

"外公，救救我……我害怕，救救我……"

他再说不出别的话了。

过了一会儿，阿斯卡说道：

——谢谢。这是一条很好的留言。你的外公一定会救你的。那么，就聊到这里吧。

兼介抬起头："啊，等……请等一下。"

——怎么了？

"请再跟我说一会儿话。"

——很遗憾，我还有很多事要做。回头再聊吧。这次就到这里。

"但是,阿斯卡,我……阿斯卡?阿斯卡……"

电脑不再回答了。

兼介双手捂住脸,用力揉了揉眼睛,按下了键盘的返回键。

屏幕上出现了菜单。他选择了一款名叫《恋爱·必胜!》的游戏。这是一款靠运气和技巧,看玩家能不能邀请到女生约会的游戏。名单里他没找到叫阿斯卡的女生。

8

到了位于赤坂高地的武藤为明宅邸,马场守恒在挨着外墙的巷子里停下车,看了看腕上的表。

五点二十二分——

天还没亮。围住房屋的石壁在车前方不远处有一个豁口,那儿有一扇木门,是这里的后门。木门前立着一盏昏暗的路灯,是这条巷子里唯一的光源。巷子另一边是神社长长的土墙,土墙里边被树木覆盖,看不清神社的位置。巷子和土墙仿佛都被冻住了,天气冷得几近零下。

在他的示意下,一名下属下车向前方的马路跑去。他探头张望了一下屋子正面的马路,然后向马场这边扬起手。

"走。"

马场低声对剩下的三名下属说。他们一起下了车,寒冷的空气钻进领口,马场下意识地缩了缩脖子。他走向后门,按下了对讲机上的按钮。

——你，你好。

像是一直在等着，一个女声马上应道。

"我们是警察。"

——请稍等。

马场向守着马路的下属打了个手势。门开了，一位女子表情紧张地低下头："劳驾您了。"

"请先让我们进去。"

他边说边走进门内，下属默默地跟在他身后走了进来。马场回头对正要关门的女子说："还有一个人，他把车子移走之后会过来。"

"哎……"

女子慌张地向外探出半个身子。马场踩着铺在地面的石子向房屋走去。屋子的后门打开，三名男女的身影出现在门口。认出是马场之后，三个人各自低头致意，马场从胸前的口袋里拿出证件。

"我是警视厅搜查一课的马场守恒。能让我们进去吗？"

"请进……很抱歉这个时间……"

年长的妇人边说边备上拖鞋。

"还让您从后门……"

妇人带着歉意说道。马场对她摇了摇头。屋里很暖和。

"您不用在意。请带我去放电话的房间。"

"啊，是。"

跟着妇人穿过厨房旁边的走廊，从餐厅进入客厅。客厅里站着两个男人，他们把马场一行迎进屋里。马场估计年长的应该是武藤为明。他拿出名片，行了一个礼。

"我是警视厅搜查一课特殊搜查班的马场。"

"我是武藤。这个时间辛苦您了。"

武藤双手接过名片。

"刑警先生,您身后的这位是葛原久高……"

武藤正要介绍他的家人,马场抬起手,打断了他的话:"请先让我们看看电话。案犯随时会打电话来,我们要做好准备。"

"哦,哦哦……也对。是这个。"

武藤指着自己旁边的桌子。桌子上放着一部无绳电话。

"啊,不,我想应该有主机的。"

"主机。哦,是啊。喂,带路。"

他向身后说道,妇人低头应了声"是"。马场示意下属跟上,两名下属跟着妇人出了房间。

马场被请到沙发上坐下,武藤重新向他介绍了在场人员。

屋里共有男女六人:主人武藤为明和他的妻子照枝,被绑架的葛原兼介的父母久高和苑子,保姆森三代子。只是最后一人并非家庭成员。

"间宫先生为什么会在这里?"

马场向武藤刚介绍过的间宫富士夫问道。这个男人大概五十五六岁吧,递过来的名片上印着"株式会社立卡德OA部长·中央研究所所长"。

"武藤先生叫我来一起吃饭。"

间宫说完垂下眼帘。武藤总经理接着他的话说了下去:"电话打来的时候,我和间宫还有久高——不,和葛原正准备吃饭。"

"哦,然后就一直留在这儿了?"

"是,自然而然就留了下来。"

马场点点头。

武藤宅邸的地界上还有另一栋房子，是葛原一家住的，那边还有一个保姆，叫丹下伸江。考虑到案犯可能会直接给葛原打电话，马场又让两名下属去了那边。

"那么可以请您从头说一遍情况吗？"

马场问。武藤用手指揉着太阳穴点了点头。

"八点四十分或四十五分，我想应该差不多是那个时间。"

"案犯打来了电话？"

"对。保姆接的电话，然后拿给我的。"

马场转向森三代子："就是说是您最先接的电话？"

三代子弓着背微微点了点头，眼里现出害怕的神色。

"对方说了什么？"

"说……说找武藤为明，说有话要说，是关于兼介的。"

"对方就说关于兼介有话要说，让武藤为明接电话，就这一句吗？记得具体是怎么说的吗？"

"具体……嗯，是个女人的声音，说话方式很奇怪……"

马场的视线离开笔记本，抬起头看向三代子："女人？打电话的是个女人？"

"是。那个……很奇怪的……"

"啊，刑警先生。"武藤插话道，"那个是合成的女声，电脑合成的。"

"……"

马场看向武藤。

"说话方式很不自然，是合成语音。打来的电话用的是电脑合成的声音。"

"……电脑？"

马场皱起眉。

"恐怕，"站在暖炉旁边的间宫富士夫开口道，"对方用的是装有语音 ROM 的机器。语言样本用的是女声。"

"等等。"马场对间宫抬了抬手，"我不太明白。您是说语音'罗母'？那是什么？"

"您知道语音应答系统吗？"

"不知道。"

"火车的预订座位服务可以通过按键进行操作，这个您知道吧？"

"预订服务……啊，知道。"

"预订的人操作按键，反馈时的回答用的是语音。那就是语音应答系统，也叫 ARS 什么的。那是电脑用合成的人声进行的回答。构建一个声音出来需要数据，放那些数据的地方就叫语音 ROM。"

马场不由得眨了眨眼睛。

他说语音"罗母"？那是电脑？这家伙在说什么啊……

"呃，等一下。来通知葛原兼介被绑架了的，是电脑的声音？"

"是的。"

间宫答道。

马场看向武藤。武藤也看着马场，点了点头。

马场瞬间有种被这伙人骗了的感觉。绑匪使用电脑的声音，前所未闻。如果说银行的工作人员操作电脑把客户的存款怎么样了那还能理解，但这不是绑架案吗……

他轻轻吐出一口气，调整情绪后继续提问："那个……那个电脑的声音，它说了什么？武藤先生接了电话对吧？"

"是的。它说我外孙在它那里。又说自己是为了绑架兼介而被编出来的电脑程序,然后说想要回外孙就准备十亿元……"

"十亿?"

马场睁大了眼睛。

"它是这么说的,还说不许报警。"

"求求您!"葛原苑子嘶哑着声音说道,"救救兼介!那孩子才上初二。求求您……求求您……"

"苑子。"

武藤在旁边叫了女儿一声,不让她说下去。葛原久高在她旁边闭上了眼睛。

"兼介妈妈,请交给我们。我们一定会救出您儿子的。"说完马场重又转向武藤,"它说十亿元?"

"是的。那是存心刁难吧,怎么可能随随便便拿出十亿元的巨款?"

"爸爸……"苑子抬起脸,"你不打算付吗?你会付钱的吧?那是兼介啊!难道你要眼睁睁看着那孩子被杀?"

"闭嘴!"武藤提高了声音,"谁说要眼睁睁看着他被杀了?怎么可能让兼介被杀?怎么可能允许这种事发生!"

"可是,十亿……"

"你以为十亿元那么容易筹齐的吗?"

"你应该有的!十亿二十亿的,爸爸你不是有嘛!"

"苑子,你安静一会儿!这不是交不交钱的问题。索要十亿赎金,根本就是故意刁难。案犯肯定也知道这种要求不靠谱,他就是在刁难!"

"什么不靠谱啊!案犯是在要钱啊。不是什么刁难,兼介被绑走了啊,谁为了刁难人绑走孩子啊?"

马场抬起手:"兼介妈妈,请冷静下来。您的心情我很理解,我们一定会安全地救出兼介的,所以请冷静下来。"

"……"

一名下属走到马场旁边:"准备好了。"

马场看向起居室的另一边。餐桌上已经设置好了临时电话和录音装置。马场对下属点点头,看他回到桌子那边后,马场转身面向武藤。

"要是案犯再打电话来,请等我们的指示,然后请冷静地拿起话筒。我们会进行电话追踪确定案犯的位置,这需要一定的通话时间。请尽可能拖延通话的时间。"

武藤点了点头。

马场换了个问题:"兼介是什么时候被绑架的?"

"这个……"

武藤皱起脸。

"您不知道吗?"

"我不知道。听说好像上午就出门了。"

"昨天上午,对吧?"

"是。"

"大概几点?"

马场把脸转向苑子,苑子咬着嘴唇:"那时候我出去了,伸江……就是保姆伸江说她送兼介出门的。"

"您知道那是几点吗?"

"她说是九点左右。"

"九点,去学校的话有点晚。"

"昨天是中学的建校纪念日，学校放假。"

"哦，放假。那他去哪里了？"

"……"

苑子沉默着摇了摇头。

"他出去的时候没说？"

"……没说。"

苑子用手里的手帕捂住脸。她好一会儿都没出声，就那么用手帕捂着脸。

"他有没有和什么朋友约好一起出去玩儿？"

"我都问过了……"苑子依然拿手帕捂着脸，用沉闷的声音答道，"我给所有能想到的兼介的朋友都打过电话了，没人和兼介约好出去玩儿，没人知道那孩子去了哪儿……"

苑子的声音哽咽，马场把视线移到旁边的葛原久高身上。

"兼介爸爸呢？您听说过什么吗？"

"没有。"葛原摇着头，"内人说要买些东西，所以早上我跟着内人的车一起出去了。早饭是和兼介一起吃的，不过他一直在看电视，没和我们说话。"

"你在看报纸。"

苑子说。葛原反问了一句："什么？"

"你在看报纸。你早饭的时候不是从来都不说话的吗？你从来都是在看报纸。"

"这有什么关系。"

"是啊……没关系。"

"……"

葛原皱着眉看向苑子。

马场正要开口——突然,电话响了起来。

所有人都把视线投向了餐桌,马场站起来对下属使了个眼色。

9

间宫富士夫觉得胸闷得不知如何是好。

电话依然在响。在餐厅的刑警用临时电话交代了几句话之后,那位叫马场的刑警示意武藤可以接了。间宫离开暖炉,走向沙发。

武藤伸手去拿无绳电话,可以清楚地看到他的手在颤抖。

"……喂,我是武藤。"

——是武藤为明先生吧?

是那个声音,那个合成女声。所有人都竖起耳朵,听着从武藤虚放在耳边的话筒里传出来的声音,那声音很清晰。

"兼介,兼介怎么样了?"

——你要支付十亿元吗?

"让兼介接电话,我不是还不知道兼介到底在不在你那儿呢吗?他在的话,让我听听他的声音。"

——让你听到他的声音,确定你外孙确实在我这里,你就会按我的要求做吗?

"必须先让我听到他的声音,听到声音……"

苑子从旁边夺过话筒:"求求你,把兼介还给我!我求求你,要我做什么都行,我给钱,把兼介还给我!"

——是兼介的母亲吗?我不太擅长带感情的交流,请让武藤为明先生接电话。

苑子咬着嘴唇，武藤从她的手里取回话筒："你到底是谁？"

——我说过了。我是为了绑架葛原兼介而被编出来的电脑程序。

"胡扯什么鬼话。喂，你听得见吧，好好出来说话，这事儿好好说不是就能说明白吗？"

——我正在说话。我还没得到你的回答。让你听到你外孙的声音，你就会同意我的要求吗？

"先让我听到再说。"

——那么，换你外孙说话。

哎？武藤抬起眼睛，正好对上了间宫的视线。

这时，从话筒里传来像抽泣的声音，那声音哭着说：

——外公……

"兼介！喂，是兼介吧！"

——外公，救救我……我害怕，救救我……

"兼介！我是外公。兼介，你现在在哪儿？你没事吧？喂，别哭，跟我说——啊，喂！喂！"

武藤对着话筒拼命叫着。对面刑警的行动表明通话已经被切断了。苑子紧紧握着武藤手里的话筒开始哭泣。

刑警们忙着用临时电话到处联系，间宫看着他们。

"乌山？世田谷的乌山？乌山哪里？"

刑警对着话筒说道。

救救我，兼介的声音仍在间宫的耳中回响。尽管是从话筒里传出来的细微的声音，但就连间宫也能听出那就是兼介，毫无疑问。

"间宫先生。"

听到有人叫自己，间宫转过身，他身后站着马场刑警。

"可以请您给我们说明一下吗？"

间宫从沙发上站起来，马场带着他急急走向餐厅。

"刚才我听到有人说乌山，是知道案犯在哪里了吗？"

间宫问道，马场皱着脸摇摇头："只知道是在乌山电话局范围内，但是再具体的就不知道了。"

"可也就在那一带吧？"

"是的。不，我想问的是，刚才的电话您也听见了？"

"听见了。"

马场从口袋里取出一张名片——那是间宫的名片。

"间宫先生，您对电脑很熟悉吗？"

"……嗯，还行。"

"刑警先生。"武藤在房间另一边说道，"问间宫是不是熟悉电脑？这根本都不该问，我们公司OA产品的基础就是他设计出来的。日本的半导体研究从创始期开始就是这个男人一路建立起来的。"

"啊，这可真是……"

马场挠着头，间宫摇摇头。

"您刚才说到了语音应答系统，对吧？"

"嗯。"

"也就是说，刚才的电话，武藤先生是在跟电脑说话？"

"说起来是这样的。"

"那是什么电脑？"

"什么电脑……您是指？"

"比如说，对方用的是类似JR（日本铁路）用的那种机器之类的？"

"不，应该没那么夸张。我觉得个人电脑就够了。"

"个人电脑？您是说商场里卖的那种？"

"嗯，对。商场里、大型文具店里，到处都有卖的。"

"但是，那个语音应答系统不是一个大型装置吗？"

"您说大型装置，我想您指的是大型主机或者超级电脑之类的。但仅从刚才听到的电话判断，我觉得应该不需要用到那么先进的东西。"

"可是，一般来说普通人操作不了那个什么语音应答系统吧？"

"是的。案犯可能有着相当专业的电脑知识。"

"可能？你是说也可能没有？"

"嗯。只要装置做出来了，然后知道怎么操作，就算完全不懂电脑也能使用。"

马场沉默了一会儿，似乎在回味间宫的话。他把手里的笔记本一角压在脸颊上，吸了一口气。

"但是，像我这种外行很难相信电脑能和人说话。"

"嗯，确实是。但是，也许不久的将来就会成为可能。"

"不久的将来……？"马场看着间宫，"已经不是将来了，现实中，就在刚才，电脑就和武藤先生说话来着。"

啊，间宫点着头：这位刑警被案犯所使的伎俩蒙骗了，不过情有可原。

"您错了，刑警先生。"

"错了？"

"刚才的电话，不是电脑在和总经理说话。"

"……可是，间宫先生您刚才不是这么说的吗？"

"我说的意思是，案犯是使用电脑，用合成语音应答的。"

马场皱起眉："我不太明白……哪里不一样了？"

"现在还没有真正意义上的语音应答系统。让电脑说话可以，但是要让电脑听懂人说的话并且理解意思之后给出回答，这样的系统现在还在研究阶段，并未完成。现有的系统能说话，但是听不懂人说的话，因为它没有能理解语言的大脑。无论在世界的任何地方，应该都没有真正意义上的十全十美的应答系统。"

"不，间宫先生，电脑刚才不是回答了吗？武藤先生说的话，它都回答了，兼介的妈妈接电话之后，它还让她还给武藤先生……"

间宫缓缓地摇头："刑警先生，如果案犯真的做到了这一点，那他根本不用干什么绑架。那个系统的价值可不止十亿元这么一点儿。那不是电脑在回答。"

"……"

"我想案犯用的应该是这样的系统。比如说，案犯坐在电脑前，那台电脑连着电话，他用键盘敲入文字，然后电脑对文字进行处理，转换成声音。如果是这样的系统，相对比较容易就能做出来。案犯是直接从电话里听到武藤总经理的声音，而回答是通过敲键盘进行的。这样做应该是为了不让人听见自己的声音吧。对方的回答总是稍有延迟应该也是这个原因。因为他正在敲键盘。"

唔，马场吐出一口气。

"……不是电脑在回答吗？"

"嗯，我觉得不是。从他们的交谈来判断，能考虑的只有这一种可能。"

马场摇了几次头，好像突然想到了什么，又看向间宫：

"如果是那样，就是说案犯是相当习惯敲键盘的人了？"

间宫点点头。

"嗯，我也这么想。虽然有一点空白的时间，但对话是成立的。这应该是个敲键盘的速度几乎和说话一样快，或者比说话还快的人。"

"唔。还有，说来说去应该是个很擅长电脑的人吧？"

"我觉得是。我想语音恐怕也是案犯自己做出来的。声音的样本他应该是从别处取得的，不过也是完成了一个相当优秀的发声装置。对方如果不是相当狂热的电脑迷，那也许就是专业人员。"

"……"

这位刑警点点头，就此闭口不言了。

看他似乎再没什么要说的了，间宫便回到沙发边。武藤总经理看着他问："到底是谁会干出这种事……"

间宫轻轻摇摇头，他才更想问呢。

10

马场守恒想起有一个人他还没见到。

"我想见见丹下伸江，葛原先生您能和我去您家一趟吗？"

闻言葛原沉默着点点头，站起来正要走出客厅。

"啊，我……"

身后传来间宫的声音，马场转身看着他。

"如果没什么事了的话，我想我差不多该告辞了。"

"哦，也对。"武藤也从沙发上站起来，"把你留在这儿这么久，抱歉了。"

"不会不会。"间宫摆摆手又看向马场，"可以吗？"

"当然可以。不过希望您随时保持联系。之后可能还有需要向您请教的。"

"好。今天我会在研究所。出门的话我一定会说明去哪里了。"

马场行了一礼，表示"拜托了"，然后催着葛原走出房间。

从后门出来，一到外边，仿佛冻结了的空气立刻紧紧包住了身体。天已经亮了，铺着草坪的庭院对面就是葛原的家。那是一栋比武藤家更新、略小的房子。二楼有一个凸出的阳台，不同于武藤家的日式风格，这栋楼是欧美风格的。

他们也是从后门进了葛原家，埋伏在家里的下属把葛原和马场迎了进去。

"保姆呢？"

"在那边。"

马场顺着下属的眼神看过去，客厅沙发上躺着一位年轻的女性。森三代子说她二十四岁，这位丹下伸江看起来还要更年轻。

"我让她回房睡觉，不过她大概很担心，说有什么事要马上叫醒她，刚才就在那儿……"

马场点点头，看向葛原。

"把她叫醒吧。"葛原说。马场摇摇头，又转向下属："事情经过？"

"大致问了一下。没什么特别的。她说她送兼介出门的时间是昨天九点左右，男主人——"下属看了葛原一眼，"和太太是八点半左右出门的。送二人出门后，她在厨房收拾，听见门口有声音就过去看了一下,看见兼介正要出门。"

"嗯。"

"她说她问兼介要去哪儿,兼介只说出去一下就走了。"

"服装呢?"

"牛仔裤和黄色毛衣,外面穿着黄绿色的运动外套。嗯,这个……"说着下属拿出夹在笔记本里的照片,"昨天的服装和这张照片上的是一样的,就让保姆拿出来了。"

马场接过照片看着。

一张稚气的脸,头发略长,把耳朵盖住了一半,大眼睛,微有些婴儿肥。马场感觉他很像他母亲。个子不是很高,细细的手脚,看起来有些文弱。

"兼介爸爸。"马场把照片给葛原看,"看这身衣服,你能猜到他可能去哪儿了吗?"

葛原一脸苦涩地摇了摇头:"这个……他一般都这么穿。在家的时候和出门的时候没什么大的不同,只是在家他不穿运动外套,这孩子对衣服好像没什么太大兴趣……"

"啊,还有。"下属插话道,"他肩上挂着一个大包。"

"大包?"

"嗯,深蓝色牛仔布料的大包。"

看向葛原,他点着头:"他经常背那个包去学校。里面放着运动服,好像有时也会带录音机之类的东西。"

"昨天包里放了什么,保姆知道吗?"

马场问道,下属摇了摇头:"她说不知道。总之就是她到门口的时候,兼介已经穿好鞋子就要出门了。"

马场点点头又看了一眼照片,然后递给下属:"把这个给那边的人也看看，复印了给每人一张。"

下属从后门出去后，马场又对葛原说道："兼介爸爸，我能看看兼介的房间吗？"

"请。"

葛原把马场领到了二楼。

这是一间八帖❶左右的房间，西式风格，作为初中二年级学生的房间而言相当奢侈。桌子靠窗放着，上面杂乱地堆放着教科书笔记本之类的东西。桌前的椅子靠背上挂着一条彩虹颜色的浴巾。书架也和桌子一样杂乱，没有一本好好立着放的书。漫画、杂志还有磁带等被乱七八糟地塞在一起。

"这可……"

葛原皱着脸说道。马场摇了摇头。

房间里只有一处并不杂乱。右侧靠墙摆着一张电脑专用的钢制写字台，上面有一台电脑。只有这张写字台上面收拾得很整洁。显示器的旁边放着一个小书架，上面按发行时间排放着电脑相关的杂志，放打印纸的箱子还有软盘盒等也都摆得很整齐。

"他好像就对这个有兴趣。从学校一回来就坐在电脑前不动了。吃饭的时候也叫好几次都不下来。"

"他玩游戏吗？"

"玩，主要就是玩游戏。现在相当热衷于计算机通信……"

葛原边说边看向放电脑的写字台下边，然后疑惑地环视房间。

"怎么了？"

"哦，我在想手提电脑去哪儿了。"

---

❶ 面积单位，1帖约1.82米×0.91米。

"手提电脑？"

"就是便携式电脑，也是我们公司的产品，他非要，之前才给他买的……"

说着他似乎想到了什么，看向马场："他是把那台手提电脑装在包里带走了吗？"

"……说不定。"

马场跟葛原打了个招呼之后开始检查写字台。他打开抽屉看了看，里面也放着装在塑料盒里的软盘，还有三本笔记本。马场拿起其中一本，打开来看到第一页上写着：《阿斯卡的秘宝》。

第二页写的是"妖女梅拉姆"，几行稚嫩的文字这样描述道：

住在塔斯拉城外小屋里的魔女。给她金币她就会给配药。复活药、死亡药、幻觉之药。

马场哗哗地翻着笔记本，问道："这是什么？"

葛原对他耸耸肩："是游戏。他好像特别钟情冒险类游戏。"

"冒险类游戏？"

"您知道《勇者斗恶龙》吗？"

"啊，就是卡带机的……"

"对，就是那类游戏。这应该是游戏攻略的笔记吧。他就对这些事情相当上心。"

唔……马场合上笔记本。他的视线停在了笔记本的封底，那里有兼介写的三行笔记：

2/1　10AM　在东京站 CHAT

路费＋α　PWD 的 FD　LT

阿斯卡 ID・GA880015

"兼介爸爸，请看一下这个。"

马场把笔记拿给葛原看，手指按在文字上：

"二月一号上午十点，东京站——这是昨天的日期。他是九点从家里出去的，十点要到东京站的话时间完全来得及。"

"……"

葛原从马场手里夺过笔记本，凝视着上面的文字。

"有很多看不懂的符号，CHAT 是什么？"

"……聊天。"

"聊天？"

"在计算机通信中，同时在线的人之间打字交谈，就叫聊天。"

"……你说什么？"

马场盯着葛原的脸。又冒出来听不懂的话了。

"您知道计算机通信吗？"

"就是指使用电话线交换电脑数据那一类的吗？"

"是的。大部分数据就是文字。一般有一个计算机通信网站，要上这个网站的人就连到该网站的号码。通常是连上网站的主机进行数据交换，不过聊天是上这个网站的人之间互相聊天消遣的一种通信方式。"

马场叹了口气。

这次的案件到底是怎么回事？绑匪也是，被绑架的人质也是，什么都是电脑。到底怎么回事啊。

他指向下一处："那'PWD 的 FD'是什么？"

"PWD 应该是密码的英文缩写，这个挺常见的。FD 是软盘。"

"密码的软盘？"

马场听了解释还是不明白："什么意思？"

葛原摇摇头："不知道。应该是指存了密码的软盘吧。"

"……"

马场咬着嘴唇。

这可得有相当的心理准备才能干下去啊。

"LT 呢，你知道吗？"

"这个知道，这就是指手提电脑。现在我们公司出的手提电脑的主要型号就是 RP-LT104。兼介的也是这款。"

马场拼命做着笔记。内容等回头再去理解消化好了，总之先往前走。

"阿斯卡 ID·GA880015 又是什么？"

"阿斯卡应该是从这个叫《阿斯卡的秘宝》的游戏里来的吧，我不太清楚。ID 是指用来上这个网站的登录号，每个会员都有一个 ID。GA 之后的数字应该就是 ID 号。"

"就是说，兼介也有 ID？"

"嗯，我想应该有几个。"

"几个？不是一个吗？"

"我想兼介上的网站应该不止一个。不同网站有不同的 ID。"

听到楼下传来动静，马场转向身后。

"主任！马场主任！"

是下属的声音。马场跑到房间门口："怎么了？"

"电话。案犯打电话来了。"

下属在楼梯下面喊道。

11

马场回到武藤家的时候,武藤和案犯之间的通话已经结束了。

"放录音。"

马场在餐桌前坐下,把连着录音机的耳机放到耳边。磁带被倒了回去,过了一会儿,就听见武藤为明的声音。

"喂……我是武藤。"

——你决定支付十亿元了吗?

是那个电脑的声音。

"兼介,再让我听一次兼介的声音。"

——我遵守了约定。这次轮到你了。

"拜托,我请求你……再让我跟兼介说一次话。"

——我再问一次。你是要听从我的要求,还是要放弃你的外孙?

"胡扯……你想想看好不好。十亿元是笔巨款,怎么可能轻易就筹齐呢?你要的肯定是现金对不对,光是搬运都不容易。"

——我问的是你的意愿。你要支付十亿元还是不要?

"……我付。你要多少给你就是了。但是如果你不能保证兼介平安回来……"

——只要你遵守约定,我保证你的外孙会平安无事。

"他现在在哪里?"

——很遗憾,这个不能告诉你。

"但是,你听好……"

——请听好。十亿元不要现金,请准备钻石。

"什么……?"

——我说钻石。比起准备现金,某种意义上来说钻石应该更容易。你只要写一张支票,然后向大珠宝商订货就好了。

"钻石……十亿的钻石?"

——没错。但是有条件,所有钻石都必须是一克拉以上的裸石。一克拉以上的裸石。不要加工过或有戒托的。

"……为什么?"

——这是这边的问题。我不能告诉你为什么。请不要拿假货,我会在鉴定收到的钻石确实是价值十亿元的真货之后,才会归还你的外孙。

"你……十亿的钻石,不可能马上筹齐的。"

——那就请抓紧筹备。你准备得越慢,见到你外孙的时间就会越迟。再联系。

"啊,等一下!喂,等……"

磁带停了。

马场看向客厅沙发,葛原苑子和武藤照枝相拥而坐,不见武藤为明的身影。

他回头看向下属,下属明白了他的意思,向上指了指:"在书房。他用书房的电话准备赎金。沼田跟着他。"

马场点点头。

"让我也听一下。"身后的葛原说道。马场把耳机递给他,示意下属再放一遍。

"电话追踪结果怎么样?"

"不行。只能追踪到乌山电话局,再往下就……"

"太短了啊……"

马场挠着头。葛原正在听磁带,马场盯着那盘一直转动的磁带出着神。

价值十亿的钻石……

那会有多少呢?他完全没有概念,只知道比起十万元现金,钻石的重量和体积应该都会小不少。而且钻石上不像纸币那样有编号,如果是裸石的话,处理起来应该也简单得多。

但反过来想,案犯会指定用钻石交易让他松了一口气。他本来还想案犯不会连赎金都要用电脑来抢吧。

以前有过这样的案例,案犯要求将赎金汇入指定的银行账户。那时,他们要求银行的计算机办公室协力,紧急制作了一个程序,能锁定从特定账号取钱的人物。几乎用了整个通宵赶制出来的程序,帮助他们迅速逮捕了案犯。

但是那时的案犯可不像这次,会用什么电脑的声音。他单纯地就是想利用银行的现金服务,所以要求用转账的方式支付赎金。那个案犯对电脑一窍不通。

这次的案犯不一样。

使用合成语音的女声,用和说话一样快的速度打字。按间宫富士夫所说,很可能是电脑方面的专业人员。如果这个案犯用过银行的电脑,说不定会用一种这边完全不懂的方式抢走赎金。对于不得不靠电脑去逮捕案犯,他感到烦不胜烦。

所以一听对方说要钻石,他莫名地松了一口气。至少钻石还能用眼睛看得见,还能用手摸得到,这和发生在电脑内部的那些莫名其妙的东西不一样。

马场把手里的笔记本放到桌子上。那是从兼介的房间拿来的笔记本，他再次盯住写在笔记本封底的那三行字。

12

回到中央研究所，间宫富士夫进了自己的办公室，先叫来秘书："今天的日程安排有无论如何不能延后的吗？"

"不能延后……您的意思是？"秘书扶着眼镜问道。

"除了必须今天处理的，其他的安排全部给我取消。"

"全部——这个，为什么？"

"拜托了。"

秘书的眼睛在镜片后面眨了眨，视线落到手里的一沓纸上，他摸了一下鼻尖："下午两点有全息摄影系统第四次会议，麻省理工学院的瑞安教授会出席，这个也要取消吗？"

间宫点点头："这个会议我去。其他没了吧？"

"不，也不是没有……"

"都给我取消，我就在这里办公。除了总经理和葛原专务以外，所有来电都给我回绝掉。啊，也许警察会打电话来，警察的话接过来。"

"警察？"

秘书吃惊地看着间宫，间宫只是摆摆手让他出去。

等秘书出去之后，间宫拿起电话打回家。

——你好，这里是间宫家。

"是我。"

——你在哪里?

"我在研究所,让你担心了。"

——你昨天打的电话有些奇怪,总经理那儿发生什么事了?

"没什么大事。就是出了点问题,不用担心。"

——那今天呢?

"还不知道,应该能回去。到时给你电话。"

间宫放下话筒,手却依然按在上面,他闭上了眼睛。

——我害怕,救救我。

兼介的声音又在脑中回响。

这种事,怎么会发生这种事……!

间宫硬把那个声音赶出脑海,转动椅子面向侧桌。

侧桌上摆着一台终端机,他从怀里取出一张卡,插入终端机下方的插卡口。

"乌山啊……"

他口中低喃道。

终端连接着中心数据库,间宫输入检索人事档案的指令,要求系统在立卡德全体员工以及离职员工中查找住在东京都世田谷区的人并列出名单,名单显示总共有六百四十九人。

太多了。

间宫用力吸了一口气,忽然想到了什么,抬起了头。

归乌山电话局管辖的区号是多少来着?

他再次面向键盘,把名单保存下来,又从普通数据中调出NTT(日本电信电话株式会社)的相关文件,输入查找乌山电话局数据的指令。

"300、305、307~309、326……"

乌山电话局管理下的区号总共有六个，间宫取过桌上的草稿纸把这六个数字记下来，又返回到人事档案。

这次他让系统从名单中筛选出有这几个号码的人。

"七个人……？"

少得有些意外，六个男的，一个女的。

他咬着大拇指的指甲，盯着屏幕上的文字看了一会儿之后，叹了口气把数据打印出来。

他把打印出来的数据纸在桌面上摊开。七个人里有五名是在职员工，还有两名已离职。再看他们所属的部门，挑出应该惯于操作电脑的人。他的视线最后落在一名离职员工的名字上。

落合聪二，现年三十四岁，原系统工程师。一九八六年九月自愿离职。

间宫盯着纸上的文字又看了一会儿，取出一支烟点上。等半支烟都烧成了灰烬时，他拿起内线电话，打给系统事业部的技术科长。

"喂，我是间宫。"

——呃，这不是所长么，怎么……

"没，就是想问你点事。"

——是，什么事？

"到前年为止，你那儿是不是有个叫落合的工程师？落合聪二。"

——落合……是，有这么个人。

"他辞职的原因是什么？"

——辞职的原因……这个……

技术科长支吾起来。

"是不是有什么特殊的情况?他不是还相当年轻吗?"

——不是,该怎么说呢,他那个人,人际关系不好……

"比如说?"

——那个人从不虚心听人说话,不太肯承认自己的错误。他本人也总是在发牢骚……

"记录上写的是自愿辞职,其实是被解雇的?"

——不,是协商过的。

他的语气里似乎另有隐情。

"是吗,那发生过什么让落合特别记恨的事情吗?"

——记恨?哎,那种男人,他看什么都不顺眼。那个,请问落合他怎么了?

"没怎么,没什么大事。比如说啊,他会不会对总经理有个人的怨恨?"

——对总经理……?怨恨……为什么这么问?

"你没想到什么?"

——没有,我又不是那个人肚子里的蛔虫……

"导致他辞职的直接原因是什么?"

——吵架。

"吵架?和谁?"

——这个……和我。我提醒他注意工作上的失误,他却试图把过错推到别人身上去。我严厉批评了他,他却不肯虚心接受,反而对我吐口水。我一时没忍住就对他动了手,然后他想打回来,被旁边的人拦住了。那之后他马上就提出辞职。所以要说直接原因,我想就是这个吧……那个,落合的事是惹了什么麻烦吗?

"没有没有,真的什么都没有。"

——可是……

"你不用担心，我就是想了解一下这个人。谢谢了。"

——啊，所长。

间宫放下了话筒。

落合聪二——

会是这个男人吗？名单上的七个人中，看上去会对立卡德做出什么过激行为的，只有他一个。

但是……间宫又想，虽然仅仅是猜想，但那个案犯打来恐吓电话时用的系统相当优秀。处理的速度快得几乎没有任何障碍，语音合成实际上也做得相当逼真。

能做出这种系统的人，到底会不会从自己家里打出恐吓电话呢？

警察会对电话进行追踪，这点现在几乎无人不晓。现在的追踪技术也发展得今非昔比，事实上，警察也确实在第一次通话时就追查到了乌山电话局。

为了不暴露自己的声音甚至能搞出合成语音的案犯，那他对打电话的地点一定也有所选择吧。会使用合成语音，就说明案犯明显已经预料到会有警察在场。他肯定充分考虑到了即使命令受害人不许报警，受害人也会暗地里报警的可能性。

我想错了吗……

间宫望着名单思索。

一个绝不肯承认自己过错的男人——间宫的手指在"落合聪二"这四个字上砰地敲了一下。名字的下面写着电话号码，他伸手想拿电话，又摇摇头收回了手。

搞不好可能会妨碍到警察办案。如果这个落合聪二真的就是案犯，那给他打电话说不定会危及葛原兼介的性命。

别再来一次了……

间宫闭上眼睛，在心里说道。别再重复二十年前的那一幕了，我实在不想再想起来了。

他转身把卡从终端机里拔了出来。

13

回专案组做完报告后，马场守恒让一名下属跟着他去了五反田。

"是这里……？"

找到地方，在大楼前马场望着下属问道。

"好像是。"

下属也面带意外地对马场点了点头。

这栋楼位于目黑川和私营铁路的高架桥之间，占据了杂乱排列的楼群一角。管理室旁边的楼层指示牌上三楼的位置写着"株式会社游戏/GAMES"。因为叫计算机通信网站，他们下意识就想象成了小型电视台[①]的样子，可看起来好像不是这样的。

他们坐电梯到三楼，走到楼道最里面，确认了挂在门上的公司名称之后，按下了门边的按钮。等了一下，一个戴着圆框眼镜的女孩子打开门："你好？"

[①] "计算机通信网站"的日语原文是"パソコン通信ネット局"，而电视台是"テレビ局"，因此会联想到一起。

"这里是 GAMES 计算机通信网络公司吗？"

马场边说边取出证件放到她眼前。

"哎？这是……您是警察？"

"是的。"

女孩眼里冒光，看看马场的脸，又看看他的证件。

"您是刑警？是要调查案件之类的？"

"……是的。"

她一副了然的样子点点头，双手在胸前来回搓着。

"我们来这儿想了解一些事情。"

"太好了。"

女孩微笑起来，马场不解地看着她。她回头冲身后大声说："哎，是警察哦。"说着把门完全打开，从里面出来一个年轻人，也戴着眼镜。

"警察？你叫的？"

年轻人问女孩。

"说什么傻话，又不是比萨外卖，怎么可能是我叫的。"女孩笑眯眯地答完，又转向马场，"是有什么案件吗？"

"……"

马场挠着头："有几件事想跟你们了解一下，方便打扰一下吗？"

"请进。"

女孩兴冲冲地说道，拿出拖鞋摆在门前。

里面是一间约十帖的一居室，三面都靠墙摆着桌子，围成了一个"コ"形。桌子上放满了电脑、打印机等各种各样的机器。总共有六台显示器，全都亮着，也就是说应该都在运行。房间的中央还有一张桌子，上面放着文件及图表、小册子之类的东西。房间里只有刚才来开门的一男一女二人。

"请进。"

女孩又用同样兴冲冲的口气说道，给马场他们让出了椅子。马场边打量着房间边坐下。女孩也在马场的对面坐下，又对正要坐到她旁边的年轻人说道"茶，茶"，年轻人说着"啊，对"，边走向门边的盥洗池。

"啊，不用麻烦了。"

马场对年轻人说道，可女孩却摇着头："是我想喝呀。嗯……是有案件对吧？"

"呃，就是想调查一点事情……"马场边说边拿出名片，"可以请问你的名字吗？"

"啊，自我介绍对吧，好呀好呀。"说完她就转向后面，从一个蓝色的塑料盒里取出一张名片。名片上写着"宫岛治美"，除了名字就只有公司名称，其他如职位什么的一律没写。

"这里，"马场看着名片说道，"是计算机通信的基地吗？"

"是的。不过我们的业务不仅仅是计算机通信，在线销售游戏软件才是我们的主业。"

"哦，游戏啊。"

"嗯，本来是从各个软件站取得代理许可，然后通过我们自己的途径销售。当然也有我们公司自己的产品。差不多一年半前才开始做网站的。"

"哦，这样，那网站会员大概有多少人呢？"

"还很少，嗯……现在大概是一百八十人左右吧。"

"一百八十人。那是怎么募集到这些会员的呢？"

"在游戏杂志上登广告,在别的 BBS 上做宣传,然后就是口头相传。"

"那个 BBS……是什么?"

"啊?"宫岛治美望着马场,"Bulletin Board System——电子公告牌系统的缩写,就是计算机通信系统的功能之一啊。各种各样的人在上面发布各种各样的公开信息,然后那些信息谁都可以找出来浏览的系统。"

"哦哦,明白了。"

年轻人端来咖啡,马场道过谢后交替看着二人:"这里只有你们两个人吗?"

"不,总共有五个人。还有三个人出去跑业务了。"

"嗯……宫岛小姐是老板?"

不是啊,宫岛治美摇着头,对端来咖啡的年轻人抬了抬下巴。"老板啊,算是这个人吧。"她声音带笑地对年轻人问,"你名片呢?"

哦,年轻人点点头,从身后的桌子上取过名片,上面写着"边见隼人"。这张名片上也没写职位。

普通员工能用下巴指着老板,实在很难理解这样的公司,不过宫岛治美以 "算是这个人"介绍她的老板,再看边见隼人不怎么靠谱的样子,这倒是可以理解。

"喂。"宫岛治美探出身子撑在桌子上方,"然后呢?是什么案件啊?"

呃,马场苦笑。老板边见面无表情地在宫岛治美旁边坐了下来。

"我们想了解的是……"马场打开笔记本,"ID 是 GA880015 的会员信息。"

"不行。"边见开口道。马场看向他,颇感意外,他的口气和他给人的印象完全不同，十分利落。

"不行？"

边见向上推了推眼镜，慢慢地点了点头："理由有三。"

"……都是什么？"

"第一，你办事的方式并不公平。"

"不公平？什么意思？"

"治美明明在问你是什么案件，可你根本就不打算回答，只是单方面要我们提供信息，这么办事很不公平；第二，会员的信息不是拿来公开的，就算你是警察，也不能随便告诉你。如果是关于我们公司的网络，你想知道什么我们都可以说，但是会员信息在未得到本人同意前不能告诉你。"

马场点点头："我理解。你说得很对。确实，我没带搜查令过来，只是在请求你们协助。如果有需要的话我会回去申请搜查令再过来，但那对你们而言也不是什么有趣的事情。只能说这是一起重大的案件，现阶段不能透露更多了。那么能否请求你合作呢？"

边见揉了揉鼻尖，宫岛治美笑着戳了戳他的胳膊："别装模作样啦，快说第三个理由。一开始你就该先说那个的。"

"嗯……"马场来回看着两个人，"你是说有三个理由来着。"

"第三嘛，就算我想合作，关于 GA880015 的详细信息，我们也不知道啊。"

"不知道？"马场皱起眉盯着边见，"他不是会员吗？至少有地址和姓名就行。其他的我们自己来。"

边见摇着头："地址也不知道，姓名也不知道。"

"怎么会？"马场笑道，"不知道地址和姓名，你们怎么收取会费？"

"我们不收会费。"

"我说啊。"马场紧紧盯住边见,"我们也是做过调查才来的。成为 GAMES 的会员,要交一万五千元的入会费,然后年费要交一万八千元。"

边见又摇了摇头:"你们调查得不够仔细。会员分两种。"

"两种?"

"一种是正式会员。另一种是访问会员。"

"访问……"

"你问的 GA880015 的第一个字母是 G 对吧? G 打头的都是访问会员。访问会员是不用交会费的。"

"等等,这到底是什么运营方式?不收会费怎么赚收益?而且如果那样的话,大家都当访问会员你们怎么办?"

"我们需要访问会员。他们以访问形式登录,能试用我们的网站。访问会员有二十分钟的时间限制,能访问的内容也有限制,不能和正式会员一样自由浏览或者留言。也就是说,访问只是用来了解 GAMES 这个网站的大致环境。了解之后想成为正式会员的人需要发邮件给网管申请入会。这种情况是很多的。"

"等一下,你说的网管是?"

"System Operator,也就是在这里……"说着边见转头看向身后的电脑,"管理主机的我们。通过网络通信向我们提交入会申请,我们就会发账单过去,等对方汇入会费后,再寄出会员 ID 和临时密码还有会员证。这才能成为正式会员。"

马场望着电脑屏幕,上面的显示在不停地变化,旁边一台四方形机器上的红色指示灯一直不停地闪烁。

"也就是说,访问会员就是不用申请,可以一直免费利用通信？"

"也有那种人。不过刑警先生你感兴趣的 GA880015 的情况却有些特殊。"

"情况有些特殊？"马场点点头，"刚才我就觉得奇怪，我们只说了一次的 ID，你们说起来简直像在叫朋友的名字一样。我很想知道那是什么特殊情况。"

"那个 ID 是这个网站上的名人。"

"名人？"

"嗯，大部分人都叫他阿斯卡。"

"阿斯卡……《阿斯卡的秘宝》的阿斯卡？"

边见看着马场："你知道？"

"嗯，是游戏的名字对吧。"

"是的，制作出《阿斯卡的秘宝》的，就是这个 GA880015。"

"……"

马场和下属互看了一眼。

对，兼介的笔记上确实写着"阿斯卡 ID·GA880015"。

"就是说访问会员制作了一个游戏？"

"是的。这个人好像本来是在哪个软件公司工作的程序员。他给网管发邮件说有一个游戏想做一下测试。只是由于公司关系不能用自己的名字，问我们能不能匿名把他的试作品放到网站上运行。"

"……"

"然后他就把程序发了过来。我们试着运行了一下，发现那是个出色得让人吃惊的游戏。所以我们就给了这个 GA880015 一个特殊的访问会员 ID。"

马场探出身子："这个阿斯卡制作的游戏是什么时候开始运行的？"

"嗯……什么时候来着？"边见问宫岛治美。

"应该是去年十月底吧？已经三个多月了。"

"去年十月底……"

这是怎么回事，马场咬紧了后槽牙。

如果是这个阿斯卡绑架了兼介，那绑架计划至少从三个月以前就开始了——

"可不可以让我们看一下那个阿斯卡和这边交流的记录？还有，如果阿斯卡和其他会员之间有直接通信，哎，叫什么来着……聊天？如果有记录留下的话，能让我们看看吗？"

边见摇摇头，和宫岛治美对看了一眼，治美耸耸肩。

"没有搜查令就不行？"

"不是啦。"宫岛治美说道，"有搜查令也不行。就在之前，有黑客侵入了我们的主机。"

"……黑客？"

这个词他听过，指的是非法侵入他人电脑的家伙。

"那家伙真的很过分，把网站搞得一团乱。"

"一团乱……"

"损失很大啊。"边见说道，"文件全都被删除了。系统有备份，还勉强能恢复，可是会员的个人信息什么的我们没备份。现在处理这些收尾工作忙得不行哦。"

"数据被删除了？"

"第一次发生这种事，还有这么恶劣的黑客。"

"那是……什么时候的事？"

"昨天……昨天傍晚。"

边见叹了口气。

混蛋……

马场咬住嘴唇。

全都是计划好的。从头到尾的一切都是老早就计划好了的。

——我是为了绑架葛原兼介而被编出来的电脑程序。

他想起电话里的声音,那个电脑合成的女声。

"是什么案件啊?"宫岛治美又问了一次,"跟侵入我们主机的黑客有关吗?"

马场摇摇头,从椅子上站了起来。

14

中午刚过,武藤为明的电话打到了间宫富士夫的办公桌上。

"总经理。"

间宫把话筒放到耳边,同时往门的方向看了一眼。房间里除了他自己没有别人,他也知道他的秘书不会偷听电话,但还是小心为好。

"间宫,我想和你谈谈。"

"好。那之后有什么进展吗?"

"只有一点点。关于这个我也想和你谈谈。你今天有办法安排出时间吗?"

"有一个会议两点开始,我不能缺席,会议结束了就没别的了。"

"什么时候结束？"

"我会尽快，不过估计也得一个小时。"

"抱歉，把你卷进这种事情里。"

"您别这么说。"

"那我等你。"

电话挂断了。

从声音里都能听出他的疲倦。他睡过觉没有？间宫是没睡过，也不觉得困。只是脑子深处有一种好似麻木了的感觉。

会议在两点准时开始，四十五分钟后就结束了。间宫把招待邀请来的嘉宾瑞安教授的事情丢给下属，自己当即离开了研究所。

"去赤坂。"

对司机说完，间宫在车座上闭上了眼睛。

武藤总经理恐怕也和自己一样心存怀疑吧，间宫想，怀疑案犯绑架葛原兼介的真实意图究竟是什么。

当然是冲着钱来的。那个合成语音开口索要十亿元。十亿元固然是一笔大得惊人的巨款，但在间宫看来，事情没有那么简单。

二十年前，生驹洋一郎交付了五千万的赎金。那五千万在某种意义上，比对武藤总经理而言的十亿更沉重。不是说物价不同了，而是那笔钱改变了生驹的一生。

案犯的目的真的只是钱吗？

案犯绑架了葛原兼介，但偏偏找兼介的外公武藤为明索要赎金。葛原苑子接过电话的时候，案犯还说"我不太擅长带感情的交流"，让苑子把电话还给武藤。本来应该对父母提出的要求，统统抛给了武藤……

这是为什么？

恐吓电话是用电脑处理过的，这行为可以看出案犯早就做好了一系列的计划，并非冲动犯罪。

间宫把手伸进大衣内侧的口袋，取出一张叠起来的纸。

落合聪二……

他口里念了一遍这个名字。这是记录在人事资料中短短数行的数据，他打算把这张纸拿给警察看，是不是嫌疑人就让警察判断吧。

他盯着那张纸看了一会儿，又放回了内侧口袋里。

"暖气够吗？"

司机问道。间宫这才注意到自己的手正紧紧拢着大衣前襟。

"够，都有点儿热了。"间宫对司机说。

到达武藤家后，他让车先回去，自己进了门。走到客厅，就见武藤为明从沙发上站起来。

"抱歉，又把你叫来了。"

武藤把电话里说过的话又说了一遍。间宫向武藤身旁的葛原夫妻还有依然挤在餐厅的刑侦人员低头致意。

"没有，我自己正好也想过来。"

他边说边脱下大衣，从内侧口袋里取出那张纸后把外套交给了保姆，然后转身对马场刑警说："可以请刑警先生也一起听一下吗？"

说着他就坐到武藤旁边的沙发上，把那张纸展开放到了桌子上。

"这是什么？"

武藤伸手拿起来。

"这个男人曾是我们公司的系统工程师。前年九月离职，他离职时的住址是南乌山。"

"真的？"马场在武藤旁边探头看过来，"武藤先生，能让我看一下吗？"

马场表情凝重地瞪着那张纸，慢慢展开。

"这是我从我们公司的人事资料里找出来的。因为听说案犯的号码是乌山电话局的，我就去查了一下。"

"间宫先生。"马场看着间宫，"对这个落合聪二，你有什么想法吗？"

间宫摇摇头："没有。我对这个男人没有印象。不过我问了一下，他离职的原因好像是跟上司闹得很不愉快。那位上司说他是一个相当自私任性的人。从在电话上用的手段来看，绑走兼介的案犯显然极为熟悉电脑。正好这个人符合这些特征，仅此而已。当然不是说这个人就是案犯。"

"就是说，间宫先生你认为案犯的作案动机有可能是出自对公司的怨恨？"

"不，我不知道。"

"但是……"葛原在对面开口道，"我们公司的员工……不，就算是前员工，曾在立卡德工作过的人会干出这么恶毒的事情……"

就在这时，客厅里响起了电话铃声。

所有人都一惊，盯住了桌子上的电话。电话已经换成了普通的那种，不是无绳电话了。

刑警匆匆行动起来。武藤得到示意后拿起话筒，按下免提通话，让屋里的人都能听见。

"……我是武藤。"

——钻石准备好了吗？

"没有，还没。现在正在准备。"

钻石……？间宫皱起眉看向武藤。

——什么时候能准备好？

"量太大了，要花点时间，我催他们尽快了……先不说这个，兼介现在怎么样？让我听听他的声音。"

——等你准备好钻石就让你听。我保证。

"为什么现在不行？"

——因为你的外孙上初二。

"什么……？"

——你的外孙非常聪明。让他说得太多对我而言很危险。我没办法验证你是不是会遵守约定。

"什么意思？我不明白。"

——意思就是你那边说不定有警察。

"胡说……！我没报警。真的，请相信我。我不会做任何让你处于险境的事情的，我保证。"

——我只能相信你。所以请你也相信我。那么，为了你准备好钻石之后能快点进行下一步行动，接下来我要说一个人的名字，请把他叫到你那里去。

"人？"

——给我送钻石的人。

"我去，我去不行吗？"

——请让我指定的人来送。

"你想让我叫谁送？"

——你的公司应该有一个叫生驹慎吾的研究员，请把这个人叫到你那儿去。

"生驹……"

武藤瞪大了眼睛看向间宫，间宫不由自主吞了口唾沫。

"喂？为什么是生驹慎吾？"

——因为我能认出这个人。而且生驹慎吾应该最能明白你外孙现在的处境。

"……"

——那么，再联系。

"啊，等等，你让我叫生驹来，他……喂？喂！喂？"

扬声器里传出电话挂断的声音，武藤握着话筒茫然地望着间宫。

"岳父。"葛原说道，"生驹慎吾是不是就是那个案件的……"

"……嗯。"

武藤点点头，把话筒放回到电话机上。

"为什么要让那个人去送钻石？为什么——"葛原似乎想到了什么，把视线投向间宫，"生驹慎吾是你的下属吧？"

间宫回看着葛原："是的。"

马场走到沙发边上："生驹慎吾，就是生驹洋一郎的儿子？"

间宫以点头回答了他的问题。

"也就是一九六八年被绑架的……？"

"是的，那时生驹慎吾五岁。"

"也就是说，现在二十五岁？"

"不，我想应该是二十四。我没记错的话他是六月生日。"

马场直视着间宫："你倒是很清楚。"

"我以前是那孩子父亲的下属。那孩子被绑架，案犯让送黄金过去的时候,我也和生驹洋一郎一起上了船……"

"哦,是这么回事啊……"

不知为何,所有人都沉默了下来。连在餐厅那边的刑警也都停下动作看着这边。

"生驹的儿子也进立卡德了吗?"

"两年前进来的。大学的时候他就会定期来研究所,是我让他来帮忙的。"

"那他现在也在研究所了?"

"不在。"

间宫抬头看着刑警。

"不在?"

"他现在不在日本。"

"……"

"他在加拿大一家叫柯林斯的研究所。"

"加拿大?"

马场瞪大了眼睛。

15

在安大略省桑德贝一栋公寓的二楼,生驹慎吾关掉了电脑。

看看表,快凌晨一点了。他从椅子上站起来,用力伸着懒腰走向窗边。他伸出手穿过厚重窗帘的间隙,轻轻擦着上了霜的玻璃窗。双层玻璃的另一边正下着雪。雪是从昨天上午开始下的,现在还没停。窗户对面隔着马路是市民公园。公园的路灯昏暗地亮着,一切都很安静。这个城市已经被雪埋没了。外面大概已经零下三十度了吧,换成华氏度应该是零下二十五度左右。

他合上窗帘,走到床边坐下。

"电话线要是断了,就没戏了啊。"

他轻声低喃,看向桌子上的电脑。

听说积雪太重导致压断电话线这种事情并不罕见。可他没算到这点。如果电话线断线,就只能用无线电了,可那风险实在太大。虽然可以用无线电操纵设置在日本的终端,可是通过通信卫星发信号让慎吾有些犹豫。杂音的处理比较困难,还有被窃听的风险。虽说不是音频信号,应该不会立即被破译出来,但谁能保证不出意外?

他盯着床头柜上的电话。

武藤总经理什么时候会打电话来呢?当然,现在应该是睡觉时间,日本现在是二月二号下午四点前,这边才刚到二号。真该先睡一觉。

他躺倒在床上。

很累。每次连线之后他都会很累。必须维持比说话还快的速度打字,这种持续紧张的状态实在坚持不了太长时间。

他闭上眼睛,脑子却很清醒。

他害怕会出现任何偶然破坏了自己的计划。若说有什么能破坏他做出的计划的,那只可能是偶然。他决定去数可能会发生的偶然因素,来代替数羊。

一、大雪弄断了电话线;

二、有小偷潜入宇佐美的别墅,发现了兼介;

三、对方早于他所预期发现了设置在乌山的终端；

四、宇佐美或乌山停电，接上辅助电源依旧不能恢复；

五、发生大规模的电磁干扰；

六——慎吾低声笑了：这根本代替不了数羊嘛，反而让人彻底精神了。

担心也没用。计算上来说，这是个完美的计划。当然，计算总会包含不定数。火箭的计算不也是堪称完美吗，该坠毁的时候还是会坠毁。

剩下的就看我运气够不够好了。

他在床上坐了起来。始终没有睡意，他下床走到厨房打开冰箱看了看。零下三十度的气温还用冰箱真是不可思议——冰箱里比外边要暖和多了。

他取出牛奶瓶，把牛奶倒进灶台上的锅里，点火，打开放可可的罐子，一边搅动着锅里的牛奶一边倒入可可。

"噢，Vreneli，请问你家在哪里？❶"

他轻轻哼唱起来，又被自己五音不全的歌声弄得自己都觉得不好意思，还是不唱了。

床头柜上的电话就在这时响了起来。

"……"

紧张的神情又回到了慎吾的脸上。他关掉火，一边反复深呼吸一边慢慢向床走过去。他先躺到了床上。电话铃一直在响。他把脸埋进枕头里，慢慢地把手伸向电话，为了尽可能让声音听起来发闷，他基本没张开口，含含糊糊地说："Hello？"

---

❶ 出自日本人改编的瑞士民谣《O Vreneli》。

——慎吾？

"……"

慎吾盯着话筒。是间宫富士夫的声音。

间宫叔叔……？

——喂？慎吾？

"……喂？你是？"

——我是间宫。从日本打的，你在睡觉？

慎吾从床上坐了起来，话筒一直没离开耳边。

"间宫……间宫叔叔？"

——嗯，是我。不好意思把你吵醒了。现在那边是几点？

"唔……"慎吾看了看电话旁边的表，"一点零五分。"

——晚上？

"这么黑，应该是晚上。"

——抱歉。事出紧急，不得不给你打电话。

"紧急……"慎吾换了个语调，"紧急，怎么了？"

——天亮之后，希望你乘坐第一班飞机回国。

"你说什么？"

——飞机我这边安排，行李什么都不用拿，总之你先回来。

"……等一下，你说回去……发生什么事了？我妈她怎么了？"

——不不，不是。这你不用担心。跟你母亲无关。我知道这搞得你莫名其妙，电话里没法跟你解释。抱歉，请你尽最快速度回来。研究所那边我去说。

"没法解释……可……"

——拜托了。总经理也在这里，这是武藤总经理的恳求。现在他来跟你说。

"总经理……？"

——生驹，我是武藤。事情太突然了，我知道你肯定很吃惊，但请你一定答应。

"总经理……那个……"

——请你当是回来救我的。拜托了。这里需要你。

"是，我会回去……"

——谢谢。间宫会去成田机场接你。情况他会在车上跟你说明。那么，拜托你了。

"是……"

电话结束后，慎吾大大吐出一口气，然后一动不动地盯着放回去的话筒。

为什么间宫叔叔会在？

不安在他心间蔓延。

16

安排好航空公司的事宜后，间宫看着本子上的记录回到了客厅沙发。

"明天下午四点五十五分到成田。"

"四点五十五分……就是五点。"武藤看着墙上的钟，"这是最早的了？"

"是。加拿大航空的401航班。"

"整整一天啊。确实远啊……"

"到这边已经是夜里了。"

"唔。"

武藤低低应了一声，双臂交叉抱在胸前。

"岳父，要不您稍微睡一会儿吧。"

葛原对武藤说道。他自己也显得相当疲惫。

"也好……可要是案犯又打电话来……"

"打来的话我接。如果非要岳父您来听的话我再叫醒您。"

"你们不也没睡吗？"

武藤看看葛原，又看看苑子说道。苑子摇着头说："我不困。我们轮着休息吧，反正那位生驹先生明天晚上才能到不是吗？既然说了让生驹先生送钻石过去，在他回来之前案犯也干不了别的吧。"

苑子有气无力地说着，语气里带着听天由命的消极。所有人都已疲惫不堪，不仅仅因为一直没合过眼，更多的是因为他们一直承受着过度的压力。

案犯指定要生驹慎吾来送赎金。那一刻他们心里就很明白了，不管再怎么挣扎，在慎吾到达之前兼介回来的可能性为零。这也许让一直紧绷的神经松缓了一些。

"那我就去睡一会儿。"武藤从沙发上站起来，"要是有电话，一定要叫我起来。"

间宫也起身："我明天要去成田，也先失陪了。"

"啊，抱歉，麻烦你了。"

走出客厅时，武藤转身对侦查员们说："拜托你们了。"

听到武藤的这句话，侦查员都无言地低下了头。武藤似乎想到了什么，又转向间宫："啊，差点忘了。间宫，你能跟我上来一下吗？有样东西要给你看一下。昨天就想给你看来着，结果没顾上。"

"看什么……？"

间宫看着武藤。

武藤摇摇头没再多说，直接离开了房间。间宫对客厅里的人行了一个礼，追在武藤后面出去了。

进入二楼的书房，武藤关上门后对沙发的方向抬了抬下巴，间宫便在武藤对面坐了下来。

武藤说有东西要给他看，可现在看他完全没那个意思。武藤从矮桌上拿起烟斗，缓缓塞入烟叶，点火，吐出一口烟，仿佛混着叹息。卷烟的香味飘过间宫的鼻尖。

"案犯是要钻石吗？"

间宫先开了口。

武藤微微点头："要把十亿元全部换成一克拉以上的裸石。你走了之后打来的电话。"

"……"

"我现在正在求认识的珠宝商到处收集。碎石的话要多少有多少，可一克拉以上的，要筹到十亿元的量可不是说有就有的。当然也看找到的石头的等级，平均下来一克拉差不多是四百万元。"

间宫咽了口唾沫："就是说要……两百五十颗？"

"如果全都是一克拉的石头，而且成色还可以的话。我问了一下，说一个烟盒就能放得下。"

"一个烟盒？"

"是啊。不愧是钻石，一盒烟十亿元。"

"……"

这就是案犯的目的吧。十亿赎金用现金交付的话,还要准备好几个箱子。而且交接那么大的东西,风险也太大。可如果只是一盒烟,装进口袋里带走就好了。

"您在电话里说想和我说的,就是这件事吗?"

"不。"武藤把烟斗放到膝盖上,摇了摇头,"这也是一件,不过我是想听听你的看法。"

"我的看法?"

"对这件事,你怎么看?"

武藤似乎话中有话,间宫无言地只以目光回应。看来总经理也有一样的感觉。

"人事资料查到的那个男人……叫什么来着?"

不知是不是烟已经没味道了,武藤把烟斗放到了桌子上。

"……落合聪二。"

"嗯。你认为是这个人把兼介绑走了?"

间宫摇摇头:"我不知道。只是查着查着刚好看到了。"

"为什么会发生这种事情?"

"……"

武藤向间宫的方向倾过身子,压低声音说:"我想知道你的真心话。你觉得兼介被绑架和'那件事'有关吗?"

间宫避开了武藤的视线。

武藤说的"那件事"指的是什么,他不需要问。"那件事"所指的只有一个,就是二十年前生驹慎吾被绑架一案。

"那已经结束了。"

间宫轻声说道。

"结束了？但你一直很照顾他的儿子。"

"生驹洋一郎是我的上司，也是我的朋友。"

"仅仅如此？"

"……"

间宫没有回答。他闭上嘴，视线落在武藤的手边。这无须回答，武藤心里也很明白。

"对方索要钻石。那个时候是金子。二者多么相似啊。而且还让生驹慎吾去送钻石。他分明是二十年前的受害者。"

"……"

"只是为了钱吗？对方只是冲着钻石来的？间宫，我总觉得对方是来恶心我的。"

"我也觉得。好像旧伤疤被撕开了。"

"我说……"武藤的膝盖靠向矮桌，"比起那个叫落合的，谁更有可能干这件事，你想过吗？"

"更有可能……？"

间宫抬起眼睛。

武藤盯着间宫，仿佛要看穿他的内心："你和长沼荣三有联系吗？"

"长沼……"

间宫皱起眉。

长沼荣三以前是在立卡德总务部工作的，去年夏天死在了濑户内海的海底。听说他试图把生驹洋一郎二十年前丢入海中的七十五公斤金块捞起来，结果被绑在他自己身上的绳索缠住了。

"没有。"间宫摇摇头，"他退休后就再没见过了。他也没给我打过电话，我连他去了广岛都不知道。"

"我以为对那些金块，大家早就彻底死心了。"

"我早就死心了。不过，看来只有长沼例外。"

到了一九七〇年，那件事淡出公众视线后，他们才开始对海底进行搜索，那时距离案件已经过去两年了。

他们一致认为任由金块就那样装在袋子里很危险。谁也不知道什么时候什么人会出于一个小小的偶然发现它们。当然了，价值五千万的金块本身也很有魅力，但是搜索海底最大的原因还是出于安全上的考虑。讽刺的是，去年夏天，长沼荣三用他自己的死亡证实了若被发现会有多危险。

金块是一九六八年九月十三日的午夜零时从阪九渡轮被丢入海中的。通过计算，可知地点大概在北纬34°16′、东经133°33′附近的海域。也就是距香川县三崎半岛海岸差不多三公里处。

但是，这充其量不过是根据计算而得的数字。渡轮的航线并非完全精确。根据当天的天气及海面状态，午夜零时经过的坐标每次都不一样。就算濑户内海的航线受零散分布的岛屿所限，极为狭窄，可大海毕竟是大海，既定航线在那一带也有横向数百米宽的偏差。而且问题不光是横向的范围，还有前后的误差。零时通过的坐标，哪怕实际时间和计算只差了五分钟，那距离也是了不得的。事实上，为了收回金块在航海图上圈出的范围就达数十万坪之广。

两年来，他们避人耳目地进行了二十四次海底搜索，可每次结果都惨不忍睹。

于是他们决定放弃了。然而间宫和武藤都没料到长沼荣三一直到退休后依然执着于寻找。

"怎么想到长沼了？"

"那家伙的老婆。"

"老婆……？"

这回答有些意外，间宫不禁看向武藤。

"长沼的老婆说她不知道长沼在干什么，你觉得这可信吗？一退休马上就搬到广岛，搬到哪里也没告诉身边任何一个人。然后一直到发生意外为止，三年来不断潜水下海。你觉得跟自己老婆一个字也不说能干得下来吗？"

"但是……"

"只可能是这样。知道二十年前的事情的，除了你和我，就只有长沼荣三了。结果出了意外，发现的金块没能归长沼所有。在他老婆看来，那就是同时失去了金子和老公，所以她想让我为此付出代价。"

"不，可是总经理，"间宫摇摇头，"如果是那样的话，她直接跟总经理要钱就是了，应该没必要搞出这种绑架案来。"

"时效的问题。那个案子已经过了时效。这事媒体不也喋喋不休么。要逼我就范，因为时效问题，砝码不够。"

"……"

间宫惊讶地盯着武藤。

他从没想过会从武藤的口中说出这个词。

时效——

这个词对间宫而言是毫无意义的。他当然知道时效是怎么回事，但是那并不能让他感到心安理得。

"比起那个落合谁谁，长沼老婆的可能性更大，你不觉得吗？"

"……"

间宫沉默着摇了摇头。

"我明白。你在想恐吓电话的合成语音对吧？确实，这些事情长沼老婆做不到。但那是十亿啊，只要听说有分成，肯定有愿意帮忙的白痴。"

"那我就不知道了。"

"我说想跟你谈的，就是想让你帮我去调查一下。你能暗中替我查一下长沼的老婆吗？当然，如果让对方知道就麻烦了，那关系到兼介的性命。不过我想长沼老婆应该已经不在广岛了。"

"我……？"

"我没法行动。我必须在这里等那该死的电话，而且刑警也一直在。你应该有办法调查，拜托了。这应该不是我一个人的问题。"

"那是当然，我从没想过这是总经理一个人的问题。"

"最不该的是把兼介卷进来。钱我付，要钻石还是要什么我都给他准备。但是让兼介遭受这种事情，不可原谅。兼介他什么责任也没有。"

"……"

慎吾不也什么责任都没有吗？间宫差点说了出来，却又住了口。比起对武藤总经理，这句话更应该对自己说。

这是二十年来，他一直说给自己听的话——

17

就在他正陷入蒙眬的睡意中时——

电话铃声让马场守恒一惊，立即坐直了身子。下属正在交代电话局追踪定位,他看见沙发上的葛原夫妇一跃而起——他们好像也睡着了。

"快叫武藤先生!"

马场一边对一名下属下命令,一边看了看腕上的表。

五点十五分——

窗外还是一片漆黑。

对下属打个手势后,马场把耳机放到耳边,向葛原扬了扬手。

葛原惶恐地拿起话筒:"喂……"

——声音不一样。你不是武藤为明。

"我是葛原。兼介的父亲。兼介现在怎么样了?"

——他很好。现在在睡觉。武藤为明怎么了?

"他在睡觉,在卧室。"

——那跟你说也行。生驹慎吾在了吗?

"不在。已经叫了他了,可他现在在加拿大。"

电话好像突然断了一下。

"喂?喂?"

——他正赶回日本呢吧?

"是的。现在应该在飞机上。"

——几点到?

"……应该是今天晚上。他五点到成田机场,然后会直接过来。"

——知道了。钻石准备好了吗?

"这也要到今天下午才行……快的话也要到今天下午。"

——知道了。

"兼介……让我听听兼介的声音。兼介应该还好吧?"

——他很好。现在在睡觉。再联系。

"啊，喂……！"

电话挂断的时候，武藤冲进了客厅。

"挂了……"

葛原举着话筒对武藤说。苑子在葛原身边哭出声来。照枝夫人穿着睡袍出现在武藤身后。

"不行。"下属对马场说，"时间太短了，没法进一步追踪。"

马场默默地点了点头。

"对方说了什么？"

武藤问葛原。

"问生驹到了没有，还有钻石准备好没有……"

武藤把视线投向墙上的钟："这个时间……"

为什么呢？马场也在思考。

案犯为什么会选在五点十五分这个时间打来电话？他是在着急吗？还是说他想把交接时间定在清晨？

至少案犯这个时候是醒着的。之前的电话都是在中午或者傍晚时段打来的，只有这次不一样。而且之前让苑子夫人把电话还给武藤为明，这次却没要求换人。

这些不一样意味着什么？

是为了让这边的人精神崩溃吗？特意选在大家都睡着了的时候出其不意打来电话，从心理上施以压力——不，马场对自己的想法摇了摇头。

如果这是案犯的目的，那他之前应该也这么做。只有这次在这个时间打来电话，原因是什么呢？

电话是来确认生驹慎吾是否到达和钻石的准备情况的，难道还是和交接有关？案犯一定对交接钻石的时机早有安排。也不对吗——？

实在想不明白。

但他总觉得这次电话里隐藏着什么重要的信息。

"喂。"马场转身对下属说道，"去打听一下乌山那边的情况，说不定有什么变化。"

"是。"

下属拿起了临时电话。

18

温哥华机场候机大厅深处的公用电话亭里，生驹慎吾反复大口地深呼吸。手提电脑接在电话的话筒上，慎吾按着挂机键看了看表。

下午两点二十分……不，表还没调，这还是中部时间。温哥华和桑德贝有两个小时的时差，这里的时间是十二点二十分。加拿大有五个标准时间，没有比这更麻烦的了。

好，那就干脆……慎吾开始转动表的指针，干脆直接调成日本时间吧。日本现在是明天的早上五点二十分。

天亮之前打电话到武藤家很不自然，这点慎吾也明白。但从温哥华起飞后，大概有十个小时都没法联系了，那之后也基本上不会有一个人独处的时间。他必须把这次当成是最后一次连线，多少有些不自然也没办法。

而且就算不自然，也不会有人注意到这意味着什么。哪里有人能想到绑架犯人在国外呢？案子结束后远走高飞到国外的话倒还好理解，但这可是现在进行时的案件。

慎吾在电话亭中偷笑出声。

警察和电话局，他们再怎么反复追踪，最后能找到的不过是设置在乌山的终端。不，他们能找得到那儿吗？

不仅如此，葛原兼介被绑架的时候，他生驹慎吾可是在桑德贝啊，还有比这更完美的不在场证明吗？

那件事之后已经过了二十年，过了二十年警察还是这么没用。就像二十年前的警察没帮到父亲一样，现在的警察一样抓不到绑架犯。警察所谓的科学搜查，也就是那么回事儿。

当然绝不能疏忽，要做好万全的准备。只要不出现什么偶然或者突发的意外，这个计划就不可能失败。不，就算失败了，也没人能抓到我。

慎吾忽地回过神，透过小小的玻璃窗望向电话亭外边，没人在等电话。

要快点处理完，慎吾吸了一口气。还有一个连线要在这里做好。最后的检查也必须在这里完成。

他从口袋里取出一个塑料盒，打开盒盖，拿出放在里面的一片扁平的金属片，然后张大了嘴，把金属片放入上腭内侧，挂到大牙上。这就算装好了。他接着又吞了两三次口水，让口腔适应金属片的存在。

他试着吹了一次。

听不见声音。只发出轻微的呼气声。对着这个金属片吹气，就会发出人耳听不见的声波，也就是超声波。

这可是智慧的结晶。能使用电脑的时候，可以通过键盘发出指令。但随着案情发展，也许无法使用键盘或电脑，为此他对可能出现的种种情况都做了设想。他必须想办法在不能使用它们的情况下也能发出指令操作电脑。

于是他想到了超声波。只是超声波没法用电话线传送。电话通话的频率范围设定得相当小。人耳能听到二十赫兹到两万赫兹之间的声音，而电话通话的标准值仅限制在了三百赫兹到三千四百赫兹之间。

于是慎吾又想能不能对话筒的膜片施以直接振动。

这个金属哨能发出两种频率不同的超声波。这两种超声波一边相互干扰一边直接作用在话筒的膜片上，令膜片产生振动。尽管人耳听不见，但话筒会发出声音。发出的声音也能从听筒里听到，不过只是"嗞嗞"的电磁干扰声。听到的人只会以为是电话线路的杂音而已。他实验过好几次了，从来没人留意过。

而这个电磁干扰会对电脑发出指令，收到指令的阿斯卡就会按慎吾的要求行事。

确认听筒和电脑的外接端口接好了之后，慎吾把从端口分出来的耳机重新插入耳中。

他按下一长串号码。

几秒后——电脑的液晶屏幕上，阿斯卡用文字回复了他。

19

感觉有人在叫自己，葛原兼介从床上跳了起来。

——KEN，回答我。

是阿斯卡。电脑的画面不知何时已经变了。

他慌忙下了床。

"是，我在。"

——对不起，你在睡觉吧。

"没，那个……没关系。"

——有件事要先通知你。今晚九点左右，你要跟你外公稍微聊几句。

"和我外公？"兼介坐到电脑前的椅子上，"我可以回去了吗？"

——很快就可以回去了，再稍微忍耐一下。

"很快……那是什么时候？"

——如果一切都顺利的话，明天晚上或者后天上午你应该就可以回去了。

"……"

兼介揉了揉眼睛。

明天晚上或者后天上午——还有两天那么久。

——你想早点回去，我明白你的心情。你应该很孤单，也很害怕。不过请再忍耐一下。只要你遵守和我的约定，我不会对你不利的。我一定说话算话。你吃饭了吗？

"……吃了。有比萨，我就放在微波炉里热了吃了，还有拉面。"

——吃的应该准备了很多。要好好吃饭啊。

"是……那个,我要和外公在电话里说话吗?"

——是的。不过,你不用拿话筒,就像现在跟我说话一样。晚上我叫你的时候,你到我前面坐下就好了。

"我知道了。"

——KEN,你很聪明,所以你应该明白,不能说自己在哪里,也不能跟你外公提到我,就算是暗示也不可以。

"……暗示?"

——比如提起间宫的名字,提起海,这些都不可以。

"哦……明白了。"

——如果你说到这些,我会当即切断电话。然后,虽然我并不愿意这么做,但我将不得不动用炸弹。请不要逼我那样,好吗?

"……是,我不会说的,绝对不会。"

——很好。那么晚上见。

"啊,阿斯卡,这就说完了吗?"

——对不起,我还有很多事要做。我也想和你多聊一会儿,不过还是等下次吧。

"游戏我已经玩腻了,除了睡觉都没别的事做。"

——现在你自己就在游戏里。请加油,那么,再见。

"啊……"

电脑的画面变了。

兼介慢慢拉开椅子,离开电脑,走向冰箱。

他打开冰箱门,看看里面,叹了一口气又关上了。他没什么食欲。

"在游戏里……"

他喃喃说着,摇了摇头。

这才不是什么游戏,一点儿意思都没有,又无聊又不安又害怕。比萨也不好吃。

他看了看手表,五点三十五分。

明天晚上,或者后天上午。

"太久了……"

兼介说着倒在了床上。

20

马场守恒把车停在南乌山一处住宅区的路边,视线扫过周围,边打开了车门。

正对面立着垃圾处理厂红白相间的烟囱,一下车,清晨冰冷的空气就扑面而来。马场紧了紧大衣的领口,走进儿童公园。早上这个时间,公园里几乎没人,只有两个男人坐在长凳上。马场向他们走了过去。

两个男人正要站起来,马场摇摇头示意不必:"辛苦了。"

他小声说着,坐到两人旁边问:"怎么样?"

其中一个男人抬头看向前方:"那边三号楼的顶层,从右边数第二个房间。"

"唔。"

马场的视线投向下属所说房间的窗户,一个女人在阳台晒被子。

"落合聪二和他老婆有两个孩子。大的是女孩，五岁，小的是男孩，三岁。"

"你说他现在在出版社工作？"

"对。好像是旅游资讯杂志。公司在笹塚，现在有两个人在那边。"

"人还在吗？"

马场对着住宅区的方向抬了抬下巴。

"在。他差不多每天都是八点多去上班。"

在阳台上晒被子的女人回屋了，马场瞥了一眼腕上的手表。

"那他马上就该出门了，从这里能跟上吗？"

"能，能看见那边的出入口，他一出来就知道。这栋楼没有别的出口。"

如果落合聪二是疑犯的话，那首先他就不可能把葛原兼介关在自己家里。有老婆孩子同住的小公寓，不可能用来监禁一个初中男生。

"他一直正常上班没请假？"

"至少是正常去公司的。昨天和前天都没休息。"

"他在出版社做什么？"

"好像也是做电脑方面的。虽然是旅游资讯杂志，但似乎也有中介之类的业务，还有从交通公社❶和其他几家旅游代理店转包下来的工作。"

"哦，那他的工作表现呢？"

"这方面的调查还没做，不过光看昨天的调查结果，好像不

---

❶ 日本最大的旅行社。

是很差。"

一名下属站了起来："他出来了。"

马场看向三号楼的出入口，一个穿着深蓝色大衣的男人双手插兜出现在楼外。

"是他。"

"好，走。"

马场向公园另一边的出口走去，一名下属跟在他旁边，另一名则留在了长凳处。

他们穿过公园，进入住宅区的地界。落合聪二缩着肩往前走，马场慢慢地跟在他后面。

看着不太像啊……

一边跟踪落合，马场一边琢磨。尽管只是直觉，但走在前面的这个男人没有犯罪者的气息。

从住宅区到京王线芦花公园站的距离不过五分钟左右。落合在车站的商店买了体育新闻报，直接进了检票口。马场出示警察证件跟着通过检票口，再次想着：不太像啊。

21

飞机的滑轮落到跑道上的瞬间，细微的震动传遍了整个机身。

生驹慎吾透过舷窗望着外面，窗外流淌过成田机场傍晚时分的风景。离开一个月又回到日本了啊。航站楼里已经亮起了灯光。

终于要开始了……

慎吾凝视着窗户用力吸了一口气。接下来将开始漫长的紧张。幸好在飞机上好好睡了一觉。机内广播说成田现在的温度是四摄氏度，比桑德贝暖和多了。安全带指示灯熄灭后，机内马上热闹起来。乘客差不多有一半是日本人，而急急忙忙从座位上站起来，从头顶的行李舱往外取行李的几乎都是日本人。慎吾一直等到机舱门打开，通道上的乘客开始向前走，才站了起来。

　　乘务人员面带微笑相送，慎吾走上如手臂般从航站楼伸出的登机桥，过于温暖的暖气一下包住了他的身体。

　　过海关之前，慎吾先去了一趟洗手间。反正他只有一件随身行李，手提电脑在温哥华已经寄回桑德贝了。飞机是准时到达的，他没必要着急。

　　他拿着包进入隔间，关上了门。从口袋里拿出塑料盒，把里面的金属片装到上腭。接下来好一段时间都得一直戴着这个了。在桑德贝他试过连续戴两天，到了第二天，接触到金属的地方相当疼，拿下来之后发现里面红肿发炎了。等正式上场时可能会更严重，而且他还要戴着这个做相当剧烈的运动。

　　他咬住牙齿，试着吹了一下。

　　情况很好。慎吾连连点头，把塑料盒扔回包里。

　　看看表，还有时间。

　　"我是生驹……"

　　他试着小声说道。应该已经倒背如流了，但他决定再练习一次。

　　"你说什么？……你要干什么……一九六三年六月十三号……光明幼儿园……柯普兰……你到底在搞什么名堂？……确认完了？……你好像对我的事很清楚……"

　　慎吾不断在口中念念有词。绝不允许出错，绝不能有一处不自然的地方。吹哨子的时机也要配合得刚好才行。

流畅地说完最后一句台词，慎吾的唇角浮起笑容，他冲了水，走出厕所。

过了海关，走进到达大厅，就见间宫富士夫从对面急匆匆走了过来。

"慎吾，辛苦你了。"

间宫勉力做出的笑脸让他的双颊有些抽搐，他向慎吾伸出手，慎吾也握住了他的手。

"怎么回事？"

"嗯，到车里再说。"间宫看着慎吾的包，"行李就这个？"

"是。走得太急了，礼物也没来得及买。"

"那些都无所谓的。走吧，车在停车场。"

间宫转过身率先走了出去，慎吾跟在他后面。

走到楼外，温暖的空气猛地变得寒气逼人。

"冷吗？"

间宫回头问道。

"我是从零下三十度的地方来的。"

"啊，这么说倒也是。"

走进航站楼前面的停车场，间宫径直走向停在里面的皇冠车，见慎吾坐到了副驾驶座上，他静静地把车开出了停车场。

"叔叔您开车？"

"嗯，是啊，你不放心？"

间宫边说边向慎吾这边看了一眼。

"不是，不是那个意思。您是被司机嫌弃了吗？"

间宫一下露出笑容，他摇摇头："当然不是。因为要和你单独说话。"

"……"

对话到此中断了一会儿。

沿着匝道直接开上了高速公路，皇冠的车速加快。

"我们要去哪儿？"

慎吾先开了口。

"总经理家。"

"总经理家……赤坂？"

"对。抱歉搞得这么匆忙，今天你可能要住在总经理那儿了。"

慎吾望着驾驶座上的间宫："到底发生什么事了？您说是紧急情况……"

"你知道兼介吧？"

"兼介？是谁？"

"你不知道？总经理的外孙啊。上初二，葛原专务的儿子。"

"啊，那个出了名的，总经理的宝贝。"

说完他就闭上了嘴。

"对，武藤总经理的宝贝。"

"那兼介他怎么了？"

"被绑架了。"

"啊？"

慎吾望着间宫。要小心别演得过火了，人很容易被机器欺骗，但对方同样是人的话，就不那么容易上当。如果有一个会犯错，那一定不会是阿斯卡，而是他自己。

"前天的事儿。现在警察都住在赤坂的总经理家里随时待命。"

"……"

果然如他所料，有警察参与其中。而不在他预料之内的，是旁边握着方向盘的间宫。他唯一没算到的就是间宫也在这件事中。

"绑架……"

"这对你可能是个挺大的冲击。"

慎吾的视线投向与间宫相反方向的车窗，他怔怔地望着外边，低声说："我可以提问吗？"

"嗯。"

"为什么兼介被绑架了，要把我叫回来？"

"案犯指定要你去送赎金。"

"……"

他的视线转回到间宫身上。

"总经理也问了为什么要指定你去，案犯说因为他能认出你，还说你最能明白兼介现在的处境。"

"……"

慎吾闭上了嘴。

他的视线再次落回到车窗上。他沉默了一会儿，间宫也没再开口。

间宫是怎么看待这件事的呢？慎吾在想。当然在他心里，二十年前的事情依旧鲜活，在渡轮的甲板上把装着金块的袋子丢入大海的父亲的身影也依旧鲜活。

金块沉入了海底。应该是因为案犯准备好的用来代替航标的轮胎上有个洞。但是，那个洞到底是什么时候被弄出来的？

只知道一开始肯定是没有的。在父亲留下的手稿中，详细写着渡轮上发生的事情。后来的调查也查明把准备好的袋子和轮胎内胎放到客房里的人在神户就已经下了船。船是下午七点起航的，袋子是午夜零点被丢入海里的。也就是说,袋子在客房里放了五个小时。如果一开始就有那个洞,那在这五个小时里,轮胎的气肯定漏完了。

轮胎内胎上的洞,是在被丢下去的前一刻才弄出来的。

案犯就在渡轮上。元凶就在父亲身边。

间宫富士夫在二十年前开始着手开发自己的微处理器,但在还差一步就能完成的阶段,他的开发遇到了挫折。柯普兰公司撤出日本市场将生驹电子工业逼进了窘迫境地。立卡德试图趁机夺取生驹电子。父亲决定投入私人财产,复兴生驹电子。可间宫和父亲不同,他希望生驹电子被立卡德吸收。要说为什么,因为那是让他完成他的微处理器开发的捷径。

私通立卡德,将父亲赶上破灭之路的,就是这个间宫富士夫。

叔叔,慎吾在心里说道,这是给你的礼物。送你你最喜欢的绑架案。你没有孩子,如果你有的话,那被绑架的就不是兼介,而是你的孩子了。

但我并没放过你,叔叔。等兼介回来你就知道了。兼介被关在那栋别墅里——那栋在伊东、沾染着你的气息的别墅。

在他的计划中,间宫应该是突然得知这个案件的——作为绑架案的重要相关人之一,某日突然被警察叫去问话。本来是这么计划的,可间宫到底是怎么参与进来的?

"你被吓到了吧……"

间宫说。慎吾没回答,依然望着窗外。

"不想把你卷进来的,只是案犯的要求实在……希望你能救救他,不是总经理,是希望你能救救兼介。"

"叔叔你是怎样的?"他轻声问。

"什么？"

"叔叔你在那个时候，是怎样的？"

"我那个时候？哪个时候？"

慎吾扭头看着间宫："我被绑架的时候，对方也指定要叔叔去送金条……"

"啊……你说这个。"

间宫想说什么，但又闭上了嘴。慎吾盯着他的侧脸，然后又把目光投回窗外。

高速公路两边单调的景色，有那么一瞬间，看起来就像翻着浪花的大海。

22

看到一辆黑色奔驰从武藤家的大门开出来，间宫富士夫轻轻踩下了刹车。奔驰贴着间宫的皇冠擦身而过，开下了坡。

天已经完全黑了，看不清坐在驾驶座上的人的模样，后座上好像也坐了一个人。

间宫把车开进奔驰刚出来的那扇大门。时间刚过六点半。

"好厉害。"

坐在副驾驶座上的慎吾说道。他像是要把脸贴到前玻璃上一样，看看武藤住的楼，又看看葛原的。

"你第一次来？"

"嗯，直接见总经理也是第一次。这里是赤坂吧？"

间宫把车停到房子前，看着慎吾："是，怎么这么问？"

"在东京的中心区，居然会有这么大的住所，院子大得从正门到家门前都要开车。"

间宫笑了。他停下车，手搭在车门上："太夸张了，这也叫开车吗？就十几米而已。不过大确实是大。"

"足够大了。"

等慎吾下了车，间宫也走到车外。屋门同时打开了。

"啊，正好。"

是武藤。他向间宫扬扬手，然后把视线移到慎吾身上，仿佛在问"这就是？"。

"这是生驹慎吾。进了东京都市内有点堵车，比预计得迟了些。"

武藤听间宫说完，点点头，从门口走到慎吾身边，对他伸出手："实在抱歉，你累了吧？"

"没……也没那么累。"

"到底是年轻啊。来，先进去吧。"

武藤揽着慎吾的肩走进门内，间宫跟在后面。

"总经理，我们到的时候正好有辆车离开……"

间宫问道，武藤"哦"了一声点点头："那是珠宝商的车。他们把那个拿来了。"

果然如此。间宫下意识地往身后望了望。

进了门，只见武藤夫人、葛原夫妻、两名保姆还有马场刑警都等在门口。

等所有人都进入客厅，最先开口的是葛原苑子："生驹先生，兼介的事您听说了吗？"

苑子一边让慎吾在沙发上坐下，一边盯着他用发颤的声音问道。

"听说了……间宫先生在车上大概跟我说了一下。"

"你吓了一跳吧？"

"……"

慎吾坐在沙发上环视着四周，所有视线都落在他身上。也许这让他感到很不舒服，他连吞了两三次口水。间宫察觉到慎吾的情绪，自己带头坐到了沙发上。葛原在苑子对面坐下，武藤则坐到了慎吾的正面。

"我觉得非常抵触。"

"抵触……"

"说实话，我很害怕。我是技术人员，不是救援队的特攻队员。我不想背负这么重大的责任。"

苑子睁大了眼睛，她抓住慎吾的胳膊："你不肯去救兼介？"

"可以的话，能让别人来干吗？这对我而言压力太大了。"

苑子摇摇头："求求你……我明白的，你的心情我明白的，不是什么责任不责任的，就是救救兼介，求求你。"

"生驹。"葛原在另一边说道，"虽然不知道案犯的意图是什么，但他毕竟点了你的名字，让你去送钻石。"

"我听说了，只是……"

"我是想去的。不是让你，我想亲自去，如果可以的话。可是案犯说非你不可，所以才把你叫回来了。"

"……"

慎吾盯着葛原。

"你会去的吧？拜托了请你一定要去，这关乎兼介的性命。"

"……能给我点时间考虑一下吗?"

"时间?你说什么呢!这是人命关天的事情,还考虑……"

"久高。"

武藤截断了葛原的话,他缓缓摇摇头,对慎吾抬了抬下巴:"生驹很累了。他刚从加拿大回来。不过生驹啊,真的靠你了。事情就是这样。"

武藤双手按住桌子。

慎吾垂下视线,轻轻地吸了一口气。间宫把这一切都看在眼里。

"对了,喂……"武藤的视线越过间宫的肩膀,对他身后的照枝夫人说,"把钻石拿过来。"

夫人低声应了声"是",间宫也扭头看了过去。

照枝夫人走到挤满刑侦人员的餐厅,从桌子上拿起三个黑色的箱子。箱子很薄,大开本的书籍大小。夫人把三个箱子摞在一起摆到了武藤面前的桌子上。

"刚才刚送过来的。"

武藤边说边打开一个箱子的盖子。

"……"

间宫凝视着那个箱子。

箱子内侧衬着有光泽的深蓝色绒布,绒布上布着几条凹槽,嵌在凹槽里的是摆成排的钻石。

"三箱总共有两百一十四颗。"

这是一幅难以置信的光景。

两百一十四颗钻石——总价值十亿元的石头。

他忽然看向慎吾,慎吾正呆呆地望着武藤的手边,那表情让间宫想起了二十年前。

案件结束后，他第一次见到慎吾是在医院里，那时千贺子夫人正把五岁的慎吾抱坐在她的膝盖上。

——你那时害怕吗？

对记者完全不顾当事人感受的探问，慎吾根本不做任何回答——他不回答，只是一脸惊恐地盯着记者的脸。

那时就是这种表情……

在间宫眼中，默默盯着钻石的慎吾和他二十年前的脸重合在了一起。

"武藤先生。"

身后马场刑警的声音，把间宫拉回了现实。

武藤抬起头看向马场。

"您要把这些交给案犯吗？"

"……什么？"武藤眯起眼睛反问道，"什么意思？"

"没，我还以为用不着准备真钻石，仿造品也行……"

"你啊……"武藤合上钻石箱的盖子，"刑警先生，你觉得用玻璃珠能救出兼介吗？你也听到电话了吧，案犯说要做鉴定的，鉴定完才会放兼介回来。"

"我们会在那之前找出兼介在哪儿。"

突然，慎吾从沙发上站了起来，所有人都吃惊地看着他。

慎吾回头瞪着马场："你为什么能说得这么肯定？"

"啊……？"

"你说要找出兼介在哪儿，你为什么能说得这么肯定？"

"……我们正向着这个目标一直在侦查啊。"

"只要迟了一步，兼介也许就会被杀掉。你为什么能这么肯定地说'在那之前'？那你告诉我，绑匪在哪里？兼介他在哪里？"

"正在调查。"

慎吾的唇边浮起轻蔑的笑容："你们总是这样，永远都是正在调查。"

马场的表情凝固了。

"你在说什么？"

"你被绑架过吗？"

"……"

"眼睛被蒙住，嘴巴被塞住，被威胁会被杀掉，被关起来，这种经历你有过吗？离开父母，一直被监视着，一连好多天都在恐惧中度过，这种经历你有过吗？"

"没有……那个，生驹。"

"你根本不明白被绑架的孩子的恐惧，还有那孩子父母的心情。所以你才能说出什么仿造品。他相信，兼介相信自己一定会获救的。他只能相信，现在的兼介除了相信什么也做不了。你能对兼介说出口吗？说我准备好了仿造品，你放心吧？"

苑子双手捂住了脸。

马场避开了慎吾的视线。

"既然生驹你这么说，那为什么不愿意去救兼介？"

慎吾在沙发上坐下，口里低低地说了句什么，马场反问了一声："啊？"

"我做不到……我害怕。"

间宫依然沉默地盯着慎吾，他又看见了，五岁的慎吾的脸又一次浮现在眼前。

23

"主任。"一名下属把临时电话的话筒递给马场,"总部打来的。"

"嗯。"马场点点头,把话筒放到耳边:"我是马场。"

——东京站的中间进展报告。

"怎么样?"

——没结果。对二月一号上午十点前后出勤的车站全体工作人员终于都排查了一遍,没有一个人对兼介有印象。

"一个人都……没有啊。"

——是的。报告完毕。

"辛苦了。"

马场把话筒还给下属。

对面的沙发上仍是一片沉默。保姆为生驹慎吾和间宫富士夫送来了饭菜,两个人都只是随便动了动筷子,几乎全都剩了下来。从吃饭到餐桌收拾好之后,他们之间都没有任何交谈。马上就到九点了。

东京站那边也行不通啊……

马场不由得狠狠咬牙。

葛原兼介的笔记本上写着冒险游戏的备忘录,那是在 GAMES 的网站上运营的一款叫"阿斯卡的秘宝"的游戏。笔记本的封底写着仅有三行的笔记。

2/1　10AM　在东京站　CHAT

他们推测这句写的是兼介被绑架当天的活动安排。然而派出侦查员到东京站暗中寻找曾目击兼介的人，却似乎没取得什么成果。

本来仅靠车站的员工或者公安相关人员是行不通的，也需要普通乘客的协助。可要把兼介的安全放在首位，现阶段还不能公开搜查。在东京站上线聊天，那兼介应该曾在车站里的某个公用电话把电脑连到网络。那和普通打电话的状态完全不一样，他们认为极有可能找到对那个情景有印象的目击者。

马场缓缓吐出一口气。

电话响起来的时候，保姆正在给大家换茶水。

马场等下属走完与电话局联系的程序后，对武藤点点头。

"我是武藤。"

——钻石筹齐了吗？

听到电话扬声器里传来的合成女声，生驹慎吾抬起了头。

"齐了。全都在这里了。"

——生驹慎吾在吗？

武藤看向慎吾："他在。刚把他从加拿大叫回来。"

——让生驹慎吾接电话。

"……"

武藤把话筒递给慎吾。马场看到他在咽口水。慎吾有些畏惧地接过话筒，放到了耳边。

"……我是生驹。"

——我要先确认你是不是生驹慎吾。

"你说什么？"

慎吾把话筒按在耳边，目光扫过盯着自己的众人。

——请说出你的生日。

"你要干什么？"

——这是确认。请说出你的生日。

"一九六三年六月十三日。"

——谢谢。你上的幼儿园的名字是？

"光明幼儿园……"

——你父亲在美国时就职的公司名字是？

"柯普兰……你到底在搞什么名堂？"

——希望你能把武藤为明给我的礼物送过来。

"……确认完了？"

——已经可以了。

"你好像对我的事很清楚。"

——我很清楚。还有很多事要你帮我做。

"为什么要让我做？"

——因为我想见你一次。

"少胡说。你要见就让你见，你来找我啊，你来这里不就好了？"

——我要你来见我。我要你带着钻石，来见我。

"到哪里？"

——进行说明之前，我要先兑现跟武藤先生的约定。

"约定？"

慎吾看向武藤。

——请让武藤先生接电话。

慎吾皱着眉把话筒递给武藤，武藤接过来："喂……"

——请保持通话，稍等，现在换你外孙接电话。

"啊……"

武藤直起了腰。

马场把耳机按在耳朵上,听到轻微一声电话换线的声音,还有像是衣物摩擦的窸窸窣窣的声音。

——可以了?

兼介的声音传来。

"兼介!"

武藤提高了声音。

——外公!是外公吧?

"是我。兼介,你还好吗?"

——嗯,我挺好的。

"兼介!"苑子在旁边高声喊,"小兼,你听得见吗?"

——啊,妈妈?妈妈也在?

武藤把话筒递给了苑子。

"小兼,没事吧?他们没对你动粗吧?"

——嗯,没事的,不用担心。我想快点回去,我不想再待在这种地方了。

"他们给你饭吃了吗?你好好吃了吗?"

——我吃了,刚才吃了比萨。

"什么比萨……他们不让你正经吃饭吗?"

——可是……

"喂!"葛原从苑子手中拿过电话,"兼介,听得见吗?我是爸爸。"

——啊,听见了。听得很清楚。

"别担心,我们马上就去接你,你马上就能回家了。"

——嗯,你们快点……我,这种,我……

兼介的声音带上了哭腔。

"兼介,别哭。马上就没事了,不许哭,跟我说话。"

——你们快点来,快点……

"我知道,马上就去。你在哪里?啊?你那儿是哪里?"

——不行,不能说的……说了炸弹就会……不行的。

"炸弹?"

葛原瞪大了眼睛。

马场和下属互看了一眼。

"喂,兼介,案犯有炸弹?"

——不是有,是放在……这里的……

通话突然被切断了。

"啊,喂!兼介!喂,兼介……"

马场转向下属,操作临时电话的下属抬头看着他:"追踪成功!"

"找到了?"

客厅对面,好几个人都站了起来。

"等一下,我写下来。野野村?哪个 shan?善恶的善。si 呢?司机的司吧。我知道了。"下属边取下耳机边抬眼看着马场,"住在北乌山的野野村善司家。"

"很好,马上准备。千万别被发现。可能有炸弹,不许出手。"

"是。"

就在下属回答的瞬间,电话再次响起。

"……"

房间里一阵沉默。

马场对下属示意，下属又开始操作临时电话。

"喂？以防万一，这次也麻烦你们了。"

收到下属的示意，马场对武藤扬起手。武藤拿起话筒："喂……"

——再让生驹慎吾听电话。

"喂，求求你，让兼介说话，让兼介……"

——让生驹慎吾听电话。

"……"

武藤和慎吾互看了一眼，慎吾轻轻点头，武藤把话筒递给了他。

"喂，我是生驹。"

——接下来我说的话，你要听好。

"等一下，兼介他没事吗？"

——只要你们遵守约定，我也会遵守约定。没事，他很好。

"那我该去哪里？"

——你带着钻石，自己一个人开车到立卡德中央研究所。

"研究所？"

——必须是你一个人，明白吗？

"那武藤总经理还有葛原专务和他太太呢？"

——留在那里等我联系。我确认你带来的钻石没有问题，让兼介回去的时候会通知他们的。记住，你一个人带钻石来。

慎吾看向武藤，武藤默默地点了点头。

"我知道了，现在就去吗？"

——挂了电话后请马上出发。

"可现在是晚上，研究所没开门。"

——应该有门卫。让武藤先生跟门卫联系。你进门之后去后院。

"后院？"

——穿过中庭去楼的另一边。但不许让门卫跟你一起去。你一个人，明白吗？

"嗯……你在后院？"

——不，我不会做那么危险的事情。我会监视你，但不会在那里跟你见面。

"那我要怎么做？"

——到了后院，在围墙转角有一间活动板房，你知道吗？

"不知道……我只去过几次，不太了解中央研究所的情况。"

——有一间活动板房，是一间像仓库的小房子，请去查看小房子的后面。

"小房子的后面？"

——在小房子和围墙之间，有一个木箱，一个很旧很脏的木箱。请取出来看木箱里面，你就会知道你要做什么了。

"好，我知道了。"

——再次提醒你，除你之外不可以有任何人接近活动板房。如果有人试图走近那里，交易立即中止。请你必须一个人来。

"我知道了。但你听好，我给你钻石，你要当场拿兼介来换，明白吗？"

——不，我应该说过了。收到钻石后我要鉴定，确定都是真的之后才能把兼介送回去。鉴定结束后，并且在我确保自己是安全时，就会把兼介还给你们。

"胡说八道……你拿什么保证你一定会让兼介回来？"

——请相信我。

"你让我相信你？"

——是的。我也是在相信你的前提下进行这场交易的，请你也相信我。

"说什么鬼话。你听好了。我不知道你用的是语音文档还是什么,总之正在敲键盘的你,你是绑匪,你让我相信你?你要我怎么相信你?"

——你的父亲也相信了。

"……什么?"

——生驹洋一郎先生也相信了绑匪的话,才把金条丢入了海里。所以你才能回家。

"……"

——我会遵守约定。只要你还有武藤先生不破坏约定,我也会按照约定把兼介送回去。那么,请出发吧。

通话切断了。

慎吾握着话筒坐到了沙发上。间宫站起来走到他旁边。

"慎吾。"

他平静地叫了一声,从慎吾手里取走了话筒。

"到底是谁……"

慎吾喃喃道。

间宫拿起桌子上的三个箱子,递给慎吾。

"到底是谁,到底是谁干出这种事?"

间宫坐下来静静地拍着慎吾的肩膀。

"主任。"

听见下属叫自己,马场回头看过去。

"有点不对劲。"

"怎么了?"

"刚才的通话也追踪成功了。"

"那你不早说。"

"但是位置不一样。"

"位置不一样?"

是,下属递过来一张纸。

"宇野光成?"

"是。刚才的电话是从这个人家里打来的。虽然跟之前的野野村善司家只相隔九百米而已。"

"九百米……?"

之前的电话和刚才的电话,是从不同的地方打过来的——

这是怎么回事?

就是说第一个地方是关兼介的,第二个地方是案犯的老巢?

"用我的车。"

武藤在对面说道。马场转头看过去。

"生驹,交给你了,把这个给我送过去。快去吧。"

"……"

慎吾沉默着站起来,接过间宫手里的三个箱子,用力吸了一口气。

"生驹先生,拜托你了。"

苑子说着,几乎要贴到慎吾身上,葛原在她旁边也静静地低下了头。

慎吾猛地把视线转向马场。他的脸色看来格外青白。

24

武藤为明说可以用他的车，可慎吾最后选择开苑子的SILVIA。武藤的车是奔驰，葛原久高的是宝马。间宫也说可以开他的皇冠，但慎吾都婉拒了，他不喜欢太招摇的车。

警方让一名刑警跟着上车，躲在后车座下面。

"如果被案犯发现了……"

苑子显得很不安，马场摇着头说："他绝对不会做出任何举动让案犯发现的。我们会隐蔽地跟在后面，但万一出了紧急情况需要取得联系，最好有个人跟生驹在一起。兼介妈妈，请不要担心，没问题的。"

慎吾把三箱钻石摞着放在SILVIA的副驾驶座上，通过后视镜看到后面的刑警已经蜷缩起身子躲到了车座之间，便关上了驾驶座的门。

"就靠你了。"

武藤隔着车窗望着慎吾说道。

"我明白，我一定把钻石交到案犯手里。祝我顺利吧。"

葛原夫妻也低下了头，间宫在他们后面扬了扬手。

慎吾边适应着这辆第一次上手的车，边慢慢开了出去。出了大门，他先往六本木方向驶去。

"不挤吗？"

他问后面的刑警。

"不挤，没事的。比起我，生驹先生你刚从加拿大那么远飞回来，一定很累了吧？"

"倒不觉得累。突然发生太多事，感觉受到的冲击比较大，就好像自己都不是自己了。"

"那是啊，到成田之前你什么都不知道吧？"

"是啊，说不能在国际长途里说。"

"啊，对了，我叫雪村。"

"雪村先生？请多关照。那个，我们说话没关系吗？"

"哎……？"

"应该没关系吧。再怎么说案犯也不可能连这辆车都监视着吧。"

"啊……是啊。"

可雪村刑警却就此闭口不语了。

从六本木开到麻布，在麻布右转沿着樱田路南行。

慎吾看了看后视镜，仅通过前照灯的灯光很难辨清马场他们的车在哪里。

中央研究所位于品川，那里本该是生驹电子工业所在的地方。合并生驹电子之后，立卡德把那一带的土地都买了下来，然后建起了研究所。父亲一直在那个研究所里，直到去世。立卡德夺走了父亲的一切，又把父亲丢到他被夺走的一切之中。

握着方向盘，慎吾用舌头舔了舔上腭的金属哨。

电话的操作比他预计的还要顺利。虽然实验的时候成功了，他还是担心当武藤拿着话筒时的开关操作。不知道隔开一定距离的话筒究竟能不能收到哨子发出的超声波——但阿斯卡非常听话。也没有人注意到慎吾口中的哨子。

慎吾堪称完美地做到了跟案犯交谈。

对慎吾而言，只有间宫的存在令他不安。如果有人能注意到那个电话系统的真实意图,那个人一定是间宫富士夫。因为慎吾做出来的这个系统,间宫应该也能组建出一个一样的。

但是,慎吾轻轻摇摇头。

只要一开始没起疑,就算是间宫也不可能注意到的。没人会怀疑到我身上来,因为我生驹慎吾在几个小时前才回到日本啊。

他瞟了副驾驶座一眼。

十亿的钻石——

放在他旁边的,是货真价实的钻石。两百一十四颗钻石,武藤和马场的反应都证实了这些是真的。躲在后面的雪村刑警也是间接证明。马场说是说为了紧急时刻能取得联系,其实让雪村刑警同行绝不仅仅为此,他是怕我万一起了贪念,带着价值十亿的钻石逃跑。

慎吾拼命抑制自己不要露出笑容。

随便你们,警察也好军队也好,想跟就跟着吧,我怎么可能让你们抓到小辫子呢。

过了高轮,横穿一条铁路后就进入了品川区。

"雪村先生。"慎吾直视着前方说道,"马上就到研究所了,雪村先生您要怎么办?"

"请不要在意我。你要把车开进研究所吧?"

"是,只要门卫让我进去。"

"车要停在哪里?"

"大楼前面应该有停车场,反正车也开不到中庭去,我想就停在停车场。"

"我留在车里。请不要在意,你去你的。"

"别的刑警也会来吗?"

"我想有几个人应该已经到了。"

"……已经到了？"

慎吾看了看后视镜，看不见雪村的身影。

"是。他们会很小心不让案犯发现，没问题的。"

"这个放宝石的箱子怎么办？"

"你最好带在身上，也不知道活动板房后面会有什么指示。"

"我就按着指示做就好了对吗？"

"对，就按着指示做。啊，下车前先把这个……"

说着，雪村的手臂从车座之间伸了过来，他手里握着一个小小的装着天线的电容话筒。

"这是什么？"

"无线话筒。上面有挂扣，请戴到衣服里面。这条伸出来的是天线，只要让天线头从毛衣袖口稍微露出来一点儿就可以了。"

"我是要用这个报告什么吗？"

"不，如果案犯和你接触，有这个就可以听到你和对方的声音。"

"噢，这样，我明白了。"

慎吾从雪村手里接过话筒。

看见一面长长的围墙后，慎吾沿着墙向前开，开到大门前停下了车。门卫从门内高声问："是生驹先生吗？"

慎吾降下车窗，抬手示意："是我。总经理应该已经打过招呼了。"

"我们收到了，请稍等，这就开门。"

"谢谢。"

门卫打开了铁栅门，慎吾对他挥挥手开了进去。他直接开到正面大楼的前面，在停车场中央停下了车。

他迅速把话筒夹到毛衣和衬衫之间，抱着三个宝石箱下了车。

他四下扫视了一圈，一个人影也没有。侦查员也许正潜伏在哪里，如果是的话，那他们可真出色。慎吾在心里算是表达了一下佩服。

绕过大楼，从本馆和新馆之间穿过去，来到中庭。慎吾抱着箱子慢慢前行。大楼有几扇窗户亮着灯，中庭也被灯光照得很明亮。

横穿过中庭，直接从大楼之间穿过去就到了后面，他左右看了看，还是一个人影都没有。

活动板房在右方，他慢慢走过去。后院虽没有中庭那么明亮，但也有一定的照明。远远地不知从哪儿传来狗叫声。

来到活动板房前，慎吾向小房子和墙壁之间望去。

但愿在吧——

他生出想祷告的心情。活动板房本身已经很旧了，而被塞在那后面的木箱更旧。他觉得应该不会有人把木箱拿走的，但还是有些担心。不管怎么说，把木箱塞在这里已经是一个多月前的事了。

活动板房的后面很黑，他换了只手拿着宝石箱，右手伸到间隙里。

有了——

手上传来木箱湿冷的触感，被雨水打湿的木箱看起来已经半腐了。

他抓住箱子猛地向外一拉，箱子的边角碰到房子，发出让人不舒服的嘎啦嘎啦声。

把箱子拉到空旷一点的地方后，慎吾蹲了下来。箱子的木板有些脱落，能看见里面的塑料。他把箱子侧面的木板全都拆了下来，然后依然把宝石箱放在膝盖上，从箱子里取出一块用塑料包着的物件。

他抬起头环视了一圈，就当侦查员也许正看着他，他得考虑到这点。

慎吾撕开塑料包装上的胶带，打开层层裹着的塑料，就见下面放着一个大塑料箱，他打开箱盖看向里面。

都一如当初的设置，没有异常。

塑料箱里放着一台手提电脑、一个啤酒罐大小的铝筒，还有一个装着十八节碱性电池的盒子，以及一个中号牛皮纸信封。没其他的了。

慎吾打开信封。信封里放着一张报告纸，上面有用打字机打出来的文字，还有一张 3.5 英寸的软盘。他展开报告纸，上面写着的东西他都记得，但他还是读了一遍。

现在不许碰铝筒。带上所有物品回到车里，把电池装到电脑上。电脑需要 6 节电池，剩下 12 节是备用的。把信封里的软盘放入电脑后打开电源。这之后的指示都会在电脑画面上显示。

慎吾把纸放回信封里，又把所有东西都放回塑料箱里，然后双手拿着宝石箱和塑料箱直接离开了。

穿过中庭，回到停在原处的 SILVIA 上。坐进车里后，他把拿回来的东西都放到了副驾驶座上。

"怎么了？"

关上车门后，后座的雪村刑警问道。

"这个……"

慎吾说着打开箱子,从车座之间把报告纸丢过去给雪村。

"电脑?"

雪村喃喃道。

雪村在看纸上内容的时候,慎吾把电脑从箱子里拿了出来,开始装电池。"我是雪村。"后面传来说话声,"活动板房的后面放着一个塑料箱——"

雪村刑警从车座之间望着慎吾,继续用无线电对讲机报告情况。慎吾装好电池,把软盘放入电脑。

"可以开机吗?"

慎吾问雪村。

"嗯,开机看看。"

电脑开始读取磁盘,过了一会儿液晶屏幕上出现一段文字:

警告:

从现在开始不可拔下放入的软盘。未收到指示也不可切断电脑电源。拔出软盘或关机,所有内容都将被销毁,并且不能保证葛原兼介会活着回来。

若理解该警告内容,请按下回车键。

"这算什么事儿啊……"

慎吾说着放倒了副驾驶座的靠背。

这样雪村也能看到屏幕上的文字。

"这是怎么回事?"雪村问道,"销毁内容,这能做得到吗?"

"能。没有比销毁磁盘上的内容更简单的了。也就是说,我已经只能任由这台电脑摆布了。"

雪村把手里的对讲机举到嘴边,报告完眼前的情况后,对慎吾点点头。

慎吾按下了电脑的回车键。一显示出文字,雪村就同时对着对讲机念了出来。

拿出放在塑料箱里的铝筒,刻有红点的面在上。双手分别握住铝筒上端和下端,上端顺时针转动,转到四分之一左右盖子就能取下。把所有钻石都放到铝筒里,一颗不剩。放好之后,盖上盖子。

做完这些,按下回车键。

慎吾取出铝筒,这是一个直径六厘米、高十二厘米的圆筒。他转动盖子把它打开,给雪村刑警看了看里面。圆筒内侧衬着厚厚的红色绒布。等雪村报告完,慎吾问道:"怎么办?放进去吗?"

"嗯,我也帮忙。"

"好。我自己来心里没底。"

慎吾把圆筒交给刑警,自己打开了宝石箱。看得出雪村刑警也很紧张。

"我拿着这个,雪村先生,请把钻石放进去。"

"……好。"

雪村拿起一颗钻石,用左手护着以防掉落,小心地放进筒中。然后就这样一颗一颗地把钻石转移到铝筒里。

三箱钻石都放进去了。雪村"呼"地用力叹了一口气。慎吾盯着雪村:"好了吧?"

雪村点点头。

慎吾拿起放在车座上的盖子盖到铝筒上，按下了电脑的回车键。

请不要试图再次打开铝筒。铝筒的盖子应该也已经拿不下来了。在交接完成之前，请维持圆筒现在的状态。明白了的话，按回车键。

"啊……"

雪村盯着铝筒。慎吾尝试打开盖子，可怎么拧也拧不开。

他把铝筒递给雪村，雪村也用力拧了一会儿，然后半张着嘴看向慎吾："打不开……"

雪村刑警用对讲机报告了这件事。

25

在距离慎吾的 SILVIA 两百米左右的地方，间宫富士夫听着无线设备里传来的声音。他们的车停在通往中央研究所大门前的路上，间宫坐在车后座，透过前车窗能看见斜前方的大门。

"间宫先生。"身旁的马场刑警手里拿着无线话筒把脸转过来，"那个警告是什么意思？"

"你说不许拔出软盘那个警告？"

"对。"

间宫耸耸肩："是为了不让人看穿下一步的意图吧。"

"下一步的意图？"

马场疑惑道，这时从无线里传来雪村刑警的声音。

——电脑给出了新的指示，让我们输入现在的时间。现在生驹先生用键盘输入了二十一点五十二分。啊，下一个指示出来了，要我们马上开车从芝浦上高速一号羽田线，往东京中心区开。我们开车了。

马场抓着话筒探出身子："SILVIA 要离开研究所了，从芝浦上高速一号，往东京中心区方向。全体车辆跟上，注意保持距离。"

很快，白色的 SILVIA 就出现在大门口，能看见驾驶座上慎吾对门卫抬了抬手。

"好，走。"

马场对驾驶座上的刑警说道。等 SILVIA 后面有了两辆车后，他们的车开了出去。

副驾驶座上的刑警按住耳上的耳机。

"主任，生驹先生在问雪村路上会不会堵车，好像是担心案犯是不是连堵车都算好了。"

"哦，这样，是啊……"

马场点点头。

看来副驾驶座上的刑警的耳机能听见慎吾身上的无线话筒传来的声音。

"间宫先生，您刚才说那个警告是为了不让我们看出下一步的意图对吧？"马场望着前方问道，"那是什么意思？"

"大概软盘里存着案犯接下来要给出的所有指示。所以如果拔下软盘对里面的内容进行解析，就能知道案犯最后会用什么办法把钻石搞到手。这慎吾就能轻而易举地做到。所以案犯在软盘上做了手脚,不给人去解析的机会。"

马场转身面向间宫:"无论如何都不可能解析软盘?"

"可以这么说。从那警告的内容来看,恐怕软盘里的所有程序和数据都设了相当强大的保护。"

"保护……?"

"原本是为了禁止复制电脑软件而生的技术。如果进行程序允许范围外的操作,电脑大概就会破坏掉软盘上存储的数据。案犯会用语音应答打恐吓电话,这种处理应该也难不倒他。"

"那个保护……用什么办法都撤不掉吗?"

"不,从原理上来说,没有撤不掉的保护。"

"那,只要想想办法……"

"不,做不到的。"间宫摇摇头,"设保护的方法不止一种,而有数十种。要撤掉保护必须一个一个去试,而且在尝试的过程中软件内容被破坏的风险更大。"

"……混账。"

马场盯住间宫,那眼神仿佛间宫就是设下保护的元凶一般。

车子在海岸路右转,从芝浦开上了首都高速。前方慎吾开的SILVIA车速加快,高速不像慎吾担心得那么拥堵。

间宫会一同坐在这辆车上,是出于武藤总经理的命令还有马场的要求。事情发展到现在,种种情况都能看出绑架兼介的案犯应该具有相当高的电子方面的知识和技术。一个使用语音应答装置打恐吓电话的人,会设下怎样的局来交接钻石,这无从预测。间宫就是与案犯抗衡的武器。

"让慎吾把钻石装到那个铝筒里,这事您怎么看?"马场问。

间宫摇了摇头:"我不知道。比抢三个箱子更容易?应该没这么简单。锁上盖子，用圆筒形的容器，这上面应该有什么理由……"

无线里又传来雪村刑警的声音。

——电脑发出哔哔的声音，显示出文字了。嗯……让我们在江户桥交流道上六号向岛线。上了向岛线后按回车键。指示内容就是这样。这条指示是电脑自动发出来的。

马场把话筒放到嘴边。

"SILVIA 将从江户桥交流道进入六号向岛线，注意换道。"

听到雪村刑警的汇报，间宫点点头，心想原来如此。

让慎吾输入正确的时刻，是为了通过电脑内部的计时器对在屏幕上出现指示的时机进行控制。如果每次按回车键都能看到下一条指示，那只要不停按下去就能一直看到最后一条。采用计时器就是防止这种情况发生的手段。

"主任。"副驾驶座上的刑警回过头，"南乌山有消息进来。"

"好，切过来。"

副驾驶座上的刑警按下了无线设备的切换开关。

"我是马场。"

——这边完全没动静。总之先把搜查令拿到了，然后怎么办？

"两家都没动静？"

——没有。野野村善司家只有一楼亮着灯，二楼全黑。宇野光成家也是二层楼，他家几乎所有房间都亮着灯。

"了解到野野村和宇野的品行了没有？"

——暂时只了解到大致情况。嗯，野野村善司是一家叫丸平的食品加工公司的营业部长，五十三岁，和妻子、母亲还有一个女儿同住。野野村还有两个孩子，都结婚了，不住在南乌山的家里。

宇野光成是音乐家。

"音乐家?"

——对。是M交响乐团的中提琴手。四十一岁,家庭成员有妻子和儿子。他儿子上高二。

"没有搞电脑或者相关方面的人?"

——这就不知道了,还没了解到那么多。要进一步搜查吗?

"不,再等一下。听兼介在电话里说的,案犯好像备有炸弹。"

——不过主任,这两家怎么看都不像是绑匪藏匿的家庭。

"是说两家之间的距离只有九百米对吧?"

——是。直线距离的话差不多。不过那一带路有些复杂,步行的话应该超过一公里。

"唔……再看看情况。"

——收到。

间宫在旁边听着无线里的对话,眼睛盯着前面车的红色尾灯。慎吾的SILVIA隔着四五辆车开在前面,道路很畅通。

没过一会儿,又传来雪村刑警的声音。

——马上就到江户桥交流道了。慎吾按了回车键,出下一条指示了,让我们沿着向岛线开到小菅交流道,上葛饰川口线。

"川口线……?"马场喃喃道,"要让他去埼玉吗?喂,川口线上有什么出口?"

副驾驶座上的刑警翻着地图:"从小菅开始,依次是千住新桥、扇大桥、鹿滨桥、东领家、加贺、足立入谷和……到这里为止是在东京都内,之后就进埼玉了,新乡、安行、新井宿,然后连到川口立交。再往前就是东北自动车道了。"

"东北……"马场看着间宫,"不会吧?"

间宫摇了摇头。

马场向全体跟踪车辆下达了新的指示。

间宫脑中正顺着一个方向在思考一种可能性——他一直很在意连着打到武藤家的两个恐吓电话。

两次电话分别从不同的住家打来。野野村善司和宇野光成两家之间直线距离也有九百米。这意味着什么呢？

间宫回想起在武藤家餐厅时的场景。案犯打来第一个电话的时候，武藤是在餐厅的饭桌上接的，那时用的电话机是保姆拿过来的无绳电话。

间宫缓缓抬起头，看着马场："马场先生，能跟你确认一件事吗？"

"确认？"马场回过头，"什么？"

"乌山那两家的电话机，我想用的会不会都是无绳电话？"

"无绳电话？为什么？"

"没，这只是我的猜想而已。不过两次电话的间隔非常短，我是说第一次挂断到再打来第二次的间隔。"

"……啊，确实，只隔了一分钟，不，三十秒钟左右。这又怎么了？"

"就当是一分钟吧，一分钟移动九百米的距离，这不可能吧？"

"是啊。除非以时速五六十公里的速度移动。"

"如果一开始就坐在已经发动好的车上，猛开或许可以赶到。不过放下话筒，奔出家门，再上车……要是把这些都算上，一分钟后从九百米外的地方再打电话过来，这是不可能的吧。而且为什么要分开两个地方？就算看作一处是关人质的，一处是案犯藏身的，可还是让人觉得有点儿不对劲。"

马场紧紧盯着间宫。

"你说的这些,我也感到不解。你刚才说到无绳电话?如果两家都有无绳电话,那就可以解释了?"

"一般来说是不可能的。不过这次这个绑匪也许能做到。"

"请解释一下。"

"他用的是无线电。"

"无线电?"

马场低头瞥了一眼自己手里的话筒。

"无绳电话你是知道的对吧?子机和主机之间是用无线电连接的,所以我想案犯是不是能对主机发送和子机相同频率的电波。"

"……"

"当然了,为了让主机能区分出自己的子机以及防止盗打电话,在主机和子机之间会交换某种通信密码。绝大多数无绳电话都具备这个功能。不过对这次这个绑匪来说,要查出这个通信密码可能并不那么困难。"

"间宫先生……你的意思是案犯是盗用别人的电话线路给武藤家打的电话……"

"这是我的猜想,只是说有这个可能。不过如果案犯真是这么做的,那对电话追踪定位就没什么意义了,充其量只能追踪到被盗用的无绳电话。当正在通话的时候,顺利的话说不定能追踪到电波的源头,可是要搜索电波的信号源需要相当的技术和时间。不如一开始就别对追踪抱有希望。"

"用电波打电话……这种事能做到?"

"当然能做到。车载电话、船载电话还有新干线上的电话用的都是电波。而且案犯还会用电脑,电脑通信中有一种方式可以不用电话线路，只要把电脑连接到无线电对讲机上就可以通过无线电进行通信，兼介好像也是这么做的。要是选择的频率范围状态良好，那几乎就和普通电话一样，可以通话，也可以传送电脑数据。"

"……"

马场"呼"地吐出一口气，抓起话筒，呼叫守在乌山的下属。

"查一下野野村和宇野两家有没有无绳电话。我是说无绳电话。只用查有还是没有就行了。谨慎行事。"

马场下达指示时也一直紧紧盯着间宫。等他说完，间宫又加了一句："如果我的猜想是对的，那就给了我们一个提示。这两家距离九百米，就是说，电波的信号源应该就在那一带。我想案犯应该还是在乌山，他把乌山某处设成了他的终端，或者叫基地吧。"

马场默默地点了点头。

26

电脑响起"哔哔"声，雪村刑警探头看向屏幕。

"东北自动车道！电脑让我们上东北自动车道！"

也不知道雪村是在对慎吾说，还是在对对讲机说。

"到底要让我们去哪儿啊？"

慎吾扭头看着雪村说道。

"东北自动车道的终点是青森……"雪村低声嘟囔着，"不过不会让我们一直开到终点去吧。"

"为什么？"

慎吾看向后视镜，镜子里只映出雪村的头顶。

"为什么，这可……"

"我们完全像个牵线木偶，就算让我们去北海道，也只有去了。"

"北海道？"

雪村不再开口。慎吾望着前方微微摇动的车尾灯，松缓了唇角。

十一点十五分，车子从川口立交开上了东北自动车道。

进展得比预计得要快——

越快越好。慎吾在心里说，能快点结束是再好不过的了。警察的车在后面拉开一定距离一直跟着，他不知道有多少辆车参与了这次追捕行动，但间宫肯定在其中一辆上。越快越好，到达目的地花的时间越长，间宫就越接近真相——因为这一场犯罪就是二十年前他干下的绑架案的重现。

当然了，二十年前在濑户内海上进行的交接与这次本质上是不同的。他们让父亲丢弃了金条，让父亲丢弃了五千万的金条，夺走了父亲的余生。但我不会丢弃的。装在这铝筒里的两百一十四颗钻石，是不会被丢弃的。

从某种意义上说，能让间宫也在看着事情的发展真是再好不过了。虽然对间宫的头脑感到恐惧，但他也是目睹这一切的最佳观众。间宫再怎么聪明，对于这场绑架剧情的导演，只要他没往慎吾身上想，就不可能预想得到下一步。十亿的钻石会在警察和间宫富士夫的眼皮底下干脆漂亮地被抢走。而抢走钻石的案犯，他们连看都别想看到。

慎吾想象着那一瞬间他们的脸色，真想快点看到啊。

就在车快到浦和的时候，电脑又发出了声音。

进莲田服务区。

直接开到加油站。加满油，准备接下来的行程。

加油时把所有车门打开，拿着放钻石的铝筒下车。离开车一定距离，面向加油站正前方的食堂。

双手把铝筒举过头顶。

加完油马上回到车里，按下回车键继续。

"原来案犯在服务区……"

慎吾边说边盯着前方的蓝色标示牌。还没有出现服务区的指示牌，应该在离服务区两公里的地方能看到第一块，就在过了岩槻交流道没多远。

雪村刑警慌忙用对讲机报告。

"为什么要把车门全都打开？"

慎吾像是在自言自语，雪村不知是不是没听清，问了一句："你说什么？"

"没，我是说车门。让我举起放钻石的铝筒，是为了确认吧？可为什么要把车门全都打开？"

"……"

话音刚落，话筒里就传来马场的声音。

——雪村，找个地方离开车！

"啊？离开？"

——案犯想在加油站确认车里有没有别人。不能让对方发现你，找个不显眼的地方跳车。

"呃，是……"

"不行。"慎吾看向后视镜，"跳车那是自杀。"

"但是……"

——生驹先生，你听得见吧？

话筒里马场直接对慎吾说道。

"是，听得见。"

——让雪村跳车。进入莲田服务区前你放慢速度，到匝道中途让雪村跳下去。不能停车，我们的车就在你后面，会把雪村带上。做得到吗？

"……我试试。"

——请镇定。在加油站按案犯的指示行动。我们会尽量找出案犯在哪里。

"我明白了。我一进服务区的匝道就减速。"

——雪村，可以吗？

"收到。对讲机怎么办？留在车上？"

——不，你拿着下车。

"可是主任，虽然生驹先生身上有无线话筒，可我们就没法联系他了。"

——这是出于安全考虑。案犯也可能假扮成加油站的加油员，说不定会借着加油的机会趁机确认车里的情况，对讲机留在车里很危险。

"……了解。"

过了岩槻，看到莲田服务区的指示牌后，慎吾缓缓把车换到了左侧车道❶。

"雪村先生，你准备好了吗？"

---

❶ 日本道路为左侧通行，服务区设在前进方向左边。

"好了。匝道两边应该都有树木，我就在那儿跳车。"

"知道了。"

"啊，生驹先生，你有钱吗？"

"钱？"

"嗯，加油站要付钱，高速出口也要。"

"啊……你这一说，我在成田没换钱。"慎吾边说边从怀里拿出钱包递给雪村，"能帮我看一下里面有多少钱吗？"

雪村接过钱包。

"嗯……啊，有五万……以防万一，啊，我也只有三万，我放到你钱包里。"

"谢谢。我想间宫先生应该在后面某辆车上，让他还你。"

"明白了。"

雪村递还钱包的时候，前方已经能看见服务区的入口了。慎吾打起指示灯，渐渐减慢速度。车子一进入匝道，雪村就跨过车座移到了前排——这是双门车，只能从前排上下车。

"那么再见。"

雪村说完，打开了副驾驶座的车门。下一个瞬间，他的身影已经消失在了门的另一边。慎吾伸手把开着的车门关上，扫一眼后视镜，看见雪村正跑向后面的黑色轿车。

呼，慎吾吐出一口气。

他按标示把车开向加油站。水银灯映射下的加油站浮现在夜色中，身穿制服的加油员在车前举起手，示意慎吾停车。

"欢迎光临，高辛烷汽油[1]吗？"

---

[1] 日本加油站汽油主要分为"普通"和"高辛烷"两种。"普通"的辛烷值高于89，"高辛烷"的辛烷值高于96。

"是,加满。"

慎吾拿起副驾驶座上的铝筒,直接下了车。

"该换换气了。"

他找了个借口,打开副驾驶侧的车门。

"还真冷啊。"

他对加油员说。对方笑着点点头:"天晴的时候就冷。不过时不时换换气也挺好,还能防止犯困。"

"困倒是不困。"

慎吾边说边从车边离开,走到加油站前站定,把拿着铝筒的双手举过头顶,假装在伸展身体。这个姿势他维持了一会儿,环视四周,不知道警察的车都在哪儿。

冷空气很舒服。他手里依然拿着铝筒,做了几下上身伸展运动。

"烟灰缸要清理一下吗?"

加油员在身后问道。慎吾回头说:"不用,我不抽烟,不用了。"

回到车边交完费,慎吾坐上车,看看仪表盘的时钟,快十一点四十五分了。慎吾关上两侧的车门,开动了车子。他按下放在副驾驶座上的电脑的按键,对戴在胸前的无线话筒说了一句:"出发了。"

上了高速公路的主道,慎吾提高了车速。他心情好得想吹口哨,当然他控制住了——无线话筒能听见车里的声音。

在快到馆林交流道的时候,时钟的指针跨过了零时。

27

SILVIA 始终行驶在马场前方一百米左右,时不时能从无线电里听见慎吾像是在喃喃自语的声音。

——又出指示了,说过了宇都宫交流道按回车键……这是在计算什么时机吧?唔,间宫先生你也在听吧?程序不一定全都是用计时器控制的。时不时让我按键盘,可能是因为没法切实把握我的车速,所以才让我输入经过地点的时间。我觉得这是为了在到达某个地点之前,不让我们知道下一个指示是什么,可又总觉得好像还有什么别的理由。

马场看向旁边的间宫。间宫皱着眉轻轻摇了摇头:"不知道,我也在想,但看不透案犯到底要干什么。"

凌晨一点三十分左右,车子过了宇都宫,进入福岛县。

"到底要去哪里啊?"

马场压抑不住恼火的心情,脱口而出。

刚才东京的下属发来报告,说在乌山的两家都有无绳电话。也就是说间宫的推理是正确的。报告还补充说两家无绳电话使用的信号频率也查明了。总之,等下次案犯再打恐吓电话来,他们已经做好了准备去追踪插拨电话的信号源。

迟了。

马场用力咬着后槽牙。太迟了。如果之后案犯还会打电话来,那也是通知他们已经把兼介送回来了吧。那就太迟了,他想要案犯的信息,是现在想要。

——刑警先生,你能听见吗?

无线电里又传来慎吾像是在喃喃自语的声音。

——我就当你听得见吧。说实话，我真的不安得要命。我一直就是在开车，电脑也只显示经过哪里哪里的交流道了就按键，别的什么都不说。我到底该怎么办？案犯也在这条高速上吗？你们在莲田服务区发现了可疑的人了没有？已经打上标记了吗？如果有机会，能不能在什么地方再让哪位刑警上我的车？那个放钻石的铝筒就在副驾驶座上放着，我对这铝筒厌恶得不得了，现在就想赶紧把它交出去，就盼着绑匪赶紧来把它拿走。

间宫看着马场："能找到机会让刑警上他的车吗？"

"我也想找机会。不过这次就难了，要靠生驹先生随机应变。"

间宫把视线移回前方。

在服务区到底未能锁定疑似案犯的人物。服务区里有太多停车休息的人。全体侦查员一直密切监视着服务区，想找出望着加油站方向的人，可没发现目标。

案犯可以在任何地方，他可能在一辆停在宽阔的停车场的车里，也有可能在餐饮店里吃饭，或者还有可能藏身在阴暗的树丛里。对加油站的加油员也进行了监视，不过尚未发现可疑之处。

马场还让下属对开在慎吾的SILVIA前后的车辆也进行了排查，还没有任何报告说有行动可疑的车辆。

"混蛋，到底要去哪里……"

马场再次脱口恼道。

听到慎吾略带兴奋的声音时，他们刚过福岛饭坂交流道。时间已经快凌晨两点五十分了。

——有指示了。说要进国见服务区，也是让我在加油站加油，不过这次还让我买轮胎防滑链。

防滑链……？听到对讲机里传来的声音，马场抬起头，是要走积雪的路吗？

——唔，趁这个时候，让哪位，雪村先生或者别的哪位刑警上我的车行吗？我要去厕所，加油的时候我会去厕所。我不放心，会带着装钻石的铝筒去，刑警先生就趁着这时候上我的车……会很困难吗？

他的话说到后面已经没了底气。

"喂。"马场对副驾驶座的下属说道，"国见的下一个服务区是哪里？不，停车区也行，能加油的就行。"

"唔……啊，鹤巢停车区有加油站。那就是国见的下一个。"

"在到那里之前有几个出口？"

"请等一下。"下属急急地翻着地图，"五个。白石、村田、仙台南、仙台宫城、泉——这五个。"

"案犯会让 SILVIA 从其中一个下高速。"

下属从副驾驶座回头看过来，间宫在旁边也盯着马场。

"让他买防滑链，就是说要走普通公路了，而且是有积雪的公路。高速公路上是没有积雪的。防滑链只能在有加油站的服务区或停车区才买得到，让他在国见买，就是说等不到鹤巢停车区了。快了。喂，这辆车有防滑链吗？"

"有。"

驾驶座上的下属答道。马场点点头。

——啊，我有个好办法。

慎吾的声音传来。

——就按和刚才相反的方法，嗯，我进入服务区，去加油站，然后哪位刑警先生先到服务区出口附近等着，我离开服务区的时候，尽量开得慢一点，然后打开副驾驶的门，就可以趁机上车了。可以吧？就是和莲田的时候反着来。到底听不听得见啊……"

"听得见。生驹先生，收到了。"

马场低声应了一句。

前方已经看见"国见服务区 2km"的指示牌了。

28

在国见服务区的加油站，慎吾从 SILVIA 上下来，向周围环视了一圈。人行道和有树木的地方都已经覆盖着薄薄的一层雪了。

"普通公路的雪积得多吗？"

他问道。加油员一边扯下上方垂下来的加油管一边回看着慎吾："这雪是前天下的。下面的路——这附近的话还不是太多，再往前走一点应该积得挺厚了。不过主干道没问题的。"

"我忘了带防滑链，这里有卖的吗？"

"嗯……SILVIA 的话。"加油员探头看了看车体下方，望着轮胎说，"嗯，有的。后胎就行吧？"

"嗯，给我一套。"

"谢谢。"

"我去一下厕所，在那边？"

"对，那个食堂的旁边。"

加油员抬手指了一下，慎吾对他摆手致谢后离开了加油站。他戴着皮手套的右手拿着铝筒，边打量着周边边从停车场横穿过去，地面很潮湿，不少地方像被染黑了一样。

进了厕所正在解决，旁边站过来一个男人。

"请不要看过来，就这样听我说。你不用回答。"男人也一副要解手的样子，小声说道，"收到你的联系。雪村已经去出口附近等着了。"

男人说完就从慎吾旁边离开了。

慎吾面向洗手池，把铝筒塞进运动外套的口袋里，取下手套。他洗完手顺便洗了把脸。水很冷，刺激得眼皮内侧一阵紧绷。他拿手帕擦着手看向镜子。

没问题吗？

他对映在镜子里的自己的脸问道，然后反复深呼吸了三次，收起了手帕。

回到加油站，加油员已经手提防滑链的箱子在等着了。他接过箱子，付过钱后上了车。

"雪村先生准备好了没有呢。"

他低喃一声开动了车。

为了方便雪村上车，他把电脑和铝筒都放到了自己腿上。他慢慢向出口开去，缓缓开下匝道。等差不多开到匝道中间，雪村刑警的身影出现在左前方的树荫下。慎吾伸手打开副驾驶的车门："请。"

雪村动作敏捷地上了车。慎吾放倒车座，确认雪村在后面藏好之后，加快了车速。

"终于放心了。"

慎吾直视着前方说道。

"生驹先生也干得很漂亮。马场认为案犯应该差不多要让我们下高速了。"

"差不多下高速？啊，因为让我买了防滑链？"

"对。往前有五个出口，应该会让我们从其中一个下高速。"

"五个……总算快了啊。"

"嗯。说不定案犯就要现身了。如果感觉有危险，我会马上跳车。到时请继续前进，不要管我。"

"我知道了。"

过了白石出口的时候，电脑发出了信号声。

从仙台南出口下高速。

走286号线，往山形方向。途中有必要就装上防滑链。除此之外不许停车。

进入山形市内后，按回车键。

"仙台南啊……和马场推理的一样。"等雪村用对讲机联系完之后，慎吾对他说道。

"生驹先生，你不困吗？"

"不，可能是太紧张的关系，我不困。没事的。"

"听说刚才你在国见服务区洗了下脸，我们也觉得很担心。万一发生事故就麻烦了，请小心驾驶。"

"谢谢。不过这没什么，我本来就挺习惯熬夜的。"

"可从加拿大一回来马上就这么开车，请别太勉强了。"

慎吾一下笑了出来：

"就算你让我别勉强，难道我能睡吗？这可关系到兼介的性命。"

"反正……是倒是。"

凌晨三点五十分，SILVIA 从仙台南出口开下了东北自动车道。车速明显慢了下来，车子接着开上 286 号线向西前进。

积雪没有想的那么厚，只有道路两侧能看见一些薄薄的白色地带。

"生驹先生。"雪村联系完对慎吾说，"过了笹谷隧道，那一带雪好像积得挺厚，再往前没有防滑链大概就不好开了。"

"笹谷隧道……还有多远？"

"应该在 35 公里外。看地图，从仙台南到山形市内有 53.5 公里，所以应该相当靠近那边。本来笹谷隧道本身就有差不多 4 公里长。"

在这条几乎没有红绿灯的路上，SILVIA 维持着稳定的速度一直向前开，越往前道路两侧的雪就越多。两侧的雪化成水流到路面，让路面看起来沉沉地发黑。路上的车少了，可还是看不出开在前后的是不是警察的车。

按警察的指示，慎吾在开出笹谷隧道后停了一次车。路边设有装防滑链的区域，除了慎吾的车，也有别的车停下来装防滑链。慎吾从 SILVIA 上下来的时候，看了看那辆车，车边有四个男人，其中一个他见过，就是在国见服务区的厕所打过照面的那个刑警。

装好防滑链后，车速就更慢了。路面几乎全是白的，有的地方已经冻结。车子不得不慢吞吞地开着，直到下了山。

进入山形市内时，已经快到早上六点了，东方的天空开始泛白。

慎吾一边对雪村示意，一边按下了电脑的按键。

找公用电话，打给留在东京的武藤为明。

然后去立卡德的山形分公司。门如果锁着就让武藤为明叫人

打开，但不许让门卫或者员工妨碍你的行动。如果在你附近出现可疑人物，交易立即中止。转告武藤，让他保证你行事方便。打完电话后上车，在山形分公司大楼的正面停下车后按回车键。等待下一个指示。

慎吾放慢车速，回头看向雪村："山形分公司……"
只见雪村正紧紧抓着对讲机。

29

间宫富士夫把视线投向窗外。天已经亮了。
隔着马路能看见对面立卡德山形分公司的大楼。慎吾的SILVIA停在大门前，也能看见他坐在驾驶座上的身影，而藏在车座之间的雪村刑警从这里则完全看不见。
慎吾双手搭在方向盘上静静地坐着。戴在他毛衣里的无线话筒应该没问题，可他什么也没说，一直以同一个姿势注视着分公司。
间宫看了看表，快六点二十分了。距慎吾在山形车站前的电话亭给武藤打电话已经过去快三十分钟了。微阴的天空中时不时透出一片蓝色。
在间宫旁边的马场也不开口。前面的两位刑警也一直沉默着。路上经过的车不多，时不时会遮住间宫的视线。
听见对讲机的扬声器发出微弱的"哔哔"声，刑警们微微直了直身子。那是从慎吾的无线话筒传来的，接着就传来了雪村刑警的声音。

——出指示了。我念一下。把铝筒留在汽车驾驶座上,拿着这台电脑进入分公司。当然电脑电源要维持现状。让门卫、员工之类的人离开,把电脑放在正门接待柜台上,原地等待……念完了。

"把钻石留在车座上?"马场低低说了一声,拿起话筒,"全体进入警戒状态。案犯可能会趁着生驹先生离开车子的时候来抢钻石。雪村!"

——在。

"现在你无法离车。注意不要被案犯发现。全车注意,万一案犯发现雪村,当场将其逮捕,然后等这边的指示。"

——收到。

间宫咽了口唾沫,视线投向SILVIA,只见慎吾打开了车门,同时听见他的声音从扬声器里传来。

——拜托了。

慎吾单手提着电脑直接向分公司大门走去。他慢慢走上大门前的石阶,门卫的身影出现在玻璃门的内侧。

——我是生驹。我想总经理应该已经跟这边联系过了。

慎吾对门卫说话的声音听得非常清晰。门卫打开门让慎吾进去后,一边摘下帽子一边把脸凑近慎吾。

——总觉得总经理的电话有些奇怪,发生什么事了?

——没,稍微有点情况。我现在要开始处理。这里没你的事了,麻烦回避一下。

——不,我毕竟也有保安的责任……

——拜托,请回避一下。如果你有疑问请直接去问总经理。不必那么担心的,就算这里发生什么问题,一切都有总经理负责,不会给你带来任何麻烦。很抱歉不能跟你解释详情,拜托了,让我一个人待在这里。

——哦……

门卫从慎吾旁边离开了。

透过玻璃门能看到里面接待柜台的上半部。慎吾走过去,把电脑放在柜台上,打开兼具盖子功能的液晶显示器,就站在原地盯着电脑。过了一会儿,传来电脑发出的信号声,接着听见慎吾低声说:

——出指示了:去看接待柜台后面的盆栽。挖开植物根部的土,那里埋着一把钥匙,取走那把钥匙。

慎吾说完就绕过柜台走到后面去了。

"钥匙……?什么钥匙?"

马场说道。

他们看得见柜台另一边有一株大大的盆栽树。只见慎吾在树根边上蹲下,他的身体便被柜台的阴影挡住看不见了。

——我在挖土,土很软。

过了一小会儿,慎吾又说:

——有了。一把略大的钥匙。这是开普通弹子锁的钥匙吧。

慎吾的头出现在柜台上方。他的手放在柜台上,似乎握着什么,但从这边看不清楚。马场拿起望远镜看过去。

"是钥匙。很常见的那种,上面沾着泥。"

慎吾回到了电脑前。

——啊,又有下一个指示了。说拿着钥匙和电脑上屋顶……屋顶?

慎吾抬头向上看了看,合上电脑提起来往走廊另一边走去。

他的身影消失在电梯口附近。

这个时间电梯还没开始运行，要上屋顶的话只能走楼梯。山形分公司大楼是一栋五层的建筑。

间宫看着停在大门前的SILVIA。还没出现任何试图接近车子的人。他有种透不过气的感觉。

到底是谁？

这个疑问一直在他脑中盘旋。案犯把电脑和铝筒放在中央研究所的后院，这回又是山形分公司。恐吓电话用的是合成语音，而且还利用电波盗用他人的无绳电话中转，这种种都是煞费心机的手段。指示是用手提电脑给出的。所有一切都是计划好的。案犯事无巨细都在按着自己的计划推进。

到底是谁干的？

不可能是跟立卡德无关的人。无关的人怎么可能想得到中央研究所后院的活动板房？连每天在中央研究所进进出出的自己都不记得后院活动板房的存在。

更重要的是，有句话一直在间宫耳中挥之不去。

那是案犯最后一次打电话到武藤家的时候。那时慎吾问他怎么才能相信他会信守承诺把兼介送回来，那个合成语音是这样回答的："生驹洋一郎先生也相信了绑匪的话，才把金条丢入了海里。所以你才能回家。"

绑架葛原兼介的案犯似乎是在比对着二十年前那起案件策划的这次行动。武藤为明不也说了，案犯的目的不仅仅是钱，更是在恶心他们。

如果真是这样的话……如果这是一桩意图再现二十年前的案件而谋划的罪行……

那么是谁，是谁干的？

间宫放在膝盖上的手不由握紧了。

——我到屋顶了。

慎吾的声音传来，把间宫的意识拉了回来。

——电脑出了指示。嗯，说楼梯旁边有间机房，用从盆栽那儿拿到的钥匙打开门。啊，还有，机房靠里摞着纸皮箱，在那些箱子后面有个较小的纸皮箱。拿着那个小纸皮箱回到车上。就这么多。

"这次又是什么？"

马场语带恼火地说道。

——我打开门了。灯……啊，应该是那个。角落里摞着很多箱子，都油腻腻的。后面……有了。嗯，不好办，不挪开的话拿不出来。

慎吾的话筒传来什么东西摩擦的声音。

——拿到了。这也是一个很旧的纸皮箱。长宽都差不多二十厘米，厚五厘米，不，四厘米左右吧。不是很大，总之我先回车上。

"二十厘米，二十厘米然后四厘米厚——间宫先生，你能想到什么吗？"

马场问道。间宫摇摇头。

过了一会儿，慎吾出现在大门口，他打开玻璃门，小跑下石阶，一手提着电脑，一手抱着一个褐色的箱子，直接坐上了SILVIA。

——生驹先生回来了。铝筒没有异常。

雪村刑警的声音传来，接着是慎吾的声音。

——电脑说要打开箱子。我打开看看。

慎吾坐在驾驶座上，只能看到他胸部以上的动作。他拿起箱子，与其说是打开不如说是直接撕开了。

——里面的东西用塑料包着，和在中央研究所拿到电脑时一样。能看见里面是一个塑料盒。盒子里面……

声音断了一下,只见驾驶座上的慎吾停下了动作。

——这是什么?

"给我看看。"这是雪村的声音。

——有一个对讲机。不,不是普通的耳机,是那种电话接线员戴在头上的,只有一边是耳机,然后有个话筒可以放到嘴边……哎?哦,好像是叫单边头戴式耳麦。还有……这是……一个黑色的塑料盒子……

"我来说吧。"慎吾的声音传来。

——这个我想是便携式迷你对讲机。雪村先生说的黑色盒子是对讲机主体,不过没有调频按键之类的按钮,大概是自制的。只有耳机上有一个连接插孔。然后,有一个电池组。这是,啊,背面有插口。主体只有烟盒大小,背面有用来固定到腰带上的绑带。

对讲机……间宫皱起眉。

"然后案犯说要做什么?"马场对话筒说。

——啊,电脑出指示了:现在不许把电池装到机器上。带着这个开车回到刚才的286号线上。不过,这次在妙见寺右转,进西藏王高原线。进入高原线之后,按下回车键。内容就是这样。

"西藏王高原线……"

马场喃喃道。

只见慎吾发动了SILVIA。

"走。"

马场话音刚落,这边的车子也开动了。

带单边头戴式耳麦的迷你对讲机,藏王高原——

间宫猛地抬起头:"马场先生,我知道了!是藏王!"

"什么?"

马场回头看着间宫。

"我说藏王。是滑雪!案犯要让慎吾去滑雪。对讲机是为了能在滑雪的时候接收案犯指示。头戴式耳麦的话,双手就能自由了。"

"滑雪?"

"不会错的。案犯打算让慎吾滑雪,然后在那儿接收钻石。为什么指定慎吾去送钻石,这就是案犯的目的。你不知道慎吾滑雪多厉害吗?他是专业级的滑雪运动员。上学的时候是国民体育大会的选手。"

"……"

马场瞪大了眼睛。

30

好了,终于要到决战了——

握着方向盘,慎吾深深吸了一口气。这之后才是关键环节。到现在为止一切都很顺利,可接下来要是失败了,那就前功尽弃了。

这是最后收尾一笔,一切都看这最后的收尾了。

上午六点四十五分,车子驶入西藏王高原线。慎吾按下了电脑键盘。

一直前进,去藏王温泉。进入温泉街后按回车键。

雪村用对讲机复述了一遍屏幕上的文字。

——生驹先生。

马场在对讲机里叫道。

"在。"

——我们多少猜到案犯打算干什么了。

"……猜到？案犯打算干什么？"

——应该是滑雪。

"滑雪……"

慎吾向后视镜瞥了一眼，看不到藏在后面的雪村的脸。

——据说你曾是国民体育大会的选手。

"是。虽然成绩不尽人意。"

——不，听说滑降你是第五。

"对。那是最好的成绩了。不过……"

——虽然不知道是不是，不过案犯很可能打算让你戴上对讲机，拿着钻石去滑雪。

"……"

——他应该是想在滑雪场交接钻石。不管多难的路线，哪怕不在路线内，你都能滑。我想案犯就在前面某个地方等着。

"这也……"

——最近你滑过雪吗？

"嗯，那是我最大的乐趣了。"

——你在藏王滑过吗？

"当然滑过。一直到去年年底我都在这边，滑雪场这么近我不去才奇怪吧。"

——那你很熟悉藏王的路线了？

"不知道算不算熟悉，不过所有路线我都滑过，没有特别难的。"

——恐怕这就是案犯的目的了。我们这边正在向山形县警察请求增援滑雪手。你要是滑雪的话，我们自己恐怕没办法追得上。

"那我该怎么办？我没有任何滑雪的准备。"

——这方面案犯应该会有指示。总之生驹先生你就先按案犯说的做，剩下的我们来。不过有一个问题。

"什么问题？"

——我想案犯会用对讲机给你下指示，机器在你那边我们没法查出无线的频率。你能不能想想办法找出频率是多少？

慎吾看了看放在副驾驶座上的对讲机。

"做不到的。刚才我说过了，对讲机像是自制的，完全没有任何按钮，大概装上电池就会自动开机，剩下的都在机器内部。"

——是只能接收信息吗？连切换发送和接收信息的按钮也没有？

"没有，可能只能接收信息，不过配有话筒，我想应该是可收可发的……"

——但是没有按钮没法切换啊。

"不，说不定是语音开关。"

——语音开关？

"对，这边一说话，声压作用在话筒上，就会切换成发送模式。沉默一定时间后，就转成接收模式。是这样一种开关。"

马场有一会儿没回话，大概在让间宫跟他详细解释。

——这样啊，我明白了。不过不知道频率的话，我们这边就没法知道案犯的指示，再加上如果是语音开关，也没法让你告诉我们指示的内容。

"不，就算知道频率，案犯压根也不会允许电波被截听吧。"

——你是说？

"比如对电波做扰频处理，或者进行数字通信……我想案犯应该用了诸如此类的办法给电波加密。案犯打来的恐吓电话不是用的合成语音吗？那也是用数字技术做出来的。所以我想对案犯而言，动手脚给电波加个密没多难。估计就算知道频率也很难截听到。实际上你们警察也是用数字通信的吧？"

——啊，确实是。那就是说……

"最好的办法是直接把话筒装到案犯准备的对讲机的耳麦上。我把现在我身上的这个换到耳麦上去试试。"

——了解。这是好办法。你那边能在对讲机上动手脚吗？

"到温泉街后我试试看。"

——拜托了。

慎吾的 SILVIA 匀速开在蜿蜒的路上。这边已经清过雪了，轮胎的防滑链反而让人觉得有些碍事。

需要一些运气，慎吾想。最靠运气的就是天气了。虽然无论天气如何，他都准备好了相应的临时方案，但如果天气实在太差，不能滑雪的话那就头疼了。

慎吾望向左手边山上的天空，山顶云层萦绕。山那边是晴天，可这边的云层极厚。

没事，这个程度应该没问题吧……他用力吸入一口气，换只手握紧了方向盘。

31

跟着生驹慎吾的SILVIA进入藏王温泉街后,马场示意停车,让下属跑步去藏王派出所。

SILVIA停在前方一百米左右的桥上。

——电脑出指示了。

雪村报告情况的声音传来。

——我念一下。现在开始用对讲机联系。先把电池组插到黑色盒子的背面,头戴式耳麦的接头插进盒子的接口。把耳麦戴到头上,然后按回车键。

马场扫视温泉街的道路。男男女女背着滑雪板从车子旁边经过。道路两侧积了挺厚的雪,只有路中间被清理过。透过窗口抬头看,能看到被大雪覆盖的山。从这里看不见滑雪场,大概被建筑物挡住了。

——马场先生,你听得见吗?

听见慎吾的声音,马场拿起话筒。

"听得见,怎么样?"

——现在我要把无线话筒接到对讲机的耳麦上。只是打开案犯那台对讲机的电源后,再和你们说话就危险了。说不定声音全都会传到案犯耳里。

"知道了,之后我们只听你和案犯之间的对话,继续在这边搜查。生驹先生请你也当我们不存在。案犯可能已经就在我们身边了。"

——明白了。

"雪村。"

——在。

"你给我们报告也很危险。万一这边的声音被听见就麻烦了，在生驹先生离开之前避免联系。"

——收到。那个，现在还没装上电池，生驹先生说要先试试按一下电脑键盘。啊，有文字出现了：对着耳麦话筒，将下述单词重复两次："钻石"……然后按回车键。就是这样。现在要装电池了，联系结束。

雪村的对讲机静了下来，紧接着对讲机的扬声器里流出一阵"嗞嗞"的干扰声。然后听见慎吾对着耳麦说话的声音。

——钻石、钻石。

话音刚落就听见几声"哔、哔、哔"，像是断断续续的信号音，而接下来听到的声音，让马场一下坐直了身体。

——辛苦了，旅程如何？

是那个合成女声，和恐吓电话用的声音一样。

——已经不用再赶路了吧？

慎吾答道。

——不用再赶远路了。

——你在哪里？

——离你不远。你是一个人吧？

——你在路上不是确认过了？除了我没别人来，我们不是说好要相信对方的？

——很好。那么接下来请你做好滑雪的准备。

——你让我滑雪？

——你擅长的滑雪。

——你说准备，是让我去租装备吗？

——你理解得很快。滑雪板、滑雪杖、护目镜、手套，需要的话，连滑雪服也一起租了。

——你让我滑哪类竞技？我要根据这个选装备。

——随便你喜欢。你只用滑降。

——那钻石的盒子怎么办？

——请留在车里。你带在身上要是掉了就麻烦了，而且你肯定要换衣服。放在车里比较安全，离开的时候别忘了上锁。

——谢谢关心。

——不客气。我忘了说了，请准备一个腰包放钻石盒。这个对讲机应该也可以别到腰包上。

——电脑怎么办？

——已经不用了。送给你。那么，请开始吧。

慎吾从SILVIA下来，头上戴着耳麦。他锁上车后向马路对面走去。马场拿起话筒。

"每辆车下来一个人跟在生驹先生后面。发现可疑人物马上报告。雪村？"

——在。

"你原地待命。钻石盒呢？"

——在驾驶座上。

"生驹先生从山形分公司的盆栽拿到的钥匙在吗？"

——啊，不在，生驹先生一直拿着。

"他换好衣服回来后，把钥匙要过来保管好。电脑也维持现状留好。"

——收到。

这时，被派去派出所的下属回来了，身后跟着一个身材高大的男人。男人穿着滑雪服，鼻子以下的半边脸都被晒得黝黑。马场降下车窗。

"主任，这是门仓俊树。"

下属边说边让这个男人坐进副驾驶座，自己就站在车外说话："这边有个巡视滑雪场的巡逻队，门仓先生就是他们的技术顾问。他以前是高山滑雪大回转比赛的奥运选手。"

"奥运？"

马场看了看副驾驶座上的门仓，国民体育选手对奥运选手，真是求之不得的绝配。

"都是十二年前的事了。情况我已经听这位刑警先生说了。县警察让我集合巡逻队全体人员，尽最大力量协助调查。"

"这真是帮了大忙了。你也是滑雪选手的话，说不定知道生驹慎吾？"

"嗯，这也听这位刑警说了。我知道，虽然没一起滑过，但我记得曾看过他滑雪。"

门仓是个眼睛很大的男人。脸上只有额头和眼睛周围的皮肤是白的，应该是戴着滑雪镜晒出来的，下半边脸发红铜色，浮着一些斑点，像是雀斑。

"那太好了。"

"我会跟在生驹慎吾的后面，让其他队员负责支援，马上就要开始滑吗？"

"不知道，现在完全让案犯牵着鼻子走。不过我想应该不会等太久的。"

"那就好。上午滑雪场相对比较空。到了下午，可能就是人山人海了。"

"能保证完全盯死生驹先生吗？"

门仓"唔"了一声抬头看向空中。

"你要说完全，我不敢保证。生驹先生他比我年轻，又有天分。我已经退役很久了。而且也要看案犯让他滑哪条线，如果脱离正常路线，可能也会追不上。不过这方面我会和其他队员保持联系，不光是在后面追，也可以绕到前面去。"

"我们这边通过无线能接收到案犯的信息，到时我会一一告诉你。"

"嗯。不过这些都不算什么，最大的问题还是天气。"

门仓边说边从车窗回头看向山上，马场被他带得也向天空看去。

"天气……"

"天虽是晴的，但上面的雾很浓，我来这里之前听说现在山顶能见度只有二十米左右。"

"二十米？"

马场瞪大了眼睛。

"对。常有的事儿。不只是藏王这里，山间气候本来就多变，特别是这里上下海拔高度差相当大。就算下面是晴天，上面在刮暴风雪也不稀奇。在能见度极差的情况下，而且对方还是生驹先生那个级别的滑雪手，要盯死那是相当困难的。"

"……"

马场不禁又抬头看了看天。

——主任。

无线里传来下属的报告。

——生驹先生刚进了一家租借滑雪装备的商店。

"继续监视。"

——收到。

二十米的能见度啊……他用力吸了一口气。

那是连眼前的路都看不清的浓雾啊。这也是案犯算计好的吗?

他握紧了手里的话筒。

32

慎吾背着从店里租来的滑雪装备回到SILVIA。打开车门就对上了雪村刑警从车座之间窥望过来的视线。

慎吾对他轻轻点点头,站在车外把手放到耳麦上。

"装备齐了,然后怎么办?"

他短短地吹了一下装在上腭的哨子,阿斯卡给出反应,用他设定好的话答道:

——你好像还没换好衣服。

"哎?"

慎吾向自己周围四下打量,他的视线落在桥的对面,又望向另一侧的街道。桥下流淌的河叫酢川,积着雪的两岸垒着高高的石墙。石墙上排开各式旅馆,河面升腾起来的水蒸气让人生出错觉,仿佛河里流的是热水。

"你在哪里?你能看到我?"

——我在看着你。请换衣服。

"在这里？"

——是的。请马上换衣服。

慎吾把耳麦和对讲机取下来放到副驾驶座上，然后脱掉运动外套，又脱掉毛衣，脱掉牛仔裤，冰冷的空气直接刺激着他的皮肤。过桥的滑雪客们都用诧异的表情看着他。

这感觉就像在表演，就像站在舞台上跳脱衣舞。全体侦查员都在注视着他吧。

所有机器都运行正常，真是谢天谢地。万一发生故障该怎么处理，他也提前做了打算，但还是希望最好别发生那种情况。毕竟所有装置都在接通电源的状态下开了一个月。他每隔三天都会从加拿大做一次通信测试，可并不能因此就完全放心。因为可能到最后的最后才发生问题。

但现在还没出任何差错。

这是肯定的。慎吾想，几乎所有机器都是用立卡德的产品改造的，立卡德电子机器的基础都是生驹洋一郎打造的。他的父亲是最出色的技术人员。

慎吾迅速换好滑雪服，拿起放在副驾驶座上的耳麦。这时他注意到雪村从车座之间在对他使眼色，然后打开笔记本递过来，让他看上面的内容。

请把在立卡德山形分公司拿到的钥匙给我。

上面只写了这一句话。慎吾指了指自己脱下来的衣服，打个手势示意他全都拿去。雪村对他点了点头。

慎吾把耳麦戴到头上，对讲机别到腰带上，再在上面挂上腰包之后，轻轻敲了敲耳麦的话筒："换好了。"

——把钻石盒放到腰包里。

"钻石啊。"

他边说边从驾驶座上拿起铝筒，托在手上望了一下，放进了腰包："放好了。"

——那就出发吧。你不穿滑雪靴吗？

"这就穿。你简直像学校的老师一样。"

——不是，我是程序。

"知道了，知道了。"

慎吾苦笑着换上靴子，边确认鞋扣的强度边又吹了一下口里不发声的哨子。

——拿着滑雪板和滑雪杖到藏王缆车乘车处。

"缆车？不是中央缆车？"

——不是。是位于南侧横仓滑雪场那边的藏王缆车山麓站。

慎吾背起滑雪板，拿着滑雪杖，关上了 SILVIA 的门。

过了桥，慎吾走在两边都是特产店的路上，边走边对话筒说："我知道了，就是说你想让我去山顶，对吧？"

——我不接受提问。请抓紧去乘车处，第一趟缆车八点发车，你要赶上坐那趟。

藏王滑雪场有三条缆车道。一条叫藏王中央缆车，从温泉街中心带通到鸟兜山山顶。但这个滑雪场最高的地方是地藏山，要去那里需要换乘一次缆车，先从位于城南的山麓站坐到树冰高原站，再在那里换车坐到地藏山顶站。

看看表，马上就到七点五十分了。动作最好快一点，踩着不便行走的滑雪靴，慎吾穿过街道。

缆车乘车处已经有近三十名滑雪客了。慎吾觉得这些人里应该有侦查员，但他分辨不出来。

他吹哨子向阿斯卡发出暗号。

——请买到地藏王山顶的套票。坐八点的缆车。

慎吾在售票处买好票，排队等了一会儿队伍就开始向前移动，牌子显示缆车能容纳五十六人。早上第一趟车游客还较少，车里并不拥挤。

雾很浓，工作人员广播说山顶的能见度是十八米。连在山底这一带也能隐约看出远方雾蒙蒙的。

七八分钟后，缆车到了中间的树冰高原站，他要在这里换车。在这里换车要去地藏山顶的游客只剩下了一半，有些人应该是因为雾太浓而选择敬而远之吧。

爬升到这一带之后，周边的景色和下面的已极为不同。不愧叫树冰高原这个名字，仿佛闪着光芒的树冰延绵覆盖了整个山坡。

在通往地藏山顶的缆车上，能见度更差了。窗外看出去一片纯白，只有缆车正下方能看到一点树冰林。车顶上伸出去的缆绳也淹没在雾中，面前突然出现的缆车支架能把人吓一跳，那支架也因下雪而冻结了白白一层。

"这不行呀，这架势可怎么滑雪啊。"

对面一名游客笑着说。

到了山顶站，发现车站都被冻住了。从屋檐垂下来的冰柱不如叫成冰窗帘更合适，墙壁上角角落落都白得像是涂了一层粉，就算穿着滑雪服，身体还是冷得发僵。

走出车站，几个滑雪客高声说："看不见啊！"

他们说得一点儿不夸张。走在前方十几米处的滑雪客，都已经看不清他衣服的颜色了。从车站前往下滑是一条叫"忏悔坡"的路线。数名滑雪客一边高叫着"能见度太差啦",一边觉得有趣般走进了雾里,他们的身影一下就消失了。

慎吾走出几步,和留在原地的滑雪客拉开一点距离后,重新戴好耳麦,再把滑雪镜戴到耳麦上面固定好。

"到山顶了。"

他对话筒说着,吹哨给阿斯卡发暗号。

——让别的人先滑。你最后。

"你是说让我在这个情况下滑雪?"

——请等别人都走了之后。

看了看,剩下的滑雪客都开始走向忏悔坡。

明白了,他们就是侦查员……

慎吾看着那些滑雪客点点头,他们是听见了阿斯卡的命令才决定行动的。

就剩下慎吾一个人了,他用力吸了一口气。

来吧,要开始了——

"可以走了吗?"

——请。

"滑到哪里?"

——我会给你指示。请一口气滑下忏悔坡。

"好,走了。"

慎吾大喊一声跃进雾中。那些在原地进退难择的滑雪客突然扑进他的视线。

"哇,危险!"

被吓到的滑雪客大叫。

慎吾从他们之间穿过去，加快了速度。

能见度是差，但是他对路线熟得不能再熟了。他可不是图人喝彩才选择藏王的。

忏悔坡并不长，慎吾转眼就滑完了。再往前分成两条路，直走是藏王知名的树冰高原路线；左拐是涸泽路线。分岔路附近有个吊椅缆车的下车点，在下车点近前，慎吾吹响了上腭的哨子，他刚滑到吊椅缆车旁边，只听阿斯卡时机绝佳地说道：

——往左。涸泽路线。

滑雪板边刃扫起一片雪。

混蛋，太弱了……

租来的滑雪装备，什么破东西。慎吾嘴里抱怨着。边刃太钝，转弯半径比预想得要大。他边转向边往后瞥了一眼，沿着同一条路线，有名滑雪客从后面追了上来，干净利落地做了个漂亮的转向。

从坡面滑降，滑到一半的时候慎吾又吹响了哨子。

——停下。

滑雪板"嚓——"地扫起一阵雪烟，后面几个滑雪客慌忙改了路线。刚才那个紧跟在慎吾身后的男人和他擦身而过。那男人在前方滑上一处凸起，像是失去了平衡，跌倒了。

漂亮……

慎吾欣赏地看着那个男人，他明显是故意跌倒的，但是完全没有任何不自然的感觉。尽管摔倒的方式有些夸张，但滑雪板还好好地留在他的脚上。这样不管慎吾什么时候滑出去，他都能马上追上。这就能确定他一定是警察的人了。

发个警告吧。慎吾换了个吹哨暗号，吹了两次紧急模式。

——你真的是自己一个人来的吗？

"怎么了？肯定是我一个人啊。"

——好，姑且信你。如果我知道你不是一个人，交易立即中止。

"等等，我是一个人，只有我一个人啊。"

——好了。那你脱下滑雪板，背在肩上爬坡上去。

"你说什么？"

——让你爬坡上去。快。

慎吾解下了滑雪板，边解边看过去，刚才在前面摔倒的那个滑雪客已经一口气滑下了斜坡。

原来如此，他是打算坐吊椅缆车再上来……

假如不知道是从哪里被案犯监视的，那跟踪的人肯定不能跟慎吾一起爬坡。这应该是随机应变的行动吧。

那是谁呢？

慎吾一边爬坡一边歪头思索着。

33

"到底怎么回事！"

马场在间宫旁边提高了声音。他们把车停在缆车乘车处前的停车场，这里现在已经成了警察在滑雪场的临时指挥部。

听着接连传来的通话，一种不可思议的感觉向间宫袭来。他听说山顶附近只有十八米的能见度，但是案犯对慎吾发出的指示却相当精准。听了警察的说明，他知道滑下忏悔坡之后分成两条路，而慎吾刚到分岔口，案犯就发出了走涸泽路线的命令。

滑雪的速度相当快，一眨眼就滑过去了。如果能远远看见那边滑过来的人的话那还可以理解，然而对案犯来说，他只能在距离拉近到十八米的时候才能看见慎吾。按说刚一看见对方就已经滑过去了，可案犯却在绝佳的时机给出了指示。要瞬间分辨出出现在视线中的是慎吾还是别的滑雪者，然后间不容发地给出指示——这种事真的做得到吗？

而且要做到这一点，案犯必须在岔口附近等着。可在山顶站时案犯也对慎吾下达了让别人先走的指示。他如果不是紧紧跟着慎吾，是不可能发出这样的指示的。

就是说，案犯是看着慎吾从山顶站出发后，自己先一步到了岔口等着他。如果没有更精于慎吾的滑雪技术，是使不出这种招数的吧。要说谁能做到，也只有门仓俊树那种前奥运选手了。

但是，怎么想那个门仓都不像是疑犯。他是应山形县警察要求来增援的。

那就是说……

车窗被啪啪敲了两下，间宫一惊抬起头，是雪村刑警在敲马场那边的车窗。马场打开车门。

"这是生驹先生的衣服，然后这是电脑。电脑的电源还没切断。"

"很好，钥匙呢？"

"在牛仔裤的口袋里。"

马场接过这些，把电脑递给间宫。

"你能检查一下这个吗？虽然你说加了保护什么的，但如果能知道什么就告诉我。"

间宫点点头接过电脑。这是立卡德最新型的手提电脑，型号是 RP-LT104。盖子打开后，背面是液晶显示器。他注意着不碰到键盘，慢慢打开了盖子。

"……"

间宫凝视着屏幕。

最上面显示着一行字：

No System Files.

仅有这一行字。间宫抬起头看着车外的雪村："雪村先生，这个电脑，那之后你没碰过任何一个按键吧？"

"……是。"

雪村表情不安地点了点头。马场回头问间宫："怎么了？"

"没……有点奇怪，请等一下。"

间宫心一横，按下重启键，磁盘的连接指示灯只闪烁了一次，屏幕上又再次出现同样的文字。

"删除了……"

"删除了？"

马场重复着他的话。

"软盘的内容，还有存储的内容都被删除了，没留一点痕迹。"

"……"

马场呆呆地看着间宫。

"被删除了？"

"嗯。"

马场转向雪村。

"你是不是碰了什么？"

"没,我什么都没碰过。原样拿过来的……"

"那为什么——"

"不,不是。"间宫拍拍马场的肩膀,"不是雪村的错,是案犯干的。"

"案犯……?但是案犯根本没接近过SILVIA。"

"不,他没必要直接接触到电脑。案犯本来就在程序的最后写入了删除所有内容的命令。也就是说,在程序最后的最后,有一条命令是让控制一切的程序自己把自己删除掉的。"

"……连销毁证据都编入程序了?"

间宫默默地点头。

"这算怎么回事!喂!"马场对前面的刑警怒喝道,"上面的情况怎么样了?"

副驾驶座上的刑警转过头来:"生驹先生正在爬涠泽路线的坡,应该差不多回到吊椅缆车的下车点了。"

"门仓呢?"

"已经在涠泽路线的入口附近待命了。"

"……是吗。"

间宫合上了电脑。

他现在才发现自己似乎忽略了一个无比巨大的可能性。

能在绝妙的时机对慎吾发出指示的——只有一个人能做到。

以重演二十年前案件的形式策划这次事件,制作出语音应答装置,利用无绳电话中转,然后能把这一切程序都编写得如此完美的人。

只有生驹慎吾……

间宫透过车窗盯着前方延绵的滑雪场。

34

终于爬到了坡顶，慎吾四下环视，没看见那个向着吊椅缆车乘车口一口气滑下去的滑雪客。

别磨蹭了，第二回合。

慎吾对自己说道，吹响了哨子。

——请进入树冰高原路线。尽你最快的速度滑下去。

"知道了啦。"

重新紧了紧滑雪镜，慎吾冲进树冰高原路线。这条线是一条全长八公里的缓坡。路线两侧延绵着重重树冰群，有人把这树冰群叫作"怪兽"，若是晴天就可以观赏到那叹为观止的风景。但今天有雾，只能勉强看到近在身旁的树冰。雾里似乎还夹杂着雪花。

——请再快一点。

慎吾在突然跃入视线的滑雪客中穿行而过，不断加快着速度。

到了这条路线的中途，就是刚才换乘缆车的树冰高原站。慎吾望着右边冷杉搭建的小房子那蓝色的屋檐，继续向前。被他超过的滑雪客吃惊地目送着他的背影，回头望向这些人的时候，慎吾看见了之前那个男人。

是那个滑雪者。他从斜后方追了上来，速度和慎吾不相上下。

慎吾不禁咋舌。

这人是专业的。怎么看都不是普通的滑雪爱好者。刑警队里会有这么出色的滑雪手吗……搞不清楚。

他吹了吹哨子。

——你应该能滑得更快。

"你差不多适可而止好不好，你也考虑一下天气啊。"

慎吾边回嘴边弓起背，两腋夹住滑雪杖，采取完全的弓身下蹲方式。这是一种把头放低的滑降姿势。容不得他多想了，出现在前方的滑雪者看起来全都像定在那里一样。慎吾决定把他们当作回转比赛中的标杆，瞬间判断从左边还是右边滑过去。

跟上来了……

他能感觉到那个男人紧紧地跟在身后。

再往前一点，就会出现藏王路线最大的难关。那是一处叫"横仓之壁"的地方，入口处立着"初中级滑雪人员禁止滑降"的牌子。这段最大坡度有四十五度、像悬崖一样的路线上，到处都是鼓包，连老手都常常摔倒。初学者大概从上面往下看一眼就会驻足不前吧。

八、七、六……慎吾在心里倒数着，还有五秒、四秒——

他吹响了哨子。

——右边。滑下横仓之壁，速度不变。

慎吾猛地一拐，直直插向右边。

眼前的路断了，天空延绵开去。一群滑雪者惊吓中慌忙让出路，叫喊起来，也听不出他们是在喝彩还是在惊叫。

身体飘在空中，有种整个身体都冻结了的感觉。比起飞翔，掉落的感觉更为强烈。雪面直逼眼前。他借着膝盖的力量缓冲，险险避开凸包，落了地。又从凸包和凸包之间穿过，从摔倒的滑雪者上方跃过，一口气滑下了壁面。

然后间不容发地吹响了哨子。

——去乘坐右边的吊椅缆车。

慎吾装出一副慌张的样子急停下来，扬起一片雪烟。

右边是吊椅缆车乘车处，牌子上写着"林友第二双人吊椅缆车"。他买了乘车券，正要上车，发现旁边站着一个男人。

是那个男人。

慎吾立即给阿斯卡发出紧急暗号。

——让那个人先坐。你一个人坐吊椅缆车。

慎吾四下看了看，对男人说"你先请"，男人面无表情地坐上了缆车。

有谁推了他一下，慎吾回过头，看见一对年轻男女用奇怪的表情看着自己。

"啊，对不起，你们先上吧。"

他让到旁边，把这对男女让到前面。

"你，请按顺序上车。"

吊椅缆车的工作人员对慎吾说道。

"对不起。"

慎吾说着，独自坐上了下一台吊椅缆车。

那人是谁……？

慎吾望向隔着两台缆车的前方。能看见那个男人的背影，也看到了一下他的侧脸，可他的眼睛藏在滑雪镜后面，时间又太短，实在分辨不出来。但好像在哪里见过。

到底是谁？

他摇摇头，"呼"地吐出一口气。

调了调话筒的位置："你到底要干什么？"

——我不会回答问题。

"你是让我上去再滑下来吗？"

——我不会回答问题。

"知道了啦。"

雾气不知何时变成了雪,细细的雪模糊了吊椅缆车的前方。

万事俱备了……

慎吾在心中低喃。这趟吊椅缆车全长五百三十八米,联结起横仓之壁的下方和他方才刚滑下来的树冰高原路线的中间段。

他望向脚下,只见披挂着冰雪的树木连绵延伸,下面不是滑雪路线,只是树林。

等缆车走了差不多一半的时候,慎吾用他为最终回合准备的模式吹响了哨子。

——请取出放在腰包里的钻石盒。

以防万一,慎吾回头看了看,看不见后面的缆车。

"在这里?在这里拿出钻石?"

——对。请取出盒子。

慎吾打开腰包,从里面取出铝筒。

"拿出来了。"

——放到你现在坐着的座椅上。

"放到座椅上?"

——请放在座椅上。

他立起圆筒,放在合成树脂材质的座椅上。

"放好了。"

——很好。请就这样直接下车。

"把这个留在这里?"

——对。你已经到了。

下车口已近在眼前。那个男人已经下了缆车,他手按在耳朵上,脸朝下,看得出正在跟人联系。慎吾确认了一下手表上的秒针。

他尽量不摇动缆车,轻轻下了车。下来后用身体挡住铝筒以防工作人员看见，然后直接向前走。

那个男人紧紧盯着慎吾刚下来的那辆缆车。离开下车口，慎吾对话筒说："然后要怎么办？"

——你的任务已经完成了。辛苦了。

"那兼介呢？"

——这个之前已经说过了，鉴定好钻石后，就让他回去。所有联系结束。

"啊，喂！"

慎吾的声音引得周围的滑雪者都看向了这边。

与此同时，那个男人向下滑了出去。他以雷霆之势滑下了树冰高原路线，一眨眼就不见了身影。

慎吾望着手表。

他在脑中倒数，五、四、三、二、一——

慎吾全力吹响了装在上腭的哨子。一长、三短。这是最终收尾的模式。

35

"发生什么事了！"

马场对着话筒叫道。

——爆炸了！

"什么？！"

马场打开车门，半个身子都探到了车外。

——林友第二双人吊椅缆车的乘车口发生了爆炸。

马场拿着话筒下了车，挺直身子望过去，可从这里只能看见滑雪场的这一边。

"报告具体情况。什么叫发生意外爆炸？"

——缆车乘车口旁边有个机房，从机房后面传出很大的声响，还有烟喷出来。机器本身好像没有异常，不过出于安全考虑现在已经把缆车停下来了。

"停下来……钻石呢？"

——还在途中的缆车上。

"途中？确认过了没有！"

——没，现在巡逻队员正在赶过去。

"爆炸的原因是什么？"

——正在调查，还不清楚，爆炸是在机房后面发生的，爆炸物好像在小房子的外面。没人受伤。现场多少有些混乱，不过游客不多所以没有大问题。

"巡逻那边还没有报告吗？"

——应该马上有了。

马场怒火中烧。

一个男人从缆车车站方向往这边跑过来："是马场先生吗？"他上气不接下气地问道。

"是我。"

"我是巡逻队队员。我们准备了雪橇车，您要坐吗？"

"走！"

马场从下属手里取过便携对讲机，跟着巡逻队员跑走了。

雪地一直延伸到车站旁边，那里停着一台红色雪地摩托车。

"坐起来不会太舒服,请忍耐一下。"

等马场坐进窄小的座位后,巡逻队员开动了雪地摩托。摩托感觉像是要跳起来似的,顺着雪坡往上爬。车身细微的颤动震得屁股发疼。

用了十分钟左右,雪地摩托开到了吊椅缆车的乘车处。乘车处的周围拉起了红绳,限制滑雪客上下车。

看到马场,门仓俊树滑了过来。

"马场先生,中招了。"

"中招了?"

"那个铝盒子不在吊椅缆车上。"

"不在……?"

马场抬头看向吊椅缆车,缆车已经动了。

"为了让还在上面的乘客下来才开动的。每个吊椅都挨个查过了,都没有那个盒子。"

"什么情况?生驹先生呢?"

"他……"门仓四下张望,"刚才就在那边——啊,生驹先生!"

门仓扬起手,生驹就站在缆车旁的小房子边上,他抬手应了一声,滑了过来。

"生驹先生,怎么回事?"

马场问道。生驹摇摇头:"完全不知道怎么回事。对方要我把铝筒放在吊椅上,我就照做了……"

"确实放在吊椅上了?"

"嗯……"

门仓插嘴道:"我想是掉下去了。"

"掉了?"

"是。我也看见他把盒子放在吊椅上了。因为案犯的指示，我没法和生驹先生一起坐同一辆缆车，不过我就坐在他前面，中间只隔了一辆缆车。听到案犯说的话，生驹先生下来后我一直注意着那辆缆车，上面确实放着一个银色的盒子。我问过生驹先生，盒子是筒状的对吧？"

"嗯。"

"发生爆炸之后临时停下了缆车。一停缆车就受到惯性的冲击，晃得挺厉害的。我想这一晃就把盒子震下去了。"

"这算什么事儿……"

马场再次望向缆车前进的方向。缆车下面能看见树冰林。因为下着细细的雪，缆车到了中途就看不见了。

"现在队员分头进入林子里找那个盒子，不过铝制的东西在雪中很不起眼。"

"我也帮忙。"

"不，不行。"

"不行？"

马场反问道。门仓指着马场脚下："你这双鞋不行。根本没法行动。"

"哦……"马场猛地想起什么，抬眼看着门仓，"爆炸是在哪里发生的？"

"对面。"

门仓边说边向小房子滑去，马场也跟着迈出脚步，刚一动就差点滑倒，幸亏慎吾伸手扶住了他。

"谢谢……"

还真是，皮鞋确实不行。

他在打滑的雪上缓慢地走着，走到小房子近前雪又太软，每走一步脚都会陷下去，冰冷的雪直接灌入鞋里。

"是这里。"

门仓指着小房子的墙壁。

那片墙已经烧得焦黑。焦痕的附近还留着白色火药的痕迹。墙角落着一个前端焦黑的硬纸筒，像是长了毛的烟花筒。这东西应该是在发焰筒上做的手脚，只是用来吓人的罢了。

"啊！"慎吾叫了一声，马场和门仓都看向他。

"啊……不，对不起。我终于想起来了，你是门仓先生吗?门仓俊树先生。"

"嗯，我是。"

"啊，果然。我还在想这人好厉害，觉得很佩服啊。"

"啊不，你才是。跟上你我已经用尽全力了。"

这时，门仓手里的对讲机响了起来。

"我是门仓。"

——找到铝制的圆筒了。

"找到了？"

马场走到门仓边上。

——是，不过，和你们说的不一样。

"不一样……怎么不一样了？"

——没有盖子。

马场瞪大了眼睛看着慎吾。只见慎吾吞了吞口水。

——没有盖子，里面衬着红布。

"借用一下。"马场从门仓手中拿过对讲机，"我是警视厅的，你说没有盖子？"

——是，没有。

"里面呢？"

——里面？空的，什么也没有。

"那……那发现圆筒的附近有没有很小的像玻璃的东西？"

——不知道……像玻璃片之类的东西基本是看不出来的，不过应该没有。

"盖子也不在那附近？"

——不在。

"你能把那个盒子拿到这边来吗？"

——明白了。这就拿过去。

"啊，然后，请让其他人继续寻找盖子。"

——收到。

"……"

马场把对讲机还给门仓。

"马场先生。"慎吾说道，"那个盒子是打不开的，我和雪村先生都试过了。"

"我知道。"

马场点点头。

如果找到的盒子盖子已经打开了，那答案只有一个。

是案犯捡起掉落的盒子，取了里面的钻石逃走了。

案犯在缆车的机房设置了爆炸物，然后去缆车下面等着盒子掉下来。盒子的形状很特殊，为了不让人起疑，他只把钻石取出来，然后混在普通滑雪客中，从这里滑了下去吧。

如果这是普通的抢劫，那可以立即对这一带封路，逐一进行查问，采取严密措施让一只蚂蚁都爬不出去。可在兼介还没回来的情况下，这也不能如愿。

混蛋……

马场狠狠咬着嘴唇。

"马场先生。"门仓问道，"你说钻石，是多少钻石啊？"

马场摇摇头："十亿元。"

"……"

门仓瞪圆了他大大的眼睛。

36

我不会死在这里吧——葛原兼介想。

阿斯卡答应他今天晚上或者明天上午就能回去了。今天是二月四号，来到这里已经过了整整三天了。昨天晚上和外公还有爸爸妈妈通过话，那之后阿斯卡一句话都没再跟他说过。

看看腕上的电子表，下午六点二十八分，已经是晚上了。可乐都喝完了，速溶果汁又不好喝，用茶包泡的茶成了他最喜欢喝的，明明在家他才不喝什么茶呢。

微波炉加热一分钟——什么好吃的都没有。想吃伸江做的布丁了。还有这肉饼，又干又散。伸江烤的肉饼放到盘子里会嗞嗞作响，再在那嗞嗞作响的肉饼上淋上好多混合着番茄酱、辣酱油和肉汁的特制酱汁……好想吃那个肉饼啊。

我真的能回去吗？

阿斯卡说她一定说话算话。可现在电脑什么都不说。

我不会死在这里吧，我才不要。

再次看表，才过了不到一分钟。

学校的同学们都知道吗？不，不可能知道。绑架案是秘密的，要在救出人质或者知道人质死了之后才会上报纸。

死了之后……

我不要，我不要死。

阿斯卡说过好多次，说她不想动用炸弹，还叫我不要做出逼她用炸弹的举动。可真不想用的话一开始别放什么炸弹不就好了嘛。说什么不想动用，都是骗人的。等一切结束后，我就会在这里被杀掉。

只是——

兼介抬起头。

我对阿斯卡一无所知。我和她只是在 GAMES 上认识，然后为了拿王冠才到这里来的，只是这样而已。真正的阿斯卡长什么样，说话的声音是怎样的，我都完全不知道。

我不知道绑匪是什么人。我没见过阿斯卡。

就算警察问我，关于绑匪我也没什么可说的。对，就算我回家了，就算警察来问我，阿斯卡也没什么可害怕的。

阿斯卡没有任何理由非要杀了我的。我说话算话了，在电话里爸爸问我在哪里的时候，我也遵守了和阿斯卡的约定，什么都没说。

兼介从坐着的地上站了起来。他拿起冰箱上一张巧克力的包装纸，开始折飞机。他折得很仔细，细心压好每个折痕，折出了一架纸飞机。这已经是第八架了。他渐渐也找到了窍门：重心的位置很重要，折痕必须压实才行。

"第八号机，起飞。"

从手中飞出去的飞机流畅地画出一条弧线，然后撞到浴室门上，掉了下来。

——KEN。

兼介一愣，回头望向电脑。

——KEN，请回答。

"在，我在这里。"

兼介慌忙坐到了电脑前的椅子上。

——结束了。

"结束了……？"

——全部都结束了。你自由了。

"啊……"

兼介把眼睛睁到最大，用力吸进一口气。

"那，你就让我回去了？"

——对。我不会再强留你了。很抱歉对你做出这些事情。让你害怕，让你难过，也让你痛苦。对不起。我不指望你会原谅我。你也不会原谅我的。

"不啊，你的事我什么都不会说的。你又没真伤害我……"

——不，你不可以原谅我。你遭受了极其过分的对待，你绝对不可以原谅我。

兼介眨着眼睛："……阿斯卡，你为什么说这种话？"

——因为这是真话。

"……"

——在此就跟你道别了。房间的锁已经打开了。

哎？兼介回头看着身后的房门。

——只要转动把手,就能打开门。一楼有电话。你可以打电话回家让家人来接你。你外公还有爸爸妈妈都在家里等你的电话。

"开门也不会爆炸?"

——我骗了你。我没放炸弹,从一开始就没想过要杀你。

"真的……"

——那么,再见了。谢谢,再见。

"啊,那个……"

兼介刚要说话,电脑画面突然变白,然后忽明忽暗反复两三次之后,画面就消失了。

兼介从椅子上站起来,跑向门口。他把手放在门把上,做了一个深呼吸之后慢慢转动门把。

"……开了!"

打开门,兼介走到房间外边。

他奔下楼梯,直接跑到大门口,鞋也不穿就打开了大门。

夜间冰冷的空气裹住了兼介的身体。草坪对面能看到点点路灯。海那边吹来的风渗入眼睛,这些风景都被泪水模糊了。

兼介回到一楼客厅。客厅和餐厅之间的墙上,挂着一部纯白的电话。

兼介边哭边把手伸向话筒。

第四章

1

一九八八年八月十五日,马场守恒来到了位于世田谷区北乌山的第五小塚公寓。

他敲敲管理处的小窗户,一个中年男人"哦"了一声站了起来。他已经是第六次来这里了。

"刑警先生,又是你啊。"

说着管理员做出请进的手势,把马场让进屋里。

"我想请你再看一下照片。"

马场边说边从夹在腋下的包里拿出一个厚厚的牛皮纸信封。管理员看着信封露出苦笑,他挠了挠头:

"您让我看多少次都是一样的。"

"哎,别这么说,再看一次不行吗。"

"没,您让我看倒是没关系。话虽如此,可我也就见过那个人一次。"

马场从信封里取出照片，从中选出一张递给管理员。

"不是……我觉得应该更年轻一点，不是年纪这么大的。"

管理员摇摇头把照片递还给马场。马场望着那张照片，照片上是立卡德中央研究所所长间宫富士夫。

没用吗——他想着，接着选了生驹慎吾的照片。管理员接过来，看了一会儿，最后还是摇摇头："这个人看着是挺年轻的，不过怎么说呢，我说不好，感觉不是。"

马场叹了口气。

他把拿来的照片整理在一起递给管理员。这些全都是立卡德员工的照片。管理员摇着头一张一张看了下去。

就在这栋第五小塚公寓的609号房，发现了一直开着机的电脑和通信机器等五件设备。那是五月底的事情，是在武藤为明的外孙葛原兼介被绑架，价值十亿元的钻石被抢走一案过去四个月之后。

第五小塚公寓虽名叫公寓，但其实是配家具的短期出租房。这是一种面向单身赴任者❶或短租者度身定做的租房方式，所有的房间都是单人房，租下来时里面就配齐了所有生活必需品。床和衣柜之类的自不必说，连厨房用品还有电视、电话也全都是配套出租的。

这种出租房能按周租借，又远比住酒店经济，所以据说最近需求量大为增长。

去年十一月末，住在名古屋市的一名叫高木正夫的男子，签了半年的合同租下了这栋公寓的609号房。高木说他因为工作关

---

❶ 因工作关系需长期赴外地出差，且家人不能一同前往的已婚人士。

系从东京搬到了名古屋,但这半年时不时要回东京办事,因此需要找个地方落脚。

但据管理员说,那间房几乎没被用过。合同五月末到期,可直到合同到期高木也没出现,而且联系不上他。公寓的经营者小塚兴产公司的负责人和管理员一起打开了609号房的门锁,结果发现了那些开着机的各种设备。他们觉得可疑,就把机器都交给了警察。之后经过调查,查明那间房间就是在兼介被绑架一案中,案犯打出恐吓电话的中转站。

高木提前付清了半年的房租,并且考虑到每个月的电话费,签的还是多付一个月房租、电话费不够时能直接从里面扣的合同。合同上写的地址并没有姓高木的人,很明显是假名。

绑匪在恐吓电话上采取了两三重安全措施。首先,他从其他地方把电话打到609号房,接到电话后电脑开始运作,利用通信机器把电话里的声音转换成电波,并由设置在窗台上的天线发送出去。该电波会发送到仅相隔数百米的野野村善司或宇野光成家,然后启动他们家里的无绳电话。之所以使用野野村和宇野两家的无绳电话,是为了防止万一有一家的电话占线。

对打到武藤为明家的恐吓电话,警察成功追踪到了两次,可追踪到的不过是野野村和宇野的电话号码。就算能在较早阶段就意识到案犯使用无绳电话的意图,进一步搜寻信号来源,最终能找到的也只是第五小塚公寓的609号房。要更进一步追踪下去,在和案犯争分夺秒的斗智斗勇中,终究不可能赶得及。

专案组拼命想找出自称高木正夫的男人到底是谁。但疑犯只在去年十二月上旬分别在小塚兴产的办公室和609号房间各出现过一次。无论是小塚兴产接待处的人还是面前这位公寓管理员,都已记不清只在半年前见过一次的疑犯的模样。

这个案子马场已经放手了。绑架兼介一案交由别的小组继续调查，马场完全没有必要再为这个案子东奔西跑。

可是马场到现在依然忘不了在藏王蒙受的耻辱。只要手头稍微有点时间，他就会拿出摆在桌边的绑架案的资料。

令人惊愕的犯罪——有些媒体的描述方式简直像是在称赞案犯。警察的破案能力遭到嗤笑，那相当于在嗤笑马场本人。

事实上，案犯作案的手法确实充满了令人惊愕之处。以往以勒索赎金为目的的绑架案中，从未像这次一样用了如此之多的电子机器。

一一细数下来，案犯成功驾驭了五台电脑、四台数字通信机器、三台调制解调器，并无不物尽其用。而且这所有机器都不是市面上销售的产品，而是经过案犯自己改造的。据专家说，这些改造都很令人惊诧，证明案犯具有的工学技术绝不平常。

话说回来，绑架葛原兼介的手段本身就超出了一般刑侦的常识。案犯一次都未在兼介面前现身，他设下圈套引得兼介一步步上钩，最后被牢牢收入网中。

而在每一处有案情上演的地方，都发现了为数众多的犯罪遗留品。最后一件遗留品竟然是在立卡德山形分公司的屋顶发现的。

案犯把用来联系慎吾的迷你对讲机藏在了山形分公司的屋顶机房，同时他藏起来的还另有一物。

在那间机房的正上方——从屋顶的任何位置都看不到的地方，安放着一个铁管组装的小台架。台架上方的树脂瓦屋顶为避免积雪而弯成一个弧形，那下面放着一台连着通信机器的电脑。在藏王交接钻石的时候，向生驹慎吾身上的对讲机发送电波的，就是房顶上的这台机器。

藏王滑雪场林友第二双人吊椅缆车的机房后面发生的小型爆炸也是用电波引发的。在烟花和发焰筒的电子点火开关上装着一个小型信号接收机。案犯是在别处通过远程操作引爆的。

电波还被用在了更意外的地方，那就是装钻石的盒子。把盒子拆开之后发现，这个曾装过十亿元钻石的铝筒只要合上盖子，内部的机械结构就会运作，锁上盒子。通过实验还弄明白了开锁的钥匙并非实体，而是某种频率断断续续的电磁波。

可尽管遗留品如此之多，要顺着这些线索找出疑犯却困难至极。

一直插在电脑里的软盘，内容已经全部被程序删除了。机器的机体编号也被刮掉了。就算没刮掉，最多也只能找到销售店。机器的用户登录完全凭购买者自愿，而案犯绝不可能做过登录。

马场确信案犯一定是与立卡德有关的人。因为所有线索都指向立卡德。

把人质关在间宫富士夫的别墅，在中央研究所和山形分公司交接电脑和对讲机。使用的机器除极小一部分外，几乎都是立卡德的产品。

案犯一定是知道间宫富士夫的别墅的人；一定是知道中央研究所后院有活动板房的人；一定是能出入山形分公司，并且有机会复制机房钥匙的人；而且，一定是具有高度电子工学知识和技术的人。

也就是说，疑犯肯定是立卡德的OA技术人员。

而在OA技术人员之中，最符合条件的，就是间宫富士夫和生驹慎吾了。

生驹慎吾本身就是二十年前绑架案的受害者。因濑户内海捞起金块一事，甚至传出流言说怀疑当年的绑架案就是立卡德公司一手策划的罪行。所以慎吾有充分动机做下此案。

　　不过，慎吾和间宫都有过于完美的不在场证据。在藏王交接钻石时，间宫富士夫始终和马场在一起，打到武藤家的恐吓电话，他是和马场一起听的。生驹慎吾也一样，而且兼介被绑架的时候，他还在加拿大。他们的不在场人证，说到底居然就是马场自己。

　　只是也有可能是共同作案。

　　不能忽视这个可能性。间宫或慎吾其中一人可能是和同伙一起做下此案的。

　　所以马场今天又来了这里。

　　管理员把最后一张照片放到桌子上，叹着气使劲摇头："刑警先生，认不出来啊。真的很抱歉，可我越看越不自信了。记忆什么的啊，靠不住的。"

　　"是吗……"

　　马场收起桌上的照片，放回信封里后从椅子上站了起来。

　　"啊，我给您倒杯茶。"

　　马场对管理员摇摇头："谢谢。不过我还要去别的地方。"

　　"是嘛。帮不上忙真是不好意思。您辛苦了。"

　　走到马路上，马场仰望着他刚从里面出来的楼房。对着马路最右边的窗户就是609号房。

　　太阳在那扇窗户上反射出一片白光。

　　马场取出手帕，擦了擦脖子上冒出来的汗。

2

那天下午六点，间宫富士夫在东神户的渡轮码头。

果然……

在候船室转了一圈，间宫略感失望。他拿起行李箱，走过栈桥，上了渡轮。向工作人员出示船票后，工作人员把他领到了Ａ甲板靠里的房门前。

"您的朋友已经在房里了。"

工作人员说道。间宫"哎？"了一声看向他。工作人员对他微微一笑敲了敲门。

"请进。"

房间里传来回答。

门从里面打开了，迎接间宫的是生驹慎吾的笑脸。

"吓我一跳。我在候船室到处找你，还以为你不来了。"

"是嘛。先进来再说吧。"

间宫应着慎吾的话进了房间。

工作人员放下旅行箱就出去了。慎吾在床上坐下，笑眯眯地说："这房间简直像给新婚夫妇住的。"

"嗯……"

间宫打量着房间。无论是船还是客房，都和记忆中的不一样了。

"那时的船可没这么漂亮。真是变了很多啊。"

"可都过了二十年了哦。"

"嗯……"

"怎么不坐下？"

让慎吾一说,间宫才坐到了床边的沙发上。

"你是昨天从加拿大飞回来的?"

"是。我住我妈那儿了,今天中午坐新干线过来的。"

"加拿大怎么样?"

"越来越不愿意离开了。又安静,又有富饶的大自然。"

"这次在日本待多长时间?"

"只待一个星期。假期还有一些,不过我打算回程顺道去趟夏威夷。"

"你在那边交到女朋友了没有?"

慎吾笑着摇摇头:"语言不行啊。我的英语还没流利到能博得女生好感的地步。"

"哦,这样……"

二人的交谈中断了一会儿。

柜子上放着热水壶,间宫拿起来用茶包泡了两人份的茶。

"能问个问题吗?"

慎吾说道。

"嗯。"

"为什么要让我坐这艘船?"

间宫拿着茶杯看向慎吾:"因为我有话想跟你说。"

"是不在这条船上就不能说的话吗?"

"不。"间宫喝了一口茶,"在哪儿都能说,只是我觉得在濑户内海上说是最合适的。"

"是沉重的话题吗?"

"不,是一些胡扯。"

"我……"慎吾紧紧盯着间宫,"还以为叔叔您是不是打算忏悔。"

"忏悔……？"

回看慎吾，却见他在对着自己笑。

原来如此。间宫点点头。他发现了。二十年前，在航行在这濑户内海的船上间宫做过什么，面前的慎吾已经发现了。

"不上甲板去走走？"

慎吾说道，间宫点头同意了。

快起航之前的甲板上挤满了乘客。海风很大，吹在脸颊上很舒服。

间宫和慎吾两个人都沉默着，沉默地听着乘客们发出的欢笑声和拍打在船身上的海浪声。

到了发船时间，渡轮慢慢离开了岸边。码头刚开始亮起的灯光静静地流向身后。夕阳已落到山上。

等乘客陆续离开甲板后，慎吾才走向扶手。他握着扶手，望向渐渐暗下去的群山。间宫站到他身边。

"那时可没有闲心像现在这样眺望风景。"

他一说完，慎吾就扑哧一笑。

"很好笑吗？"

"很意外。我不知道叔叔您还是这么感性的人。"

"感性……"

"是不是不管什么样的记忆，随着时间的流逝都会令人怀念起来？"

间宫不由得苦笑："这话可说得相当不留情面啊。"

慎吾看着间宫："不留情面吗？想想叔叔您对我爸还有我做的事情，我可不觉得这话有多不留情面。"

"是吗？也是啊。"

嗯？慎吾歪了歪头。

"怎么？"

"您就这么轻易承认了？这好吗？"

"你不是想让我忏悔吗？"

"哦……因为时效啊。现在没人能制裁叔叔您了。"

间宫摇摇头："跟那没关系。时效什么的不过是法律上的问题。"

"您是说要让我来制裁吗？"

"你要是想制裁我的话，也好。"

"那，我能问问您吗？"

慎吾边说边将视线又投向了大海。

"问吧。"

"您为什么会做出那种事？"

"因为我自己很重要。"

"不管我爸会怎样？"

他摇摇头："我那时想的是，那么做对你爸爸也是最好的。"

"怎么可能……"

"嗯。自以为是的道理，但当时真的是这么想的。你爸爸想重振生驹电子工业，可怎么看都是不可能的。公司有负债，所谓我们母公司的柯普兰，也急急撒了手。你爸爸想用五千万的资金尽力一搏，但当时的情况下，那点钱根本无济于事。"

"试都没试过，您怎么就能这么肯定呢？"

"因为那些大公司联手想要弄垮生驹电子。我们只是个小公司，根本无力与大公司抗衡。可你爸爸偏要那么干。他要是真那么做了，结果是显而易见的。我试了好几次想说服你爸爸，劝他接受立卡德的帮助，跟他说那才是最好的选择，可你爸爸听不进去。"

"所以您就做出那种事？"

"这不能成为理由。当时我自己也很焦虑，我啊，自己才重要。重要的既不是你爸爸，也不是生驹电子，而是我自己。我无法容忍自己好不容易打造出来的东西，因为生驹先生而一切尽毁。立卡德直接找到我，要我去他们公司，我想那是一个机会。不过立卡德是相机公司，根本没有半点儿半导体方面的技术。我想就算去立卡德，不和整个生驹电子工业一起去也是不行的。"

"真够自私的。"

慎吾喃喃道。

"确实很自私，你说得对。我的想法错了，并且还把想法付之行动，这做法更是错上加错。我犯下了不可挽回的错误。"

"……"

慎吾闭上了嘴，间宫也不再言语。

渡轮在黑色的海面上缓缓前进。从船上某处传来高亢的笑声。

那时的海面也是黑色的。

间宫想起在甲板上，生驹洋一郎说：

——间宫，这样就可以了吧？

间宫对这句话的回答是点了点头。这一点头，让生驹把五千万的金条丢入了大海。

"为什么……"慎吾说道，"为什么到了现在，你会决定跟我说？"

"因为我想说你也错了。"

"……"

慎吾深深地望着间宫的眼睛。

"就像我做错了一样,你也错了。"

"……我不明白你的意思。"

"是吗?"

间宫点点头,不再开口。

慎吾也沉默了一会儿,然后似乎忍不住了,转向间宫问道:"你说我做错了什么?"

"你自己也明白。"

"不,我不明白。"

"是吗……"间宫转过身背靠扶手,用力深呼吸了一次,"你能听听我胡扯吗?"

"胡扯?"

"对。仅仅是我的猜想而已,就算说中了也没什么意义。就是胡扯。"

"……请说。"

"我一直在想'阿斯卡的秘宝'去了哪里。"

"……"

"我想除了你,再没别人能做得到那些事情了。"

"我?"

慎吾发出干涩的笑声。

间宫扬起手。

"哎,我不说了是胡扯吗?我想的是,除了你以外,没有人能完成那么出色的系统,而且还成功运行了。"

"……"

"一开始我也完全被骗了,只以为做一个模仿性质的语音应答系统出来是为了不让警察有机会取得声纹，做梦也没想到居然是为了制造不在场证据。原来如此，这干得可真漂亮。问题在于，在电话这边的你要怎么向电脑发出指令，又是怎么掌握应答的时机的。我想了又想，最后想到低频波或超声波不就能当开关用吗？"

"好厉害的猜想。把我吓坏了。"

"是不是很厉害的构思？我把整件事重新回想了一遍，发现这所有一切，只要是你，都是可以顺利做到的。"

"所有一切……吗？"

慎吾浮起淡淡的笑容，在甲板上坐下。

"不，只有一点，我到最后也没弄明白。"

"是什么？"

"最关键的是钻石。如果一切都是你做的，那你到底是怎么把钻石抢走的？"

"那是十亿元哦。是我爸丢进海里的二十倍。"

"嗯，那时你从店里租了滑雪服，然后在众目睽睽之下换上。交出钻石后，你又换了一次衣服。你的衣服是由警察保管的，所以换衣服的时候也有几双眼睛看着你。当然，你没把钻石藏在滑雪服里。"

"说不定看漏了呢。"

"不，没看漏。你把铝筒放在了吊椅缆车的座椅上。因为机房后面发生爆炸，缆车停了下来，突然停车的冲击把盒子震了下去。本来盒子做成圆筒形就是为了让它容易掉下去的。巡逻队员发现盒子的时候，盖子已经打开了。那是因为有人发送电磁波信号解开了盒盖的锁。但是，盒子里没有钻石。"

"我也没拿着钻石。"

"对。最开始我想这莫非是要重现二十年前的案件,就像金块被丢入海里一样,案犯是不是要让钻石也深埋雪中?"

"不是吗?"

"不是。如果是你干的,你应该实实在在把钻石弄到手了。"

"怎么弄到手的?"

间宫在慎吾旁边坐下。

"我想了一下你会用什么办法。"

"想到了吗?"

"相当难。我试着对整个交付钻石的过程从最开始到最后一一推敲,再三回想,终于注意到其中的怪异之处。"

"怪异之处……"

"其中一个就是莲田服务区。"

"……"

"电脑命令你在服务区把所有车门都打开。可有什么理由要在刚开到浦和附近就发出这个命令呢?如果等进了加油站之后命令才出现,那雪村刑警就不可能有离开车子的机会。电脑给出的指示非常巧妙地区分成根据键盘输入执行和根据计时器执行两种。所以,打开车门的指示应该可以在进入加油站的时候才出现的。"

"……"

"但指示偏偏留出了富余的时间。我是说,让刑警离车的富余时间。这一来,结果就是让你在到国见服务区之前一直一个人在 SILVIA 上。当然,那时钻石盒也在车里。"

"你是说我一个人的时候打开盒子把钻石拿出来了吗?"

"是啊。"

"不过,钻石不在我身上。换衣服的时候你也看到了不是吗?"

"你换衣服的时候钻石当然不在身上。你换衣服就是为了让人看到钻石不在你身上。"

"……那你说钻石去哪儿了呢?"

间宫觉得屁股开始疼了,他从甲板上站了起来。

"不觉得有点儿凉吗?"

"不,我没事。"

"是吗,我总觉得凉飕飕的。回房间吧。"

"……"

慎吾点点头,间宫率先开始往回走。

3

回到客房,慎吾拿起一直放在桌上的茶杯,也不管茶水已经完全凉了,一口气全喝了下去。

"重新泡杯热的多好。"

间宫说道。

慎吾没回答,在床上坐下盯着间宫。

搞不明白间宫在想什么。他一直觉得如果有人知道真相,那除了间宫不会再有别人了。而且也觉得间宫迟早会知道真相的。

他制订计划的前提是假想间宫会成为最受怀疑的对象。用间宫的别墅是为了这个,把电脑放在中央研究所也是。

但是,打第一个恐吓电话的时候,间宫正好在武藤为明家做客。这向警察提供了间宫的不在场证明,毁了他原本想嫁祸间宫的用意。

"请继续说下去。"

慎吾对坐到沙发上的间宫说。

"你是说继续说你怎么处理钻石的？"

"对。"

"你没把钻石带到任何地方去。所以我想你应该是把钻石放在什么地方了。你去藏王的时候，铝筒里已经没有钻石了。"

"是在车里吗？SILVIA 里？"

间宫摇摇头："我不认为你会做那么危险的事情。刑警也在车上，而且交接后你很可能无法再接近那辆车。总不能回程也让你开车吧，那就太过分了。事实上你是坐火车回去的，而且还是和刑警在一起。"

"是。"

"不在车里，也不在衣服里。我就试着回想你在国见服务区之后的行动，想你有没有再次一个人单独行动的时候。"

"……"

"我想到了，只有那个时候，就是在山形分公司。你支开门卫，一个人走在分公司里。这时我才发现还有另一点怪异之处。"

"还有一点？"

"唔。机房的钥匙。钥匙被埋在盆栽的土里。为什么要这么做？把钥匙和在中央研究所拿到的电脑还有铝盒子放在一起不也没关系吗？钥匙是那种随处可见的普通钥匙，只要不做说明，没人会知道到底是哪里的。可案犯偏偏把钥匙埋到了盆栽的土里。他为什么要这么做？想想看，其实对讲机也可以在中央研究所一起给你的。有什么道理要分两个地方，徒增放这些东西的时候被发现的危险？那就是说你有必须要去山形分公司的理由。"

"你是说我把钻石藏在了山形分公司吗？"

"对啊。只是你的头脑和那些随处可见的家伙构造不一样。慎吾，我去查了一下。"

"查了一下……？"

慎吾盯着间宫的眼睛，间宫点点头。

"你查了什么？"

"那之后，我给山形应用电子研究所打了电话，问他们二月四号有没有寄给生驹慎吾的包裹。"

"……"

慎吾睁大了眼睛。

"还真有。从加拿大桑德贝寄来的小包裹。只是邮递人员似乎搞错了，包裹先是被送到了山形分公司，然后山形分公司的人把送错的包裹重新寄到了山形应用电子研究所。他们说包裹上面贴着重寄的单子。"

慎吾的视线落到地上。他"呼"地吐出一口气，轻轻摇了摇头。

败给他了……

"机房的钥匙埋在盆栽的土里。那盆栽放在接待柜台的对面。存放邮寄包裹的蓝色周转箱就在柜台后面，也就是盆栽旁边。你在 SILVIA 把钻石从盒子里拿出来，放在事先准备好的小包裹里，包裹上一开始就已经贴好了寄件单。你蹲下来挖盆栽里的土时，趁机把小包裹丢进蓝色周转箱里。就这样，钻石搭乘立卡德发出的邮递，被送到了应用电子研究所，你的办公桌上。"

"我输了。"

"很有趣吧？那件事告一段落之后，你在回加拿大之前去了一趟应用研究所吧。你是在那个时候才算真正拿到了钻石。"

慎吾对他耸了耸肩。

他拿过热水壶，重新泡上茶。

"您打算怎么办？把我交给警察？"

间宫的表情像是很惊讶，他看着慎吾："我怎么能做出那种事呢？"

"怎么能？"

"不是吗？我一开始应该说过了，这就是在胡扯，就算猜对了也没什么意义的。我想说的是，你也错了而已。"

"……"

"第一，没有任何证据。这你心里也明白吧。我不知道你打算怎么处理这十亿元的钻石，但只要这些钻石不被发现，哪里有证据能说你就是犯人呢，不是吗？"

慎吾盯着间宫。

他微微一笑，间宫也回以一笑。

喝下慎吾泡好的茶，间宫看了看腕上的表。

"还有不少时间呢。"

"……什么时间？"

"到十二点。"

"十二点？"

"嗯。"间宫点点头。

"我想好好看一次。"

"看什么？"

"我想零点到甲板上看海。那片海，我还想再看一次。"

慎吾扑哧一声笑了出来。

"又感性了?"

"嗯。很感性。我陪你吧,让我也看看我爸他看过的海。"

慎吾拿起茶杯,啜入一口热茶。热气顺着他的脸颊,沁入了他的眼眸。

(完)